渓流のヴィーナス

高畠寛

鳥影社

渓流のヴィーナス　目次

渓流のヴィーナス

上

舞《まい》と出会ったのは去年の十月である。ある作家の追悼集会の会場だった。大樹《たいき》は直接その作家を知っているわけではなかった。舞の方もその作家を直接知っているわけではなかった。友人に誘われて出かけた。誘った友人は多少その作家を知っていた。一、二度何かの会合で話したことがあるらしい。話したといってもこちらから一方的に二、三の言葉をかけたに過ぎない様子だが、それでも友人は感激してその作家のファンになった。

追悼集会の会場は大変に混んでいた。その後、立食式のパーティーになった。パーティーの間も次々と挨拶が続く。立食式のパーティーは大樹は苦手であった。冷えた料理など少しもうまくない。アルコールが入るとすぐに腰がだるくなる。そうして煙草が吸いたくなる。ところが灰皿がない。彼は連れと別れてロビーに出た。

こういうホテルでは煙草の吸えるコーナーは限られていて、そこを捜すのがやっかいだ。階段脇のソファーの前のテーブルに煙草盆が置いてあった。そこに先客がいて、煙草をすぱすぱとうまそうに吸っていた。それが舞である。大樹はその横に少し離れて腰かけ、ポケットをさぐったが、運悪く煙草を切らしていた。

「一階のホールに自動販売機、あったかな？」彼は思わずひとり言をいった。すると低いテーブルを煙草とライターが辷ってきた。そのライターは百円ライターである。ざっくばらんに足を組んでいる、黒っぽい服を着た白い顔を彼は思わず見た。そしてその女性に好意を持った。

「一本もらうよ」

「どうぞ」

煙草を手にとっている大樹に、その女性は前をむいたまま、にこりともせずにいった。

「なかは混んでいるね」

煙草をもらった手前、大樹の方から話しかけた。

「案外人気があったのね」

彼女は低い声で横顔を見せたたままいった。

「どちらかといえば純文学系やのにね」

彼は少しじろじろと彼女の方を見ていった。彼女はこの話題に興味があるのかどうか分からない。

「作家は死んでも作品が残るからいいわ……」

「うふっ」

彼女の言葉になんと返事していいのか分からず、彼はそんな声を出した。これは笑ったのではない。煙草の煙にむせたのだ。

並んで座っている大樹を、初めて彼女は振りむき、そして彼の様子をじろじろ眺めた。横顔しか見ていなかったので気づかなかったが、顎が三角にとがっている。そしてこれは横顔で気がついていたが、とがった顎の先がちょっとしゃくれ上がっていた。

「うふっ……」

彼女も同じような声を出し、にやにや笑った。自分のいったことに照れている様子である。

「この人の本、よく読んでるの」

「まあまあかな……」

ちょっと顎を上げていう彼女のいい方には若さが感じられた。

「生前、面識はあったの？」

彼の声には少しばかりのうらやましい気持がこもっていた。死んだ作家を知っている彼女に対してではない。死んだ作家本人に対してである。この大樹の心理はちょっと複雑だ。こんな若い女性にいろいろと読んでもらって、追悼集会に来てもらえるなんて、幸せな作家だという気持である。大樹の作品も同人の女の子は熱心に読んでくれるが、それはケチをつけようとしてなのである。

「ぜんぜん……」

彼女は今度は、少しばかりうるさそうに答えた。彼が気をまわしたぶん機嫌を損じたのかもしれない。若い女の子とこんな話をするのはかなりしんどいことなのだ。若い女の子？……大樹には女の子の外見からは年齢の想像がつかないが、おおまかにいって四十代ではないだろう。三十代の半ば？　とすれば来年定年を迎える彼にとっては充分若い女の子なのである。

この時大樹の連れがうろうろした様子で姿を見せた。うろうろよろよろした感じだ。目が真っ赤である。彼は泣き上戸なのだった。同じ会費だからと会場でしたたか酒を飲み、何かあったのだろう。知った誰かか、知らない誰かは分からないが、その誰かと何かいい合ったと思われる。飲み屋での議論の最中に、感情が激して彼は時々泣き出したりする。「なさけのうて、なさけのうて……」というのがそんな時の彼のセリフである。彼のペンネームは粟津健太郎《あわづけんたろう》という。少し開いた鼻の脇にほくろがあって、そのあたり粟という字の感じに似ていた。泣きぼくろというのは顔のどの部分にあるほくろのことなのか知らないが、口をゆがめて泣く彼の表情の、そのほくろは絶妙の位置にあった。年は大樹より三つ上だ。六十の定年を境にして、大樹は一つ手前であり、粟津は二つ向こう側にいた。同人誌の事実上の主宰者であって、文学の彼の師匠格である。しかし現在は二人とも年を取ってしまって、二人並べて若い者にやり込められたりする。とにかく粟津は酒を飲み過ぎるのだ。

ソファーは大樹のところが行き止まりだったので、立って粟津を座らせた。粟津はあつかましく女性の側に寄るようにして座り、大樹は再び同じところに座った。つまり粟津は四人掛けぐらいのソファーの女性寄りに座り、大樹は少し離れて座ったことになる。同じ位置なのに、女との距離がずいぶん遠くなったような気がした。粟津はその位置で顔をうつむけ、涙をぽたぽたとテーブルの上にこぼした。おまけに鼻水も垂れている。

「どうしやはったの……」

栗津の頭越しに、女性は大樹の顔を見た。今度は真正面からだ。正面から見ると、顎の張った六角型の顔でもある。鼻が目と目の間でそれほど低くならずに、白い広い額から真直ぐに伸びている。黒々とした切れ長の目と眉が、鼻の土手で両側に分かれ、真横に引かれていた。どちらかといえば派手な顔だ。大樹はこういう顔には弱かった。普通の女性には感じない個性を感じてしまうのである。

「さあ……時々こうなるんですけどね」

そんな顔に見とれて、彼はしばらくしてからそういった。栗津のこんな姿を見慣れている彼にも、この場面では少しとまどわざるをえない。まして彼女にとっては不意の出来事である。そのわりには落ち着いた様子で、ハンドバッグからティッシュを出し、彼女は栗津の顔の下に置いた。

「おおきに、おおきに」

栗津はそのままの恰好で何度も頭を下げ、ティッシュを破いて何枚か取り出すと、鼻水を拭き、ついでに目も拭き、拭いた後の紙を背広のポケットに入れた。

舞と知り合ったのは、その作家が死んだからであり、たまたま大樹が煙草を切らせていたからであり、栗津がテーブルにぽたぽた涙を落としたからであり、ついでに鼻水のおかげである。垂れてのびたり縮んだりする鼻水を見ていると、誰だってティッシュを差し出したくなる。この時舞は三十三歳であり、彼は五十九歳であった。

舞がやっている居酒屋は、大樹たちが同人誌の会合に使う会場の近くにあった。川沿いを歩いて十五分ばかりの道のりだ。同人誌の会合の後、粟津と二人で出かけた。正確にいうと、同人誌の例会の後の二次会の後ということになる。だから九時をかなり廻っていた。十一月も半ばを過ぎると急に寒くなる。その夜は風が強く、川沿いの道を風にゆさぶられるような恰好で歩いた。繁華街の人ごみはすぐに途切れ、外灯に照らされた暗い倉庫のような家並みが続く。こんなところに飲み屋があるんかいな……。粟津はぶつくさとそんなことをつぶやいた。かなりアルコールは入っているが、二人はまだコートを着ていないので、風が体温をうばい、身体を吹き抜けるようであった。煙草屋の隣に、ぽつんと「舞」と書いたランタンがともっていた。

ガラス戸を開けて入ると、右手にカウンター、左手に椅子席があるが、ざっと見渡したところ、十四、五人も入ればいっぱいの店である。大樹の参加している同人誌のメンバーがかろうじて全員入れる大きさである。土曜日で時間が遅いせいもあって、カウンターの奥に女性が一人、客はその女性だけだった。

客とカウンターの中の女性が、ガラス戸を開けた彼らを同時に見た。粟津が先に入り、女性の横の椅子に腰かけた。気が弱いくせに、酒が入っていると彼はこういう時いつもあつかましいのだ。誰でも友達に思えてしまうらしい。「いらっしゃい」という舞に会釈して、大樹は粟津の更に横に座った。

「やあ、先日はどうも、失礼しました」

　こういったのは粟津である。しばらく粟津の鼻をみていた舞は、どう返事をしていいのか少し迷っている風であった。鼻水をたらしていた鼻を、真正面からまじまじと見ることになったのだ。粟津の鼻は立派な鼻であった。鼻翼が張っていて、あぐらをかいているようにも、いばりかえっているようにも見える。しかも風に吹かれてその鼻が赤くなって、てらてら光っている。人と話す時、目を見て話すから鼻はあまり気にならないが、彼の場合は話している時に鼻が気になる。そうするともう鼻と話しているような感じになるのだ。しかし彼だけに限らず、顔の中央に居座っているそれ自身機能とは関係のない、この妙な形のものは、鏡を覗いていても気になりだすと変に気になる代物であった。

「ここへ来るまで、背広じゃ寒かったでしょ」

　粟津の鼻から大樹の方へ目を移しながら、舞はそんなことをいった。

「男の人の鼻と、男の人のあれは、相関関係があるのかしら」

　奥の女性がよく通る声でいった。

「えっ……」

　粟津は少しどぎもをぬかれたようだった。

「キャハ、ハ、ハ、ハ……」

　舞がけたたましい声で笑い出した。大樹はそちらの方にどぎもをぬかれた。とんでもない女たちの店に入ったものだ。粟津の鼻を見て、二人の女性が何を想像していたのか、丸わかりになってしまった。しかし彼の鼻からどんな一物を想像しているのだろう？　鼻梁のずぼんと太く長いのは生々しいが、彼のように鼻梁が短く、顔の真中でいばっているのも、なんとなく感じではある。

「あなたの経験からいって、どうです？」

大樹は粟津越しの女性に、かろうじて切りかえした。イヤリングにも首輪にも指にも二つ三つ宝石をはめて、色とりどりの宝石だらけの、大柄な大きい顔の大きな目の女性である。

「彼女は同人の須藤さん……それからこちらは、ええと……」

「粟津です」

彼は少しぶぜんとした面持ちで答えた。

「夏川です」とついでに大樹も自己紹介した。

「お二人とも、やっぱり小説書いたはって、……この前、ほら……」

「そうでしょ、……そうだと思った」

須藤女史はしきりにうなずいている。二人は今まで粟津の話をさかなに飲んでいたのかもしれない。

「なんだかあとさきが逆になってしまったわね……おいしい寒ブリでも焼きましょうか」

「へえ、寒ブリ焼けるの……それ頼むわ」

魚好きの大樹はいそいそといった。二次会はいつもお好み焼と焼きそばだった。今そういう家庭料理がありがたかった。

「地酒……おいしい地酒……あれ」

栗津は壁に張られた酒の名を指差した。

「もうだいぶ、きこしめしておられるんでしょ」

須藤さんは今度はちょっと機嫌をとるように声をかけてきた。

「きこしめしてはいますが、どうということはありません……それより夏川のいった、体験上の相関関係を聞かせて下さい」

栗津は酒が入ると議論口調になる。そうして舌が廻らなくなる。「きこしめす」がちゃんといえたのだから、彼がいうようにまだ大丈夫なのだろう。

「それがねぇ……問題があるの」

「どういう問題があるんです。そんなしちめんどうなものでもないでしょ、単純な道具なんやから。さっきあなたは私の鼻を見て、そういった……ということは、すでにあなたの中には一つのイメージが浮かんでいるということです。そうでしょ……」

大樹も、栗津の鼻からどんなイメージを思い浮かべたのか、聞いてみたいと思った。

「だから問題があるの」

「へえそれは面白い……ぜひ聞きたいですね、……本人がそういうんやから、問題はありませんよ、本人にとってこれは大変に重要な問題ですから、ぜひ聞かせて下さい」

舞が大樹の方を向いてにやにやした。粟津には困ったものだ。すぐにからんでいるようないい方になる。大樹も舞に苦笑を返した。

「わたしはねぇ、先にいっておくけど、独身なの……だからわたしが男の人のものを見る時は、普通の状態じゃないでしょ。結婚している人は旦那の普段のあれを見る機会が多いと思うけど、わたしが目にする時はいつも大きくなったあれ……つまり膨張係数を知らない、ということね。だから語る資格がないの……今も舞とそんなような話をしていたら、あなたたち二人が入ってきたというわけ」

どういう仕事か知らないが、キャリアウーマンらしい、はきはきしたものいいである。粟津は口をもぐもぐさせ、少し黙った。そしてぐい呑みの冷や酒を一気に飲んだ。このあと小ビンの地酒を自分でついで飲んでいる。

「しかしあれは、大きい時を基準にして相関関係をいうんじゃないのかなぁ」大樹は助け舟を出した。

「ついたたきたくなるほど、あれは元気なときは、息まいているわね。だから、勢いのよいところだけは想像したのよ」

「それはわかる」タイミングよくカウンターの中から舞が答えた。「息まいている」というのはうまい描写だ。

「じゃ、この件について、花丘さんの見解をうかがいましょう」

栗津は舞の名字をしっかり憶えていた。そして同人誌の合評会での調子で張り切りだした。

「わたしはまあ、結婚はしていますけど……今別居中だから、というより離婚したから……それにあまりよく見ていなかったし、……あれはあんまりジロジロ見るもんじゃないと思っていたから。……だからなんともいわれへんわねぇ」

ブリを焼きながら、コップに入れた地酒を自分でも口にし、舞はなんとか逃げ切った。

「それより、男の人自身はどう思ってるの、あなたたちの最大の関心事じゃないの……、すぐにそんなふうにいうわ、自分のは大きいとか小さいとか」

須藤さんはまた栗津の鼻を眺めた。天狗の鼻の先をちぢめたような、どことなく立派な……。宝石をじゃらじゃらさせているだけあって、かなり露骨な女性である。

「そういえば、妹の三歳の孫が実家のトイレに入ってきて覗くのや……小便かかるぞ、といっても
「女の子は三歳の時から、男の持ちものに興味があるのね」

大樹と舞の会話を聞き流し、

「男かって、人のものを見る機会なんか、あれへんよ……なあ夏川」

地酒が急にきいてきたのか、栗津は大樹の方に顔を振り向け、くだけたいい方をした。舞にビールをついでもらっている大樹を見て、「君はいつもビールやなぁ」と今更気がついたようにつけ加えた。

「だけど風呂屋なんかで、嫌でも目につくでしょ、女のものはちょっと見にはわからないけど

……人のものにあまり興味ないし」

焼き上がったブリを出しながら、舞が話に加わってきた。

「これは夏川の領域やね……彼は風呂屋が好きで、最低週に二回はいってるというから、……夏川先生どうですか」

粟津はまた司会の役を取り戻した。

「タオルで前を隠しているの？……夏川さんは」

舞がいたずらっぽい目をした。そんな彼女の目に大樹はくらくらっとなった。目にあやしい光が宿っているのだ。きらりと光る輝きの中に、深い青がたゆたったように感じた。光の差し込むきれいな湖の底を、覗いたような気分にさせた。その青い光は残像となってしばらく空中に漂っているようであった。

「ま、俺は隠さない方かな」

「自信がある人はさらしているのやねぇ」

「そうでもないと思うよ……そんなとこ隠してもしょうがない、と俺は思うけどね、……経験からいうと、裏から表からよく洗う男は、だいたいこそこそ隠したりしないね」

「自分のものを、いとしんでるんだ」

「息子というぐらいやからね」

「そういえば、女は娘とはいわないわね」

そんな二人のやりとりを聞いていた須藤女史が笑い出し、

「結論としてはどうなの、相関関係は……」と声をかけてきた。

「まあなんというか、十人おれば十本あるわけやけど……それぞれみな違っていてね。膨張係数の問題もあるし、形も色もさまざまやし……、長さや太さもまちまちやし、つまり相関関係をいう場合は、大きさばかりにこだわっているけれど、そんなもんじゃないと思うね」

ちょっともたもたした大樹の言葉に、粟津はテーブルをたたいて、

「そう、そういうこと」と声を上げた。

「どういうことよ、十人おれば十本あるって……あたりまえじゃないの、ねぇ舞……」

「一人二本生えてたら大変やわ」

舞はそういいながら笑い出し、須藤さんも「あは、あははは」と豪快に笑った。

「ところで、男のものはペニスというけど、女のものは英語でなんていうのかしらね」これは須藤さん。

「プッシーとかカント」粟津がぼそりという。

「へぇ、知ってるんだ」須藤さんは感心して顔を見る。その後、

「このごろ役に立てへんのやねぇ……膨張係数がのうなってしもて……ほんと」

粟津がしみじみといった。

「立たなくなったら、男ももうおしまいね」

須藤さんが横目に粟津を見てこちらもしみじみといった。独身の彼女にとって男はあるいはそういうものなのかもしれない。

「その後になにが残るかやね」

大樹はもっともらしくいってみた。

「粗大ゴミ？」と舞、そして「夏川さんはどうなの」と聞いてきた。

「やはりいろいろと問題はあるね」

「どんな問題があるの？」

「力が出ないのやな……やるぞ、という」

大樹はにぎりこぶしをかためて、力こぶを作った。もちろん力こぶは外から見えないし、たいした力こぶはできていないだろう。身体を動かしてみると、だいぶアルコールがまわっている感じで、すこしよろよろとした。

「途中で嫌になるのやなぁ、しんどくて……」

「しんどくて、嫌になったら、どうなるの？」

わかりきったことを須藤さんが横合いから聞いてくる。

「キャハ、ハ、ハ、ハ……」

なにが面白いのか、舞は再び笑った。この子はよほど想像力が発達していそうである。

「ちきしょう、六十男の性を書いてやるぞ」

　粟津が舞の笑っている顔を見て、叫ぶようにいった。白目をむいていて、酔眼もうろうという感じである。三人は粟津の顔を三方から眺めた。しかし粟津の言葉を無視して、

「相手が替われば、また違うんでしょ」と須藤さんは話を続けた。

「そうかもしれないけど、乗りなれた馬でもうまくいかないのに、新しい馬に挑戦する勇気は正直いってないね」

　大樹は今度はできるだけ舞の方を見ないで、横を向いて須藤さんに答えた。あいだの粟津は一声叫んだ後、テーブルにつっぷして寝てしまった。

「ほとんど使用不可と、まだかろうじて使用可……」

　そんな粟津を見て、次に大樹を見ながら、須藤さんが冷静に判定を下した。

「粟津さんと夏川さんの、その違いはどこからくるの？」

　とこれは舞である。

「定年に関係があると思うな……あちらは定年後、こちらは定年前」

「こちらは使用不可、あちらは使用可」

　念押しのように須藤さんは指差してもう一度いった。

「……かろうじて」

　こういって大樹は舞の顔を見たが、このとき舞の顔には何も書かれてはいなかった。

大樹は初夏の心斎橋筋を歩いている。日曜の昼下りである。今日は舞と旅行の計画のための本と地図を捜す約束だ。ビジネス街の近くにある彼女の店は、土日が休みなので今日はゆっくりできる。

難波から戎橋を渡って、アーケードの下の、初夏の装いの人ごみのざわめきの中を歩いている。チューインガムのカスの残った模様のある舗道と、人の背中以外、彼には何も目に入らない。商品のあふれている、ショーウインドーの中も、飾りつけされた店の中も、まるで興味がない。着飾った女性たちの服装も、たんなる背中としてしか目に入らない。何も見ていないし、ざわめきのなにも聞いていない。どちらかというと、ものほしそうに女の足ばかり見ている。短かくなったスカートの下から裸の足がにょっきりと出ていた。こんな状態の大樹に、果して舞と付き合う資格があるのだろうか。しかしなにがなし、この人ごみは好きなのだ。

大樹は半月前に定年を迎えた。五月上旬に六十歳になったのだ。昔でいえば還暦である。今でいっても還暦だが、とてもそんな気がしない。還暦といえばおじいさんのイメージであり、とても自分がおじいさんには思われない。娘は去年の秋に結婚したばかりで、まだ子供は生まれていない。子供ができると彼の孫ということになり、おじいさんと呼ばれることになる。大変な違和感がある。孫などはできて欲しくないと思う。大人になりたくない若者が増えているように、彼はおじいさんになりたくない年寄りである。だいたい自分を年寄りだなどと少しも感じていないから仕方がない。

彼の女房などは、孫の顔を見るのを楽しみにしていて、娘が帰ってくるたびに赤ん坊はまだかとせっついている。知らず知らずに、こうしてセックスをけしかけているのだ。娘は娘で頑張っているといっている。女房の気持が彼にはさっぱり理解できない。孫ができるとおばあちゃんと呼ばれるぞと彼がいうと、やっぱり少し嫌な顔をするが、でもしかたがないやないの、といって、この点についてはあまり深く考えていないようだ。定年を翌年春にひかえた去年の暮あたりから、大樹は情緒不安定におちいった。なにもかもが釈然としないのである。

六十歳定年というのは、人間の体力を主な基準にして決められたものだろう。体力と能力は正比例するものではないし、まして精神力とは直接関係ないことに思われる。たいていの会社員は体力仕事ではないから、六十歳になってもまだまだ仕事ができる。細かい仕事が苦手になったり、判断力がにぶったり、新しい発想ができなくなったり、あるいは創造的な仕事ができなくなったりという理由からだろう。

こういうことが起こったとして、それを年齢のせいにしてしまうのだ。これがそもそも間違っている。やりなれていれば、六十歳になったからといって、細かい仕事ができなくなるものではない。判断力を常時使う立場に置かれておれば、もうろくするまであまり変化はない。政治家は六十歳を過ぎても仕事をしている。新しい発想ができなくなるのはマンネリにおちいっているからであり、若い者でも同じことだ。まして創造的な仕事となると、これは年齢には関係がない。芸術家は死ぬまで仕事を続けているではないか。

大樹は建築の技術屋でそれらの職業とは関係ないが、事情は同じだと思う。彼はかねがね以上のように考えていて、定年まで一年を切った去年の夏あたりから、ぜんぜん釈然としなかった。会社勤めが最後の三十七年目に入り、同じ季節はもうめぐってこないのだ。毎年あんなに楽しみにしていた会社での夏休みはこれで終わりだ。九月の中間決算にはもうお目にかかることはない。部の秋の旅行も今期が最後である。大樹が会社の中のあらゆる活動をそんな風に思いはじめると、何もかも急にやる気がしなくなってしまった。すべて来期はないのだ。人事異動のニュースが伝わってきても、まったく興味が起こらない。会社に興味を失うと、世の中の動きがまったく他人事のように思えてくるのである。会社と社会は連動していた。だから新聞を読んでも、まったく面白くなかった。

定年はゴールに向かって走り続けた後の休息の場かもしれないが、休息の場のようにはとても思えない。むりやり競技場の外へ追い出されることにしか思えない。競技場の外に何があるのか？……そこには、何もない。会社の中のさまざまな活動は、社会のあらゆる事象は、競技場の中にいてこそ関係がある。競技場の外に出ることは、会社の外に出るだけではなく、社会そのものの外へ出ることにもなるのだ。……こういう気分が積み重なり、圧縮され、年末の頃には大樹は情緒不安定におちいっていた。年が明けると、もうゴールまで曲り角はなく、まっしぐらなのである。

セックスはもう一つの人生だと思う。セックスの定年についても、近頃大樹は考えるのだった。それは人生の伏流である。人生の地表の下をみゃくみゃくと流れ、時には滝になってごうごうと流れる地下水流。ある時からおだやかになり、淀みとなり、やがて枯渇していく。しかし水は涸れても洞窟だけはぽっかり残っている。

初めてセックスに慣れ親しむのは、マスターベーションによってだ。男性と女性とでは多少の、場合によってかなりの程度の差はあるだろう。これは男女間の差だけでなく、個人差というのも相当あると思う。大樹の時代と、現代の若者との間にもやはり差はあるように感じられる。それぞれの人生が違うように、セックスの人生も違っていて当然だ。

若い頃、セックスの妄想は精神全体に、そして身体全体にやってくる。だがマスターベーションの後は、それはごく一部の小さな肉っ切れの先で終わってしまう。このギャップが絶望的な気持を起させる。妄想は解消されることなく、残留されているのだが、もう今更どうしようもないのだ。肉っ切れは縮んでしまい、もうそれを受け止めることはできない。彼自身は取り残され、激しい後悔にさいなまれる。激しく傷ついてしまうのである。イメージのセックスと実際のセックスとのギャップは、結婚して、いわば無料のセックスが可能になった後にも起こる。

大樹の結婚の目的のかなりの部分は、セックスが自由にできるということにあった。こんなことをいえば女房は怒るかもしれないが、怒る方がおかしいのではないかと、かねがね思っている。セックスが自由にできるということは、若い男にとっては実に重大なことなのだ。若い頃のセックスに対する欲求は、精神全体、身体全体を占めている。そうして悲劇的なことには、それを充分に若い女は受け止めてやれない。夜這いや祭りの後の交歓は、とっくの昔に無くなっているのだ。どうやら若い女にとっては、セックスなどというものはそういうものではないらしい。結婚の目的が根本のところでは食い違っているのである。いったい、女はなんのために結婚するのだろう。「セックス」ではなく「ままごと」が目的なのだろうか。

男のものに興味を持つ女性を好きだと思った。彼の女房などはとんと関心を示さない。若い頃ずっと女性の性器が見たかった。それを見る機会も方法もないのだ。小学校低学年の妹のものは何度か見たが、タテに一本線のあるつるんとした腹があるだけで、そこには何もなかったのだ。

だいたい女というのは（女一般というのではない、彼の女房のことをいっているのだが）、どうしてあんなに洗濯が好きなのだろう。のべつまくなしに洗濯をする。そしてどうしてあんなに家事のスピードがのろいのだろう。本人はていねいにしているつもりだが、要するに段取りが悪いのだと思う。しかも時間の観念が不足している。食器洗いが真夜中になっても終わらない。その後アイロンがけなどして、風呂に入るのはすでに翌日。年がら年中睡眠不足で、身体を休めたらすぐにいねむりをはじめる。とてもじゃないが、セックスを楽しむような気分にはなれないはずである。あげくに、セックスをしながら、眠ってしまうのである。家事をすることが結婚だと思っているらしい。結婚の目的がベースのところで違うから、結婚そのものがすれ違ってしまう。以後イメージのセックスを抱いて男は傷つき、不満な人生を送ることになるのだ。

こうして年を取る。彼の会社では、課長とか部長とかいう役職定年が、五十から五十五にかけて、取締役にならない限り、次々と平社員に戻る。給料もこれに連動していて、五十から以降はほとんど上がらない。逆に五十五を過ぎるとわずかだが下がっていく。不思議なことに、大樹の場合、セックスもまたこれに連動しているように感じられた。もともと女房が積極的でない彼らのセックスは、大樹の行動のままに曲線を描く。四十代は不満ながらも、まだ彼の方の欲求も活発だったから、セックスはそれなりにあった。五十代にさしかかると彼の方でも面倒になり、急速に機会は減ってくる。そして五十五ぐらいを境に、ほとんど欲望が起こらなくなる。もしもその気になっても彼のものが物理的に用をなさなくなる場合が起こってくる。あれはかなりの強度と持続を要するのである。なんだか現代版「西鶴好色一代男」のような案配になってきた。世之介の場合は女護島《にょごがしま》に渡って腎虚するのだが、大樹の場合は、多分六十の定年で、あらかた現役引退となるのだろう。

大樹は、女房の責任がかなり大きいと思っている。もっと積極的な女なら、こうはならなかったであろう。とにかくセックスを面倒がるのだ。確かにあれは面倒なものだ。その行為がというより、その状態で男と女が向き合うことが面倒なのだ。プライドだけは高い大樹にとっては、「させていただく」ということが、考えただけで気分の悪くなることなのである。自由にセックスができると考えていたことが、完全に思わく違いであることに気づいたのは、新婚まもなくであった。相手のあることだからいつも自由にとはいかない。相手もその気にならなければこれは行えない。こうして長年の間に、「させていただく」という気分が濃厚になってくる。こういうことがずっと続いてきたことの結果、彼の方でもそんな行為が面倒になってきている。とてもじゃないが、もう結構だという気持である。これが五十代だ。体力的にも落ち、急速に回数が間遠になる。

上野千鶴子『スカートの下の劇場』の中にこんな見聞が書かれている。それは日本の女性に対する、アメリカの男性の感想だ。

「日本人の女性は、アメリカの女性よりもはるかに子供だ。（中略）日本人の女はとてもイージーだといいますが、にもかかわらず、そういう男が、あれほど簡単に落ちた女たちが、どいつもこいつもベッドの中では丸太ん棒だというのですね」「残念ながら日本の女はセクシュアリティが非常に未熟なままですから、簡単に落ちるけれども『丸太ん棒だ』というのは想像に難くない」と上野千鶴子はいっている。丸太ん棒の女性がそれほど多くいるとは思えないが、彼女がいうのだからそこそこはいるのだろう。

アメリカのロックミュージシャンたちに、きゃあきゃあと群がる女の子が目に浮かぶ。大人の日本女性はその延長線上にあるのか。

女房は「丸太ん棒」ではないが、長い結婚生活の間、セックスを自分から積極的に求めたことは、一度もなかった。そしてお尻やお乳にさわられるのを本能的に嫌った。さわられるのは快感ではないらしい。それははしたないことだと思っている。そのかわり拒否したこともない。まことに日本的な女性である。こういうのを「やまとなでしこ」というのか。

ヨーロッパやアメリカでは、女の魅力をほめること、それも上手に赤裸々にほめることが喜ばれる。大樹はかねがねこれを妻に実践しているのだがさっぱり喜ばれない。冗談でいっているとしか受け取られない。それが夫だとしても、そんなおせじをいう男は信用できないということらしい。日本の女性は長年しいたげられてきて、少女のような素直さを失っているのだ。

女には性欲はないのかと深刻に考えたことがあった。アメリカでは、夫がセックスをしないと、それだけで離婚の理由になるといわれている。だからカウンセリングに夫婦で行くのである。日本では性格の不一致が、別れる理由になっている。一方ヨーロッパやアメリカの場合は、性（セックス）の不一致が別れる原因になっている。

江戸時代末期はある意味、ルネサンスであったのかもしれない。平凡社発行の「別冊太陽」の北斎の最高傑作の『浪千鳥』他の春画や、喜多川歌麿や鈴木春信や歌川派の錦絵春画も持っている。江戸時代は性に対しておおらかであったのだ。巨大すぎて滑稽な男と女の性器が画面いっぱいに踊っている。裸の春画はほとんどない。なぜ衣装をつけたままなのか。それは浮世絵だから、最新のファッションが必要だったからであるらしい。

二〇一五年、その展覧会が、アメリカやイギリスでは度々あるらしいが、日本で初めて東京であり、二十万人以上がつめかけた。今年は京都であり、新聞に紹介されたので、それ以上が集まるだろう。一緒に見に行こうといって、連れ合いと一緒に見に行けるだろうか。日本の古典文化がようやく欧米並みに解放されたということであるが、それがどこまで受け入れられるか？

日本の男は「丸太ん棒」ばかり抱いているわけではない。情熱的で素晴らしい女もいるのだ。それは因習にとらわれない、自由な解放された女だ。そういう女性が社会をつくっていくのである。

与謝野晶子
やは肌のあつき血汐にふれも見で
さびしからずや道を説く君
乳ぶさおさへ神秘のとばりそとけりぬ
ここなる花の紅ぞ濃き

舞はこちらの方ではないかと思っている。そう思う一番大きな側面は二人の年齢差だろう。セックスに対して、変なはじらいを持たない舞は若い女なのだ。しかしそれだけではない。もっと大きな要素は、彼女のセックスに対するおおらかさ。……舞のいたずらっぽい目の中に見た、あやしい光。そこには深い湖の底にたゆたっているようなきれいな青があったから、大樹はくらくらとなったのである。あれはなんだったのか？　……女と男をつなぐものはセックスだから、そのうずきのサイン。彼女は彼にとって、「永遠の女性」になる可能性を秘めていた。

セックスが主要な目的で結婚した若者に、そしてもうすぐ六十になる使い古された男に、何が残ったか？　……傷ついた心だけである。これが大樹のセックスの人生であった。妻にはセックスに対するタブー意識があって、そういう話題はほとんどない。最初の時、舞の店で話した、あけすけなセックスの話などは彼には新鮮であった。女性が男のペニスについてコメントする、男と女が対等なスタンスの対話である。女の書くセックスの場面は男目線のものが多いと、何かの本で読んだ。彼女はそれとはまったく違う〈ペニスに興味を持つ〉目線を持っている。

定年前の年の晩秋、舞の飲み屋から帰って後……彼は情緒不安定におちいった。花丘舞と出会ったから情緒不安定になったのではない。情緒不安定が顕在化したから、舞と心斎橋の本屋の二階で待ち合わせ、師走の休日の街を飲み歩いたのだ。ジングルベルが鳴る五十九歳のクリスマスであった。

待ち合わせで、最初の時を除いて、彼女はよく遅刻してきた。舞は、しかしこれがまた必ずやってくるのだ。年末の時は心斎橋の本屋で一時間待たされた。正月京都へ行く待ち合わせの時間には、二時間遅れで淀屋橋の本屋に姿を現わした。彼女はべらべらした着物を着てきて、それに時間がかかったということだが、大樹は京阪の改札口と本屋を何度往復したことか。舞のためらいの心理の無言の表明ではないかと、彼は思っている。彼女自身……自分はもう若い女ではないと思っているが、……なぜ彼女のような若い女が、娘ほど年齢の違う女が、彼に会ってくれるのか、大樹には分からない。金があるわけではないし、彼の話が格別面白いわけでもない。これはどう考えても分からない。だからこの件については、彼はいま考えないことにしている。

正月、新婚の娘夫婦がやってきた。結婚式は去年の九月の初めであったから、ちょうど四ヵ月が経っている。まだ妊娠の様子はない。新婚夫婦はおない年である。そのせいか、相手よりも娘の方がしっかりしているように見えた。共働きで、大学院へ二年いった相手より、今のところ娘の方が収入は上だ。

コタツの四方に入り、おせち料理をつつきながら、ビールを飲み、話をした。大樹の向かいが娘である。左が娘の相手、右は女房だが、彼女は立ったり座ったりで席の空いている方が多い。彼の背後は狭い庭で、それでも正月の光が入ってくる。おせち料理は、彼はあまり好きではないし、娘もあまり好きではないのに、女房は毎年作る。大晦日に張り切って夜通しかかって作るのである。作らないと年が越せないらしい。冷たいおせち料理に冷たいビールは合わない。しかし大樹はビール一辺倒で、毎年正月からビールを飲む。娘の相手は酒を飲まないから、雑煮のあと、彼は一人で冷たいコップを傾けた。

大樹は話題に困っていた。いったい娘の相手とどんな共通の話題があるというのだろう。娘の結婚した相手は、大学院まで行って数学の勉強をしていた。そして今はコンピューターの関係の会社に勤めている。コンピューターの関係というのは、大樹には解らない分野である。まるで話題の手がかりがなかった。

「先日ねぇ……去年の秋、ある作家の追悼式に出た時……お別れの言葉の中に『無』と『空』ということをいっていて、西洋の思想は『無』を基本にしている。つまり絶対というものがあって、それが一神教を生み、その対極には『無』があるというんやね。それにくらべ、東洋の思想は『空』

が基本にある。そこには何も無いから、一神教のような絶対が生まれなかった。西洋に対し、東洋の思想は相対的や、といってた。……そこが面白くて、そこだけ憶えてるんやけど……無とか空というのは、数学でも、そんな概念はあるの？」

アルコールが少し廻ってから、大樹は思いきってそんな話題を投げてみた。

「『無』は『零』に近いんじゃないでしょうか、それから『空』という概念も数学にはありますよ」

娘の相手の青年は、考えながら眼鏡の奥の目を光らせゆっくりと答えた。

「無と空は、数学の上でどう違うの？」

「無が零だとすると……無と零は少し違うかもしれないけれど、零という概念でいうと、零は何も無いということではなくて、零があるということなんですね。だからマイナス零と、プラス零ということがあって、……プラスからどんどん近づいていったら、最後はプラス零になる、逆にマイナスからどんどん近づいていったら、マイナス零になる」

「へえ……それは面白いなあ……それでは、空は」

大樹は話題が回転しだして、少しばかり勢い込んでいった。

「空は何もないということでしょうね。……枠組みだけはあるけれども枠組みの中は何もない、ということ」

「それはちょっとわかりにくいね」

「コンピューターでいえば、空はスペースですよ、そこは一つあける。入れるとエラーが出る……原稿書く時でも、一字あけるということは、その一マスに何もいれない、つまり枠だけあって、何も字を入れない、ということに意味があるんでしょう」

大樹が小説を書いていることを知っている青年は、うまい例を持ち出した。理工系は頭がいい。

「それはあるね、行を変えるときは一マスあけ一字下げて始める。ここから新しいことを書きますよ、という意味を持たせる……そうか、そう聞くとよくわかるね。……とすれば、零は、コンピューターではどういう意味があるの？」

「間違ってね……コンピューターに、ある数字を零で割れ、という指示を出すとすると、その数字をコンピューターは零で割ってしまう。するとどうなるかというと、零は一つの数字であるが、零では割り切れないものだから、無限に零が続く、何時間でもコンピューターは零で割り続けて、あげくにはアポートしてしまう、つまりコンピューターの容量をオーバーしてパンクしてしまう。そのへんがコンピューターの阿呆なところだけれど、また数字を正確に実証するところでもありますね……だからコンピューターで計算問題をさせるときには、そこを零にするか、スペース、つまり空にするかによって全然違ってくるんです。間違ったところに空があるとエラーとして出るが、零があると計算してしまう、零はエラーではないのですね」

「無と零は君がいうように、少し違うものかもしれないけれど、無いということが、ある……つまり無は存在する。零が存在するように……という意味では同じかもしれないね。これはパラドックス、逆説やろね……だから、コンピューターが零で無限に割り続けるように……零を無限に吐き出し続けるように……零があるから無限がある、無があるから、一方に絶対がある、ということかな」

「そうですね……」

こういう問題になると青年は乗ってこない。娘の方に、からになった湯呑み茶碗を出している。ビールでおせちも気がきかないが、お茶を飲みながらおせちをつつくのも、あまり気がきいているとは思えない。

「西洋では空という概念があっても、そこはただ単に何もないということで、一種の真空のようなものなのかなぁ……地球上で完全な真空が作れないように、西洋では、東洋の絶対的な空という概念は理解できないのかもしれない。もっとも東洋の『空』というのは俺にもわからないけどねぇ」

後は大樹の一人ごとのようになってしまった。昼に飲むビールはよくまわる。

しばらくして娘夫婦は、普段着のままで近くの神社へ初詣に出かけた。大樹はそのまま横になり、酒の酔いもあってうとうととした。うとうととしたが、ガラス戸から差し込む太陽があまりに明るく、目をつぶっても眠れそうになかった。頭の中は先程の議論が続き、まだ惰性で回転している。ある時ギヤが入り、彼の想念は別の方向に回転しだした。娘の相手の青年の顔が思い浮かび、そこからの想念が広がったのである。

最近の若い男はきれいである。娘の相手などは、もう若い男といえないかもしれないが、大樹からみれば世代の違う、充分に若い男であり、若い男の特質をいっぱい持っている。娘や、まわりに対してものやわらかく、やさしくて、ぎらぎらしたところがまったくない。顔の肌も髪の毛も身だしなみもやたらきれいで、態度もスマートである。昔のように、にきび面の青年にはあまりお目にかからない。あれは肌の手入れをしているのだろうかと思う。フケだらけの頭など見たことがない。やっぱり男も朝シャンプーをしているのだろうか。ひどく中性的なのだ。セックスに対する欲望などは感じないのである。娘夫婦は新婚だから、それなりのセックスはあると思うのだが、二人からそんな雰囲気が漂ってこない。あまりセックスはないのだろうか、と心配になってくるほどだ。

近頃の若者は、独身であってもセックスに対する欲求不満がたいしてないように見えるのだ。セックスに対する情報が氾濫しているのに、奇妙な現象である。スポイルされたように中性的で、全般的に影が薄い。汗臭いニキビ面のぎらぎらしたところがない。大樹がかつて味わった、あの焼けつくようなフラストレーションが消えてしまっているように見受けられる。

会社の中ではそれほど感じないが、行き帰りの通勤電車の中で一緒に乗り合わす、中年男はどうしてこんなにぶさいくで人相が悪いのだろうと、いつも思う。これはもちろん自分も含めてのことだ。鏡の中に同じ顔を見い出してぞっとするのだ。顔の色は悪いし、顔の形も悪い。何より目付きが悪い。人を寄せつけないいけわしい目付きである。その上まだらに白髪、まだらに禿げた頭のかっこうの悪いこと。服装はどれもこれもどぶねずみのようである。歩く恰好も良くない。

とても見られたものではない。ところが、つき合ってみると、ぶさいくで剣呑な男の第一印象はたいてい消えて、なんとなく味のある顔に見えてくる。もしくはぶさいくな顔が気にならなくなる。それなりに個性的な顔に見えてくる。だから会社の中では、お互いがまるで気にならないのだ。若い男の場合というと、この方もあまり気にならないが、その様子が少し違っていた。まわりに上手に同化し、いよいよ存在が稀薄になっていくようである。だからいつまで経っても名前や所属が憶えられない。「あの子誰や」と彼などはいつも後で聞くのだった。

大樹はいつの間にか寝入ってしまっていたらしい。気配で気がつくと、太陽はとっくに傾いていて、帰ってきた娘たちは、ミカンを食べながら喋っている。彼は目は覚めたが、起き上がって話相手になる気力が湧かない。もうしばらく目を閉じて横になっていることにした。

「お父さんは、五月で定年でしょ……そしたらさっきの話、それから先は『空』になるんやね」

「そんなきれいごとやないよ……、これから先何年も、お父さんと毎日、一日中顔をつき合わせているのかと思うと……、ほんと、息がつまって、もうどうしたらええかわかれへんわ」

「お母さんも空になったらええんや」

「あほらしい……」

こんな女房と娘の会話を聞いていると、大樹はいよいよ起きづらくなってしまった。

正月が過ぎてから、大樹の気持の上でいろいろの変化が起こってきた。一番大きな気持の変化は、正月娘夫婦が来た時の女房の言葉から起こった。

「お父さんと一日中顔をつき合わせているのかと思うと、もうどうしたらええのか」

彼にはいわなくて、（彼が目覚めているのを知っていて？）娘夫婦に向かって発せられたこの女房の言葉は、彼女の正直な気持だろう。この言葉に対して、とやかくいう気持は彼にはなかった。大樹も同じ気持なのだから……そんな自分と果してつき合っていけるのか。毎日仕事をせず家でぶらぶらしているのは、楽でいいかもしれないが、考えてみれば堪えがたいことである。休みが週に一度、五十歳を過ぎた頃から週休二日制になり、週に二度、この時のうれしかったこと……それだからいいのだ。しかしこれからは、休日というものがなくなるのだ。土曜も日曜も普段の日と同じである。働くしんどさもないかわりに休む楽しみもない。朝から晩まで毎日女房とだけ顔を合わせ、本当に息がつまるようである。果してそんな生活がやっていけるのか？……彼も不安であった。

女房の方は、生活そのものに変化はない。かさばった年取った男がごろごろといつも家にいる、ということを無視さえすればだが……いつもと同じ暮しである。大樹が若い頃から同人誌に参加し、小説やエッセーを書いているように、彼女は大学の国文科出身で、早い頃からそういうサークルに加入して活発に活動していた。同人仲間が年を取り、いささか沈滞気味の大樹の方とくらべ、女性が中心の彼女の方は、中年過ぎて子供から手を離れてからの方がいよいよ盛んである。先生を招いてパーティーをしたり、旅行にもしばしば出かけている。それに彼女の方は両親が健在で、弟夫婦と一緒に住んでいて、そこは実家であるから、年老いた父や母が病気したりすると、その世話に出かけていき、泊まってくることもしばしばだ。その上現在は娘夫婦のところがある。娘は仕事をやめる気がないといっているので、孫が生まれたら、女房は自分が育てる気にさえなっている。大樹の定年など、彼女の生活にはなんの影響もないのである。粗大ゴミのような男さえ朝から晩まで家にいなければ……しかもその粗大ゴミはかなりうるさいのである。

こういう予想は、大樹の気持を変えさせざるをえない。

大樹の方の両親は、父は三年前に亡くなったが、八十二になる母はまだ健在で、西成区の天神の森の近くに住んでいる。そこは彼の生まれ育った場所だ。彼が大きくなった、今は軒の接する古びた小さな二階建てと、庭であったところに老後のためにと父が建てた、まだしっかりしている、大樹が設計した二階建て六戸のアパートがある。母はアパートの上がりと年金とで経済的には不自由なく暮らしてはいるが、もう年だから、アパートを処分して、こぎれいな郊外の有料老人ホームに入りたいと数年前からいっていた。

神戸に住む大樹の妹は、時々彼に電話してきて、母の相談にのってやって欲しいとそのたびにいってきている。そんな年でアパートの管理も大変だが、それ以上に、もし何かがあった時、誰が面倒を見るかという問題がある。大樹は彼の定年をしおに、母の希望通りにしてやろうと考えた。今まで妹にもそういっていたが、母にとって長年住みなれた顔見知りの多い下町から、老人ホームなどというまったく違う環境にかわって、果してなじんでいけるのかという心配から、彼は二の足を踏んでいたのだ。これはむしろ大樹の感傷であったのかもしれないとにわかに思いはじめたのだ。

正月を過ぎて寄った時に、母は近くの阿倍野区の高台に新しい有料老人ホームが建設されている、というニュースを持って待っていた。坂の下に住んでいた彼らにとって、坂の上はあこがれの場所であった。帰途、彼は、元の屋敷の木を残して建設中の現場を見て決心がついたのである。アパートが売れるまで、一時彼の退職金を流用しておいてもいい。彼の気持の変化の一番目である。

二月の終わり、大樹は会社の厚生年金基金と一緒になった人事部へ出かけた。年金と退職金の額を知るためである。女の子のあやつるコンピューターが即座に答えを出してくれた。人事部長と雑談する間もなかったし、その時の彼としては雑談する気分でもなかったので、早々に引きあげた。八階の自分の机に帰って、コンピューターのアウトプットをゆっくり眺めてみたかった。それは彼の三十七年間の決算でもあるのだ。

仕事のあいまを見て、数日大樹はその数字とにらめっこをした。彼の考えがじょじょにかたまっていった。女房との別居を前提に、これから先の経済設計をえがくことである。女房と彼とで年金と退職金をわける。つまり女房に月々の年金を全部渡し、彼は退職金を全部とるという方針を立てた。年金は女房一人なら充分暮らしていける額が終身入ることになっている。彼女は彼より五歳若く、彼よりは五歳長生きするだろう。彼の方でも退職金と一時金を合わせれば、十五年ぐらい、節約すれば二十年は生活できる額がある。これは当然使い切ってしまえばそれで終わりである。八十まで生きれば充分だと思った。

ついの住みかは、自分の生まれ育った場所がよろしい。父の残したアパートを処分し、母を近くの有料老人ホームに入れ、彼はその後の住いで一人暮しをすることになる。そこならたえず行き来もできる。母も安心だろうし、大樹も安心だ。女房はにぎやかに暮らし、彼は彼なりの人生を別個に終わる。もともとは他人なのだった。これが二番目である。

同じ頃、新聞にアンケートが載っていた。定年後夫の大半（三分の二）は妻と暮らしたいと願っている。ところが妻の大半（三分の二）は夫とは暮らしたくないと思っている。老人介護の問題を考えたら分からなくもない。妻はその大半の中に入っていたのである。この新聞記事が彼の背中を押したことも事実である。

昔ながらの天下茶屋の商店街が近い。商店は遅くまでやっているから、買い物に不自由することはない。食べものは安くてうまい。天神の森があってその中に天満宮があり、少し足を伸ばせば一山、森のような聖天山公園もある。戦災から焼け残った木造の長屋が続く細い路地がいたるところに見られる。ここは昔は漱石の『行人』の最初に出てくる場所であり、後では林芙美子の『めし』の舞台として登場した場所である。彼女の描いた昭和二十年代の天神の森あたりは、今もほぼそのままの姿で残っている。チンチン電車は今もチンチンとベルを鳴らして、たった一輌、車体の尻をゆらしながら、家の軒と接するようにして走っているのだ。そのまた家の軒や路地や物干場の上にさえ、いっぱいの花をつけた草花が、素焼きの鉢やポリのフラワーボックスに盛り上げられていた。彼の育った半世紀近い前の面影を残すその下町が、熱いまなざしでにわかに大樹に甦ってくるのであった。

下

深い谷川にかかった吊橋を何本か渡り、少し登りにさしかかった山道を、大樹と舞は、麦わら帽子をかぶりリュックを背負って、真夏の日ざしを浴びながら、ゆっくりと歩いている。

台風の接近で旅行が二度にわたって延びた。五月に定年になった、今年の夏は去年までとは違って、大樹はいつでも行けるのに、結局会社の盆休みと重なってしまった。舞の店はその一週間は会社休みに合わせて休みであり、彼女には都合がよかったということはある。山はひどく混雑するだろうと、二人は覚悟して出かけて来たが、来てみると、台風の影響のせいか拍子抜けするほど人が少なかった。松阪の駅から大杉へ向かうバスも、大杉から宮川貯水池を渡る、一日に二本しかない正午に出る船も、がらがらである。台風の雨のおかげで湖は増水し、奥のほうの桟橋まで船がついたし、大杉谷そのものも夏には例年にない水量であるらしかった。天気はすっきりと晴れ、結果的に一番いい時期にここへ来たことになった。

だが暑いことは暑い。日本で一番雨量の多い尾鷲《おわせ》の裏側にあたるこの谷は、冷たい渓流がその底に流れているが、両側の山道は室のようになっていて、むし暑い空気が淀んでいる。しかも鎖を伝わっての激しい登りがあり、尻から降りなければならない急な下りがある。行程の三分の一を過ぎた頃から服は汗でぐしょぐしょになり、大樹は裸になって何度もTシャツの汗をしぼった。冷たい山水のしみだす岩肌があっちこっち露出していて、タオルをひたして身体を拭いた。谷筋の風の吹き抜ける木陰に来ると、麦わら帽子を脱ぎ、そのたびに休憩して、魔法ビンに詰めてきた冷たい麦茶を飲んだ。一緒に船を降りた人たちからずっと遅れてしまったが、今夜は桃の木小屋泊りだから、時間はたっぷりあった。三時間ないし四時間の行程を、六時間かけて登るつもりである。健脚であれば、その時間で大台ケ原まで上ってしまう。山は七時頃まで明るいはずだった。

大樹にくらべ、舞の方は暑さにはわりあい平気のようだった。冷たい岩水をしみこませたタオルを首に巻き、彼のあとをくっつくようにして歩いた。鎖を引っ張って身体を持ち上げ、大きな尻をすべらせて降りてきた。なんだかいつも尻をたたかれているような気分である。彼女の上着にも汗はにじんでいたが、汗をしぼるほどではなかった。若い頃は山よりも海だった大樹と同じく、舞もこんなけわしい山登りは初めてのようだが、いつ見ても息をはずませているという感じはなかった。だいたい大杉谷は山登りのための山であるらしく、彼等二人のように何かあったら立ち止まり、カメラを向けるというような物見遊山の人はみかけなかった。

谷底を流れる透き通る流れが素晴らしかった。岩をめぐる白く渦巻く渓流が見ていてあきなかった。小さなビルほどもある岩の間に淀む、エメラルド・グリーンの深い静まりが太古を思わせた。流れが激しいせいか、そんな場所にも苔はついていない。流れはあくまでも荒々しく岩を噛んで白く砕け、そしてある場所では人間の踏み込む以前のままの姿で、岩の奥深くひっそりと息づいていた。あまりに透明なので、どこからが水でどこからが空気なのか分からない。山道は渓流を、流れに近づいたり、流れが見えないほど高く登ったりしながら上下し、場合によっては木立の間に消えたり、先日の台風で大木が倒れ岩石が流失して行き止まりになったりしながら、細々と続いていた。

千尋《せんひろ》の滝についたのは船をおりてから三時間、登山口から二時間半後である。山道から突き出すようにして建てられた小屋から見る滝は、はるか山上から谷底まで流れ落ち、同時に上から下まで見られないぐらい高く深かった。木の間がくれに満々とした水流で落下する白い流れは、思わず引き込まれそうなぐらい勢いがよく、水しぶきは谷間に充満し、すごい音を響かせていた。ズボンまで汗みずくで少し顎を出しかけている大樹と、少しは疲労しているらしいスラックスの尻が泥だらけの舞と、二人は柵に並んで眺めた。仕事の後の開放感とは違う疲れのあとの爽快感だ。そのすがすがしさは自然とこだまして五体五感にしみいってくるのだった。

「来てよかったね」と舞は大樹に笑いかけた。汗をかいた後の、上気した舞のはれやかな顔が子供のようだ。

「生きかえるね……しかしこれほどとは思わなかった、すごいところや」

「身体のいつも使わない筋肉を使うから、よけいつかれるんやわ」

「……あと半分、登れるかな」

「身体は、今が一番きついのと違う」

滝のしぶきで涼気に満ちた、小屋の中の木のベンチに座り、舞は梨をむいた。水気のたっぷりある梨が、今まで味わったことがないくらいうまかった。彼女が左ききであることを初めて知ったが、そのことを彼女にはいわなかった。定年後の、穴に落ち込んで這い上がれないのに誰も気づいてくれないような孤独感と、自分が空っぽになっていくような虚無感から、大樹を一気に開放し、彼を甦らせてくれる、そんな気持を彼は今味わっていた。……女房はどうころんでもこんなところへは来ないだろう。というより舞が誘わなかったら、こんなところへ来ることがなかった。

春めいてきた三月の下旬の夕方である。日がめっきり長くなり、窓ぎわの大樹の机から隣のビルに差す夕陽が、外壁のタイルを赤く染め窓ガラスを光らせているのが見えた。

彼は机いっぱいに図面を広げ、赤エンピツでチェックのアンダーラインを引いていた。彼の仕事は計画設計図から、分掛りを含めた概算の数量を拾いだし、現況の単価を掛けて、概算の工事費をはじき出す作業であった。概算見積といって、計画段階での採算をはじく基礎資料になるものである。集合住宅、事務所ビル、商業ビル、工場、倉庫、物流センター、ホテル、学校、病院、有料老人ホームとあらゆる種類の建築物が対象だ。金額も数億から数十億にわたっている。図面をチェックし、そこに書かれていないことまで頭に入れなければならない。これは誰にでもできるというものでなく、相当の経験をつまないとできない仕事だった。そして設計図が上がり、精算見積と比較し、それがオーバーした場合、その二つを並べて、その原因を調べ、コストダウンの指標になるものであった。予算をオーバーした場合、たいていは機能とは関係のない設計マンの遊びが原因なのだ。

部屋の隅では女子社員がたたくパソコンのキーの音がする。時々電動ノコギリで木を切るようなプリンターの音もまじる。誰かが電話をしていない限り、低い書類棚で仕切られた八階の奥のこの部屋はわりあい静かである。

春の日暮前、そんな仕事の恍惚《こうこつ》境にあった大樹に、不意に一つの思いがかぶさった。

……定年退職は死に似ている。死と同じく、ここにいる者は、誰もがいつかは通り抜けなければならない関所である。三途の川のようなものである。

今まであったものの大部分がそこで消えるのである。ここにある自分のデスクも、使い慣れた三角スケールや計算機や、引き出しの中にあるさまざまな書類、資料、たくさんの名刺、机の上に立てられた何冊ものデーターファイル、ここで仕事をするために彼が長年収集してきた財産は一切無になる。最早必要のないものになる。

社員名簿の中から大樹の名前が消える。三十七年間もあって、平社員から部長まで上り、今また平社員になっている彼の名前が消える。いくつかの職種をめぐり、いくつかの部署をまわったが、どこかには必ずあった彼の名前は、五月のある日からは永遠に消えるのである。それは同時に、彼の席から見える八階の広いフロアーの机の列も、そこに働く人たちも消えることを意味する。彼とは関係がなくなるのである。この場所で彼が仕事をすることは二度とないのだ。ここへ来ることがあっても外部者として来ることになる。この八階の情景は違ったものに見えるだろう。彼とは関係のないそらぞらしいものとして……。

あらゆる大樹の所属は無に帰し、ここで所有している大樹のいっさいのものは意味を失うのである。それは死に似ていた。彼の大部分が死ぬのである。

三十七年間、彼にとって会社の存在がいかに大きかったか。一日の大部分を、人生の大部分をここで過ごしてきたのだ。彼の活動のほとんど、彼の人間関係のほとんどは会社という社会の中で成り立っていた。彼の思考、彼の喜びや悲しみ、彼の日常生活、彼の精神生活の大半が今、消えようとしている。今、死のうとしている。彼の大半がなくなって果して生きていけるのか。

その後に何が残るのだろう？　……家庭人としての生活？　家庭も、会社に支えられていたことに今気づいた。家庭は会社へ通うための準備の場所、大樹が会社へ毎日無事に出勤するためのバックアップ基地であったことがわかった。会社と家庭は表と裏の関係でセットになっているのだ。

二十二歳から五十九歳まで、会社へ出勤するために朝起きて、会社から帰って夕食にビールを飲む、このサイクルの繰り返し……これが大樹の人生であった。結婚して子供が生まれて、夏季休暇には家族で海へ行って、中年になって営業に替わってゴルフをやって、会社の危機の時に労働組合を作って、今はまた技術職に戻っている。

定年退職で会社を辞めた後に、大樹には何が残るのだろうか。……零ではないが、限りなく零に近い。彼から会社を取り去れば、正月、娘がいみじくもいったように、大樹の存在そのものは「空」になる。中味は空っぽ……叩けば、ぽこんぽこんと空洞の音がする。これから先、女房が毎日、朝から晩まで彼と顔をつき合わせることに不安を感じるのは無理もない。それは彼女にとって、最早恐怖に近いだろう。ぬけがらの男の人生と、これから十年以上もつきあわなければならないのだから。

自然死と会社人間の死との違いは、こちらの方は自分から死ぬ準備をしなければならないことだ。死亡届けを……退社の後、退職金や一時金や年金をもらうための、その他いろいろな書類手続きをしなければならない。資料やさまざまな書類を処分し、引き出しの中を空にし、身のまわりを片づける。別れをつげ、ある日ひっそりとここを去らなければならない。これらは葬式の準備と同じだ。たいした準備ではないが、気が重いのである。なんだかつらいのであった。

大樹はこの時、舞のことを激しく思った。彼女との出会いはまったく偶然であって、会社人間である大樹としてではなかった。同人誌仲間とのつき合いも直接会社とは関係はないが、今さらそのつき合いを見直すには慣れ過ぎている。しかし舞は新鮮であった。今はじまったばかりである。舞は会社という土台を失った後の新しい着地点であった。

仕事のはかどらなかった計算書や図面を片づけて帰り支度をしながら、大樹の心は若者のようにふるえていた。いずれ舞の前に新しい男が現われて、彼女は再婚するだろう……多分。そういう男に彼がなれないことは明らかなことだ。大樹のように、そんなことはとうの昔に終わっている男に、それがどうだというのである。彼に必要なことは、舞を通して、会社人間をやめて新しく生きるためのシステムを取り戻すことなのだ。舞を媒介にしてそれを発見することなのである。エレベーターを降り、ビルの玄関を出て、春風の舞うまだ明るい御堂筋を歩きながら、彼はしきりにそのことを思った。

桃の木小屋についたのは日没ぎりぎりの時間であった。こんな山の中で日が暮れたら、あるかなきかの崖道を、まっくらな闇の中で手さぐり足さぐりで歩かなければならない。足を踏み外して谷底に転げ落ちる危険があった。何人もここで命を落としているのである。大樹は懐中電灯を持ってこなかったことをくやんだが、そんな心配は舞にはいわなかった。そんな心配は、舞はすっかり大樹にまかせている気配なのだった。黙って彼について来た。彼の持った枝を持ち、彼が足をかけた岩に足を置いた。暗くなりはじめた谷間に、人工のあかりが見えた時のうれしさといったらなかった。

桃の木小屋での手続きは舞がした。狭い急な木の階段を上った二階は、真中に廊下があり、両側が棚になっている。木の低い手摺をまたいで上ると、板張りの寝床である。一人の占有面積はタタミ一枚ぐらいで、廊下と反対側の板壁のきわに、薄い布団が折りたたまれてあった。すでに大勢の人々がそんな狭い場所で寝支度をはじめており、布団の上に腹ばいになって本を読んだり煙草を吸っていたりしていた。廊下側に張り渡されたロープに洗濯物をぶら下げている女の人たちもいた。こんな光景を見るのは大樹には初めての体験であった。男女、若者から老人までいて、なんだか避難民の収容所のような眺めに思われた。

自分らのスペースに荷物を置き、「とにかく先に風呂へ入ろうか」と、大樹の横で同じようにきょろきょろ見廻している舞に声をかけた。

「うん」といって彼女はいたずらっぽそうな黒い目を光らせた。どうやら舞はこの風景が気に入っている様子なのである。

板張りの床の、木製の湯舟の、暗い小さな風呂場には、彼らが遅く着いたせいもあって、誰も入ってはいなかった。ここでは石鹸もシャンプーも使えなかった。汗は流すだけだ。その汗を流すだけが極楽であった。熱い湯舟に入ったまま、なかなか出られなかった。舞のいう、使いなれない筋肉を酷使してきた疲れが、痛い泡になって次々と浮かび、消えていくような感じである。

カウンターで、スチールの丸い盆に盛りつけられた食事を受け取り、廊下と一緒になった、ここも誰もいない食堂の、比較的明るい玄関の脇のテーブルに席を取った。ついで冷たい谷水で冷やしたらしいビールを受け取りに、大樹は立った。どういうわけかその五百ミリリットルの缶ビールはすこぶる冷えていて、きゅうんと身体がふるえるほどうまかった。

「こんなおいしいビール、はじめて」舞はひとしきり目を細めていった。飲み屋のママがいうのだから間違いない。

今度の旅行には今まで味わったことのない新鮮な感動があちらこちらに転がっていた。会社を辞めて裸の人間になった人生の路傍には、それまでに無かった新しい発見があるのかもしれない。今、大樹はその旅を始めたのかもしれなかった。感動的なくらい、雪どけ水で冷やしたようなこのビールはきわめつきのうまさであった。

二人の食事が半ばを過ぎた頃に、中学生ぐらいの息子と、四十なかばぐらいの父親の二人連れが、同じく盆とビールを持って、彼らの隣のテーブルについた。どうやら今日最後の客のようだった。

「大台ケ原から降りてきました。……大台ケ原をひとまわりして、出発が遅かったので、こんな時間になってしまって、足元が危なくて……」

舞が話しかけて、父親はそんないいわけをした。

「私らも大阪です……豊中の方、蛍池です。……この子は身体が弱くて、こうしてきたえているんですよ」

舞は商売柄、相手に話をさせるのがたくみであった。早くもビールが廻ってきたらしい父親は、息子の方を見ながら二人にいろいろと話をした。彼の息子はどうやら登校拒否を起こしているらしかった。この父親はそんな息子と、真正面から格闘しているようなところがあって、舞を感激させた。舞が話しかけるのに中学生の子は、ぽつんぽつんと返事をするようになり、舞は夢中である。

大樹はカウンターに行って新しいビールを注文した。父親も来てビールを頼んだ。立ち話で彼が銀行員であると自己紹介した。大樹の方は今年定年を迎えたとはいわず、建設会社だといった。ビールを持って席に戻り、

「バブルが崩壊して、銀行も大変ですね」と大樹はいった。

「えっ……」急に話題が変って、舞は大樹の顔をみた。

「銀行も不良債権をかかえて大変や」なんとなく舞の顔を眺めて大樹は続けた。

「だいぶ償却しましたけどね……」父親は酔いで顔を赤くして、そんな二人の方を見ながらいった。

「銀行に限らず……日本の企業はもともと基盤が弱いですからね」父親は若干問題を転化した。

二人はその後しばらく、アメリカあたりから毎度たたかれている建設業と銀行の体質や日本的慣行の話をした。それがいつの間にか教育の話になり、彼の息子の話になっていた。一般の登山客らしからぬ彼らは、寝しずまってひっそりした一階の玄関脇の片隅で、激しい谷川の音を聞きながら、こうして話し込んだのだった。

大樹の誕生日の少し前、ということは定年退職の日の前の五月の連休——、彼は自分の計画を女房に話をした。年金と退職金を分けること、母親を有料老人ホームに入れ、その後に彼が住むこと……をである。

「世間体が悪い……」

黙って聞いていた、これが女房の第一声であった。

この言葉に、大樹の方がかっとなった。

「世間体？……」と彼はいい、言葉が続かなかった。これは大樹の存在の根本にかかわる問題なのだ。世間体などかまっていられるか。二人のこれからのあり方に関わる他の言葉なら、大樹の方でも再考の余地はあると思ったが、「世間体」……とは、そもそも何事であるかと腹が立った。夫婦として、お互いがお互いの責任をすでに果たしたではないか。

しかし冷静になって考えてみると、女房の言い分にはしっかりした根拠があった。彼が会社人間として人生の大半を送ってきたように、彼女は世間人間としての人生を過ごしてきたのだ。長い人生、二人のあり方は根本的に違っていた。女房の世間とは、隣近所、婦人会、彼女の参加しているサークルを加えてもかまわない。そして両親、弟夫婦、今あらたに娘夫婦である。大樹がしっかり会社に組み込まれているように、女房はしっかりと世間に組み込まれている。世間には定年はなかった。

大樹は意味のないお喋りが嫌いだった。世間話というやつはついていけない。殊に人の噂話にはうんざりする。女性週刊誌はそういう芸能人のスキャンダルだらけ、女房はこの年になってもちょくちょく買っていて、なんの役にもたたない芸能界の裏話を驚くほど知っていた。

「女の人ができた、というようなことはないのでしょうね……まあそんな年では考えられんことやけど」

「そんな年て……おまえもそんな年やないか」

「わたしはまだあんたより五つも若いわ」

よくいうよ、と大樹は思った。女房はいわゆるおかみさんタイプではなく、太ってもいないし、世間ずれした年寄りくさいところもなかったが、新しい考えや発想を受け入れる柔軟な組織がとうに枯渇しているように、大樹には思えていた。

「源氏物語のときに来ていただいた先生は、年配で素敵な方やったけど、それはそれだけ……あんたも同人誌の若い女の子にちやほやされても、それはそれだけの話やよ」などといっている。

ちらっと舞の姿が浮かんだが、大樹はそれをあわてて打ち消した。そしてさりげなく、

「もうこの年になったら可能性はないかな……」とつぶやくようにいった。

「あつかましい……それとも誰か心当りはあるの……まさかね」女房はさぐるような目の色をする。

「やっぱりあかんかな」大樹はあきらめ悪くいった。彼自身心底がっかりした気分になったのは事実である。長年一緒に暮らしてきた女の言葉には千金の重みがあった。舞のような若い女の子が、彼のことを思ってくれるなんてことは、ありえないだろう。

「一人でやっていけるの？　料理やなんか」

「やってみなければわからん……食事の心配はしてないけどね」

「まあお母さんの願いなら……それはやっぱりかなえてあげた方がいいと思うけど……なんだか

世話するのが嫌で老人ホームに入れたなんて思われるのは嫌よ。だからこれはあんたの意見でそうする、ということをちゃんとしておいて欲しいわ」

このあたりは身勝手なものであった。

五月の嫌になるほど長い連休、大樹にとっては最後の会社休み、彼らは何度かこの問題を話し合った。ある時には声高になって、かなり凄惨なやりとりになったこともあった。二人にとってこれは互いのあり方の根本にかかわる問題であったからである。話せば話すほどそうなってきた。とうとう女房は「なにいうても、そうしたいんやろ、あんたの好きなようにしたらええやないの」と捨てゼリフのような言葉を吐いた。この後彼女は、十日に一度は、洗濯物を持って帰ってくること、という妙な条件をつけた。この条件は、大樹を妙に納得させるものであった。

女の裸は自然ではない。そんなやわらかい白い薄い肌で、自然から身を守ることはできない。一日として太陽の下、自然の中で暮らすことはできない。女の裸はきわめて人工的なものだ。作られたものだ。自然の中に女の裸を置くと、それは異様なものに感じられる。自然の中の異物……完全な不釣り合い。この異様な不釣り合いが、そこに一つの世界を現出させる。自然そのものを異物と化する。自然を異化させるのだ。自然までも見なれないものにしてしまう。それは自然ではなくなり、女の風景と化す。自然とは違う意志のあるものとなる。

毛むくじゃらな類人猿から二百万年。男もそうだが、特に女は人類が悠久の歴史の中で作り上げた美……最高の芸術だと思う。芸術が異化だということが最もよく分かる。

舞を裸にして深い谷川の岩の上に立たせた時、大樹はこの異様な感じを味わった。あるべくもないものが、あるべくもないところに存在するのだ。この違和感……完全な自然と完全に造られたもの。白い丸みのある、傷つきやすい、柔らかな生き物が、原始のままの荒々しい自然の中に、幻想のように立っている。渓谷の風景と裸の女性の、二つの写真を人工的に合成したような、奇妙な感覚、突如出現した異物がかもしだす非日常の感覚!

大樹は興奮した。それは大変に生々しかった。この生々しい生きものを、果して彼のカメラが捕えられるか。カメラのファインダーの中で、裸の丸いやわらかい肩は腕は、胸の張り切った盛り上がりは、つんと立った赤い乳首は、白い大きなすべすべした尻は、太股は、他の動物にはない真っ直ぐな長い足は……ファインダーを通して、どれもこれもが彼に迫ってきた。荒々しい岩肌とその間に白く渦巻き流れる冷たい渓流、枝をたれている山肌、谷あいの向こうの陽の照る明るい背景。

この場所は昨日の登りの時に見つけておいた。道から谷川までそれほどの距離がなく、しかもその間を葉の茂った木立がおおっていた。枝をわけ崖を下るのに苦労した。小さい石と共に何度もずり落ち、枝で手を傷つけ、舞は少し泣きそうになっていたが、大樹は強引に降りて行った。

谷川に達して、平たい岩に腰かけ、桃の木小屋で作ってもらった弁当を食べた。その後、「やっぱり写真、とるの……」と舞がいい、「……とる」と大樹は断固としていった。

「写真屋でそんな写真やってくれるかしらね」と舞がいうのに「ヘアーが写ってるぐらいは、今は引き伸ばしてくれる。……舞が主人公の、『渓流』というタイトルの素晴らしいアルバム作るから……女は裸が一番美しい。

仏教国の日本では、絵画や彫刻は残念ながら仏さんがテーマやったが、ヨーロッパでは女の裸がテーマになった。彫刻は古代ギリシャのミロのヴィーナス――。ルネサンス、人間の開放、絵画はボッティチェリの『ヴィーナスの誕生』や」と前にいった話を繰り返した。

日本での女性の裸体画は黒田清輝が最初らしい。なんと一九〇〇年の頃である。国内博覧会の京都博でその絵が出展され、展覧するかどうかで、大論争が起った。

大樹の好きな裸の女の絵は、アングル「アンジュリクを助けるロジェ」であり、ポール・デルボー「青い長椅子」である。写真では篠山紀信「サンタ・フェ」宮沢リエのアルバムが好きだ。それに匹敵するようなのを作りたい。

「あっち向いてて」といって舞は服を脱いだ。たった数枚の着ているものを脱いだ後に現われたのが、非日常であった。世界を異物と化してしまう、やわらかく白い丸みのある、生き物であった。

渓流の谷川の中に立たせたり、岩の上で女鹿のように四つんばいにならせたり、アンデルセンの人形姫のようにもの思う姿に座らせたり、いろんな姿勢をとらせているうちに、舞はカメラを意識しない自然の姿を見せるようになった。「脱いでしまい」と舞にいわれ、いつしか大樹も裸になり、水のなかにどっぷりつかって、そんな流れで髪の毛をすすぐ裸の女を下からとったり、泳ぐ姿を横からとったりした。こうして舞も大樹の裸を何枚か撮した。泳いでいる写真で、白いお尻がぽっかり浮かんでいるのがいいらしかった。渓流の中でそこだけ生きているということか。

カメラはアングルが第一であると大樹は思っていた。そのアングルに持っていくためには、カメラマンの方でもいろいろな姿勢を取らなければならなかった。岩に腹ばいになったり、水の中からカメラと首だけをだしたりして写すのである。そうしないと裸の舞は生きてこない。画面から迫ってこない。

岩かげの深みでは、小さな岩魚が群れて、カメラを構えている彼の毛の中の肉っきれをつつきにきた。水は冷たかったが、彼も舞もそんなことはあまり感じてはいなかった。撮り終わった後に、この八月の盛夏の中で、二人は裸の身を寄せ合って、ぶるぶる震えることになった。

母親が有料老人ホームに入ったのは六月の終わり、大樹が母の家に引越したのは七月の初めである。母親には、テレビその他必要なものは新しく買ったので、母の家には古いものだが生活の道具は一式そろっていたから、彼の荷物はほとんどが本であった。同じ頃、女房の父親も入院して、一番手のあいている彼女は、最初はその世話で病院暮しであった。彼女の父は脳梗塞で倒れたのである。彼の母親が老人ホームに入る時は、女房と妹がつきそったが、彼の引越しには女房は来なかった。生活の道具がすべてそろっているところへ移るのだから、何も手伝うことはないということらしい。

父の残したアパートは五月頃から、よく知っている天下茶屋の不動産屋を通じて売りに出しているが、まだ買い手はつかなかった。大樹の計算ではその売り値で買って、年六パーセントの利廻りになるはずであった。それは四十五坪ほどの土地値だったから、銀行金利の安い時節いい買物のはずである。父の代からの知り合いの不動産屋に、大樹は、おまえの所でさばけないなら会社で取引のあった大手の不動産屋か、銀行の不動産部に頼むよ、とけしかけた。そのたびに頭の天辺の禿げた小柄な、彼よりいくつか年配のおやじは恐縮し、今にも客がつくようにいうのである。

有料老人ホームの購入費は、退職金の約四分の一と、不足分は二十五坪ほどの母が暮らしている古い家の土地を担保にして銀行から借り入れた。売りに出しているアパートの土地には抵当権を設定したくなくて、大樹は少し無理をしたのである。そんなわけで、アパートの管理という仕事が残っていて、早急に大樹は母の家に越してこなくてはならない事情が生まれたのであった。

七月の最初の日曜日、同人誌の例会を大樹の引越し先で持った。年に二回発行している同人誌の合評会の日には、掲載されている作品を全部とりあげるので長時間にわたる。前は、海辺や山の中の旅館に合宿して、土日をかけて徹夜でやることもあったが、同人の平均年齢が上がった最近では、粟津の家で行うことが多くなっていた。今度の大樹の家の方が粟津の家より、市内にあるだけ便利である。彼にも最初からそのつもりがあった。かっこよくしゃれていえば、文学のサロンにしたいという気持であった。

金を出し合って、天下茶屋商店街で夕食のものと酒のあての買い出しをした。茶の間と仏壇のある奥の間のあいだの襖をとっぱらい、女性の方が少し多い十数人の同人は、歴史ドラマの評定のような形で、だえん型に座った。粟津の司会で、例によって三十分遅れ、二時半から始まった。真ん中で夕食をとって、合評会はえんえんと続いた。始めは静かに、途中からは冷蔵庫にあるビールと、持ち寄ったウイスキーや地酒が入り、騒がしくなり、脱線しはじめ、終わったのは九時半である。

京都や神戸の遠方の人々が引きあげ、その他翌日出勤のある人も次々帰っていって、残ったのは五人である。例によって酔っぱらった粟津が帰さないのだ。彼の家の時も、大樹はいつも泊まる羽目になっていた。女性二人に、若い男性を入れた五人である。若い男性は弁護士の卵である。彼は小説の方はもう一つだが、雑用の方はてきぱきしていて段取りがよかった。同人の中には医者もいて、大樹は建築の技術者だから、小説を書く上での必要な知識は一通りそろうことになっていた。

五人はサウナのある近所の風呂屋に行き、まだ開いているスーパーで冷えた西瓜を買って帰って、茶の間で食べた。残った同人は家族のような気分で、さんざん喋ったのにまた別の話題があるのだった。粟津とはあれ以来舞の店には行っていなかったので、というより、粟津の鼻を酒のさかなにされたことが、彼の気分を害したらしくて、粟津の方から舞の店の話は出なかったので、大樹は舞の話はしなかった。奥の間では男性三人が寝て、女性二人が二階の、彼の部屋は本が積みっぱなしになっているので、かつての妹の部屋で休むことになったのは、深夜をかなりまわった時間であった。

月曜日、大樹は会社のOBの友人からの紹介で、かねて話のあった本町のインテリアの会社を訪ねた。その会社は単にインテリアだけではなく、小型店舗そのものの設計、施工を請け負っていて、このために一級建築士の資格のある人間を必要としていた。大樹に定年後の就職先にどうかというのである。彼はあまりその気がなかったのだが、友人がせっかくいってくれているので、挨拶だけにはいかざるをえなくなってしまった。

いかにも精力満々の、高級そうなスーツに身をかためた若い社長が、部屋の中央にでんとデスクを構えているその部屋に入った途端に、大樹はすっかりなえてしまった。その横のソファーで少し話をして、考えてみますといって引きあげた。あれじゃ、とてもじゃないが、つとまらないよ、と帰途、大樹は友人にこぼしたものである。

実はこの間にとんでもないことが起こっていた。約束通りその週の平日、洗濯物を持って女房の待つ家に帰った大樹に、「恥をかかされた」といって彼女は噛みついたのである。彼が友人と会社を訪ねている月曜日の午前中、女房は電話をしたらしかった。その電話に女性が出た。しかも木で鼻をくくったような応対をしたという。女房が大樹の一人住いの家に電話をしてきたのは、その時がはじめてである。娘が妊娠したという電話があったらしい。

大樹が出かける時、粟津はまだよく眠っていて、起き出してきた弁護士の卵に、鍵はポストにほうりこんでおいてくれ、といって家を出たのである。二人の女性は二階でまだ寝ている様子だった。そのうちの一人だろう。一人は協議離婚の話し合い中であり、もう一人は別居中であった。三十代後半と四十代前半……「主人」とか「家内」という言葉に、二人は二人ともアレルギー体質である。しかも彼は同人の間ではペンネームで通っていて二人は本名を知らない。とんちんかんな応対が手にとるように判る。彼は思わずにやにやするところだった。彼のいいわけに「二度と電話しませんからね、あんたが何かあってひっくり返っていても、知らないから……」といきまき、大樹はとんだ災難をこうむることになった。

梅雨あけの、雷が鳴り、激しく雨の降る七月の中旬、夜遅く舞が飛び込んできた。傘を傘立てに差し、靴を脱いで玄関を上がって来た舞に、「よくここがわかったね」とタオルを手渡しながら大樹は聞いた。

「洗面所はどこ」と濡れねずみになっている彼女はいって、彼に案内されながら、「まだ開いているお寿司屋さんがあって、そこで聞いたの……古い家やから、どこで聞いても判ると思ってたから」と続けた。これは彼の方がうかつであった。

結婚以来ここにはいないが、このあたりの古い家なら彼の方でもたいてい知っていた。昔の友人も何人かいた。大樹の古い碁がたきもいて、彼の家は質屋で確かまだ居るはずだったから、一度碁盤をかこみたいと思ったこともあった。しかしそういうつき合いができると、下町のことだから、ゴルフや釣りやと一気に人の輪が広がる気がして、大樹はそれがおっくうであった。ここが下町であることを彼はあらためて思った。

「今夜は泊まっていくね」

シャワーの後、持参してきたネグリジェに着がえ、茶の間の卓袱台《ちゃぶだい》の前に座った舞は、髪の毛を撫で上げながら、ぼそっといった。こんな夜に、これから帰るわけにはいくまい。

「それはいいけど……何かあったの？」

大樹は冷蔵庫から取り出したビールを、二つのコップに入れながら聞いた。

「たいしたことや、ないねんけど……ね」

ビールを一気に飲み干し、舞は少し話しづらそうにいった。大樹は冷蔵庫からチーズを出してきて、「わかった、前の亭主が尋ねてきたんや」と勢い込んでいった。

四年前に別れた前夫が、よりを戻したいといってきているという話は、舞から聞いていた。三年間同棲して、正式に結婚して、半年で離婚したという、変な経歴を舞は持っていた。相手は舞と別れた後、彼が入りびたっていたスナックの女と再婚したということである。舞の方は、両親が酒屋をしていた店を改造して、飲み屋を始めた。「酒屋」を「酒場」に変えたのは二年前である。その間に養子の父親は家から出て行き、彼女は今、店の二階で母親と暮らしている。大樹は話したことはないが、酒屋の女主人である母親は豪傑な人であるらしかった。忙しい時は母も店に出ていて、舞の店の家庭料理は母親直伝であった。

相手の男は、再婚した女とつい最近別れたらしかった。聞いた範囲では、今までから職の安定しないその男は、少しやくざっぽい感じであった。舞は電話がかかってきても黙って切るらしい。気の強い舞は、男との関係の泣き言はいわなかったが、母と二人きりなので最近は少し気味が悪くなっている……と、大樹が家を出ると彼女にいった先月、そんな話をはじめて彼にした。

「今夜、ちょうど店に須藤さんがそのとき居てね。……彼女がしっかりいうてくれて、ほんまに助かったんやわ」

と、舞らしくなくぼそぼそといい、その時の様子をもの語った。

すでに酔って店に入ってきてぐだぐだいう、舞より二つばかり若いその男に、須藤さんはとどめの言葉を投げつけた。

「舞の相手というのはね……少し年配の方やけど、大手建設会社の一級建築士やよ、最近奥さん亡くされて、あたしも何度も会ったけど、それは立派な人……」

この須藤さんの言葉を聞いて、大樹は思わず笑い出してしまった。

「男湯で、十人居れば十本あるわけや……なんていう男が、立派な人かね」とまぜかえさざるをえなかった。

「現場か……」

舞の元夫は、建設会社に多少通じているらしかった。

「そう、大きな現場の現場監督……でも温厚な紳士よ、今はもう本社勤務が多いらしいけどね」

須藤さんはそういって、煙草の煙をすぽすぽと天井に向かって吐いた。……あの宝石だらけのキャリアウーマンか有閑マダムか見分けのつかない、身体も顔も目玉も大きい貫禄のある彼女のそんな姿が、見えるようだ。須藤さんはその後二度ほど舞の店で会っているが、その役は彼女にはうってつけに思えた。

「須藤さんには、俺の定年の話はしなかったかな?」

「知っているわよ……知っていて、いってるんやわ」

「ふうん……」

大樹は思わずうなった。自作自演で、しっかり芝居もできるのだ。最後に、男は、大樹の建設会社の名前を聞き出そうとした。そこで舞がいった。

「なんでそんなことあんたにいう必要があるの……、だいたい須藤さん、ぺらぺら喋り過ぎよ、大樹さんに迷惑がかかったらどうするつもり」

この言葉が決定的であったらしい。大樹さんなどと、相手の男の名前をファーストネームでいわれたのがショックであったらしかった。

「温厚な紳士か……見かけだおしやな、中身は迷える小羊やのに」

「そう、その温厚な紳士に、急にあいたくなったの……あの男が店を出ると、須藤さんにもいわれて……すぐに店を閉めて、嵐の中を会いに来たのよ、ネグリジェ持って……」

こういって舞は「……くすん」と笑った。

そしてその夜、抱き合って寝た夢の中の舞の言葉……私の欲しいのはあなたではなくて、あなたの子供よ……は妙に大樹を納得させるものであった。

十時過ぎ、桃の木小屋を最後に出た舞と大樹は、途中で写真撮影などをしたので、昨日六時間ほどで登った同じ道を九時間かかって下ることになった。登りより下りの方が楽なはずだが、昨日の今日で足のふんばりがきかなくなっていたのだ。他の人のように、午後の一時半の船で帰るのではなく、今夜は宮川貯水池に面した麓の大杉谷山荘に泊まることになっていた。

「笑ってしまうね……また日が暮れてきた」

登山口を出たところで、あたりが急に暗くなった。

「大樹の予定は、よっぽど正確にできているんや」

舞は笑い出し、彼も笑わざるをえなかった。ここから二十分、途中で真っ暗になっても、平らなアスファルトの道だから、まあ問題はないだろう。高い杉木立にたちこめる霧のような夜の気配の底を、リュックをゆすりあげながら、登山靴を鳴らしてゆっくりと歩いた。けわしい谷を登り、降りてきた自信が、大樹をほがらかな気分にしていた。

来る時に見た長い石段を、重い足を上げて大樹はようやく上った。山羊を飼っているらしくその匂いが強くした。右手に、手づくりらしい木のテラスの上に木のテーブルと切り株の椅子が見え、そちらに廻ると玄関があった。玄関の横で犬がしきりに尻尾を振っていた。かなり古い山荘である。暗いガラス戸を開けて中に入る。玄関の土間にはさまざまな木の彫刻が乱雑に置いてある。声をかけると、髭だらけのよく陽に焼けたちょっと年齢のわからない、スリムな、しかしいかにも山男らしい筋肉質の人が出て来た。

「夏川さんだね……お疲れさま」

こういって受付になっている事務所に入った。舞はそのカウンターで、夏川大樹、同、舞と、彼の住所を左手できれいな字で書いた。公的に彼のペンネームと住所が書かれたのはこれが初めてである。大樹は少しぞくぞくとした。会社人間から完全に離れ、彼はわけのわからない存在になってしまった。このことが彼を若がらせたらしい。……舞との出会い。考えてみれば大樹の場合、エルンスト・ブロッホが『希望の原理』でいっているように、今が男の第二次恋愛適齢期だったようだ。

彼女の家の表札には、彼女の母の名前と、花丘舞というペンネームの表札が上がっているのである。大樹もその真似をして、母親の名前の横に夏川大樹とペンネームの表札をかけ、郵便局にもそう届けた。本名は当分女房の方へ貸しておくことにした。その真新しい表札は、彼をなんだか作家気分にし、ちょっとしたものであった。今のところ来る郵便は、同人誌の関係と舞のものだけだった。これは将来ともそれだけかもしれない。

「家族風呂あいてるから、先に汗を流しますか」

といいながら、この山荘のオーナー兼従業員らしいつやつや光る黒い髭の男は、鍵を渡し、

「あっ、二階の真ん中……そこ上って」と部屋から半分身を乗り出して指差した。

二階の廊下には八室ぐらい部屋が並んでいて、階段を上った二つ目の部屋の名前が、鍵の札の「あすなろう」と同じだった。踏み込みはあるが、床の間も何もない殺風景な四帖半だ。が、とにかく個室である。押入れもついている。リュックを置いて、網戸の入った窓から下を見ると、木のテラスが見え、その向こうの黒々とした山の崖の下に、暗闇の中でかろうじて河原が見下ろせた。

リュックから下着やタオルを取り出し、「先に風呂へ行ってるよ」と舞に声をかけて、大樹はそそくさと部屋を出た。なんだか照れくさかった。廊下を抜け、今度は奥の階段を降りた。

脱衣室も浴室も古びてはいたが、桃の木小屋とはくらべものにならないくらい広かった。床はタイル貼りで、浴槽は同じように木製だが、同時に二、三人は入れる大きさだ。傑作なのは入口にぶら下げられた木札である。なるほど「家族」と大きく書かれているが、その下には「男性」という札があり裏返すと「女性」と書かれている。これはなかなかの工夫だと思わずににやにやした。ここには男湯も女湯も家族風呂もある。時間を含めたアインシュタインの四次元の世界の活用だ。そんなことを考え、脱衣室で汗だらけの服を脱ぎ、浴室に入り、ひやっと悲鳴を上げながら、冷たい水のシャワーを浴びた。それからゆっくりと湯に身を沈め、思わず目を閉じた。溜息が出るほど気持が良かった。

待つほどもなく、脱衣室に人の気配がし、舞がガラス戸を開けて入ってきた。

「やっぱり、陽に焼けてるわ」

舞はかかり湯をしながら、よく響く声でいった。

「水着のあとがないのが、恰好ええやろ」

目をつぶったままいった大樹の声も、浴室によく響いた。

木の縁に頭を載せて思い切り足を伸ばしている彼の横に、木の縁をまたいで入ってきた舞は、わざと湯をかけるようにして、ばしゃばしゃとタオルをつかった。「もう……」といって彼は思わず目を開けた。

「あぁ……ええ気持」といって、舞は大樹の顔を見……そして見つめた。ややあって、豊かな乳房を押しつけ、今度は彼女の方が目をつぶって、やわらかい唇を重ねてきた。白い大きな身体が湯の中でひるがえり、彼の上に乗ってくる。舞の毛が大樹の太股に触れた。彼のものは素直な反応を示しはじめた。正常な自分の機能に安心するよりも、大樹は恥ずかしさの方が先に立った。

これは舞が、雷の鳴る激しい雨の中をやってきた夜以来であった。

あの時、夢で見た舞の「あなたの子供が欲しい」といった言葉が甦った。前回もそうだが、今回も避妊しようとはいわない。結婚はこりごりだが、子供は生みたいということなのだろう。すぐに三十代の後半、自分の年齢を意識してのことか……。

彼らが最後の客らしい食堂には、酒をのみながら騒いでいる四、五人の中年すぎの男と、その向こうに二組の夫婦連れがいた。一組は上品な老人のカップルであり、もう一組は、彼らと同じかなりの年の違うカップルであって、こちらの方は親子かもしれない。その他に白い大きな愛想のない猫がのそのそ歩いていた。二階の部屋はひっそりしていたから、どうやら今夜の泊り客はこれだけらしい。

桃の木小屋と同じように、ステンレスの盆に盛りつけられた料理と、頼んだビールがやってきた。髭の男は料理人も兼ねていた。

「よくがんばりましたね」と舞がいい、

「おかげさまです」と大樹がいって、二日目の乾杯をした。

二人の横でさかんに喋っている男たちの話が、没世間的でひどく面白かった。こういう話の好きな舞は、大樹の顔をみながらにこにこした。年の違ったカップルは食堂の隅でテレビを見ていたが、老夫婦は、口ははさまないが、彼らの話を楽しんで聞いているようであった。

「ナビゲーターとクロコダイルの違い、知ってるか？」

こういってるのは目のくりくりした、首の短い少し太った丸顔の男である。

「ナビゲーターは水先案内人だろ……クロコダイルて何や」

髭のオーナーが丸顔の横に腰かけ、話に加わってそういった。

「ナビゲーター？……違った、アリゲーターや」と丸顔はあわてて訂正した。

「クロコダイル？……鯛の種類かいな」二人からは顔の見えない、丸顔の向かいの、一番年配らしい銀髪の人がいった。

「違う違う……ワニの種類や」

「ワニ?……ワニがどうしたのや」

これは横向きに座っている、色の真っ黒な四角いがんじょうな身体をした男で、話に横から割って入る。

「わしの兄貴がやな……インドでワニの肉を食べたのや、それがまずうてまずうて」丸顔の男は思い切り顔をしかめた。表情の豊かな男である。

「それはどっち……アリゲーターかクロコダイルか」とこれは髭のオーナー。

「インドやから、クロコダイル……アリゲーターはアメリカのワニや」

丸顔は待ってましたという調子で二つのワニの違いをとうとうと述べた。彼の話によると、インドのクロコダイルは、同じクロコダイルでも他とは違って、鼻が丸いらしかった。そのワニがガンジス河を頭だけだして迫ってくる。泳いでいた兄貴は、舟に上がろうとするがなかなか上がれない。

「そのワニの丸顔、いや丸鼻の話、信用していいの」話が一区切りついたところで、髭のオーナーは静かに聞いた。

「丸顔のワニ……」といって舞はくすっと笑った。

先ほどアリゲーターとナビゲーターを間違えたこともあって、

「兄貴がそういうたけどなぁ、……反対かも分からんなあ、四角い方かも……」とくりくりした目玉の丸顔は急に自信のない声になった。

ワニの種類と、兄貴がワニに追いかけられた実況談と、高い金を出して兄貴が食べたというワニの肉の話は、大樹と舞の食事の間中続けられた。髭のオーナーのあいの手が実にいいのである。そして次がドラム缶の話になった。この主役は、丸顔の隣の、いかつい黒い顔の、四角いがんじょうな男である。この人たちは、毎年この時期にここへやってきて、四、五日は滞在するらしい。翌日二人が帰る時には、木陰にベンチと椅子を降して西瓜を売っていた。上品な銀髪に「もうかりますか」と声をかけると「あれですから、赤字ですわ」と渋い顔をした。丸顔と黒い顔の二人が、がつがつと西瓜をほおばっているのである。

そんな彼らは星空を見ながら、河原でドラム缶の風呂に入るのを楽しみに来るということだった。

「敗戦直後の焼跡を思い出しますね」

と、さっきから話の輪に入っている大樹がいった。

「どうです、はいりませんか……奥さんはちょっと無理だけど」

銀髪も今は横向きに座り、こっちを向いていて、ちょっと片目をつぶった。大樹よりいくつか年配のようだが、なかなかいい男ぶりである。

「この人はねぇ……星座の神様、星はなんでも知っている……ではなくて、星のことならなんでも知っている」

髭のオーナーがいい声で唄って、笑いながらいった。

「そして、この人は光る金玉星人」

丸顔はすましていい、今まであまり話に加わらなかった銀髪の隣の、二番目ぐらいに年長者らしい、ひょろっと背の高い人を紹介した。のっぺり長い顔に、須藤さんなら相関関係をいいそうな、先も元もずぼんとした長い鼻がついている。

「金玉星人……」

舞が思わずいった。「キャハ、ハ、ハ、ハ」という例の突拍子もない彼女の笑いがはじけるのかと、大樹はひやひやしたが、彼女も場所柄はわきまえているようであった。

「金玉星人……それどういうこと？」と大樹は先手を打ってあわてて聞いた。

「それがねえ……わしらがドラム缶風呂に入ってると、この人が懐中電灯をズボンのポケットに入れて土手を降りて来たのや、なにしろ両手に荷物持ってたから、ビールやらビニール袋に入れたつまみやら、……暗闇にぼおっと人の影が浮かんで、股のところがぴかぴか光っとる……わあ、金玉星人や……て、星の先生がすっとんきょうな声を上げた」

話し好きらしい、クロコダイルの丸顔が、立って身ぶりをまじえて話した。これには大樹も舞も笑い出さざるをえなかった。股の前を光らせた男の影の、暗い河原のその状景が目に見えるようだ。

「ぼちぼちドラム缶風呂に火を入れましょう」

真っ黒な顔のドラム缶男がいいだしたのは、それから少し後である。

「奥さんも見に来て下さいよ」

銀髪は舞が気に入ったのか、またウインクの真似事をして席を立った。この人のウインクは年の割にはそんな悪い感じはしない。舞は笑って頭を下げた。

二人はいったん部屋に帰って、汚れものを取り出してリュックの整理をした。その後、下へ降り、脱衣室の隣の洗面所で、汗に濡れたものの水洗いをしながら、舞は思い出し笑いをしていった。

「光る金玉星人やて、けっさくね……今度店でこの話をしよう」

彼女はさっそく商売に使うつもりらしい。

「丸顔のクロコダイルに、真っ黒なドラム缶男、それに星座の神様……どういう人たちや」

「オーナーの髭男が魅力的やから、集まってくるんやと思うわ」

電話もないこんな山の中で、山羊を飼い、犬三匹と「磨」という猫一匹を飼い、テーブルや椅子を作り、木彫りのいくつものわけのわからない彫刻を彫り、山荘を経営して何もかも一人でやっている、無愛想なようでいて人当りがよく、どことなく人をそらさないところのある、この大杉谷山荘の、独身……らしいオーナーが、舞には実にたのもしく見えるようであった。

「この仕事、好きでやってるんやろけど……一つの生き方やね」

「きっと今までに、何かあったんやわ」

「それで隠遁生活……」彼はひやかしていった。

「山と青春しているの」

「あの年で……」

「年に関係ないわ」舞は激しくいった。そして「そこがあなたの駄目なとこよ」と彼を横目に見て更にいった。

「そうでしょ……やっぱりおくびょうなんや」

「おくびょう？」大樹はへどもどして聞いた。

「そんなんでは、女を愛することはでけへんわ」

舞はぷりぷりして、洗濯ものを絞り上げた。そのしぼり方を見ていると、腕力はかなり強そうである。大樹は思わず溜息をついた。

彼女のいう通りかもしれない。彼は黙らざるをえなかった。会社人間であった彼の、一番縁遠いタイプの男であり、男たちである。とてもかなわないなぁ……、あの男たちにもだが、舞にもだ。去年の秋、ホテルのロビーで最初に出会った彼女のことが思い出された。一人で煙草をふかしていた、しゃくれ上がった顎の、その顎が、横にいる女に重なった。女を愛せないか……やっぱり俺のつき合っていける女ではないのかなぁ。

しかし、考えてみれば、大樹の人生、まだ陽は高いのである。陽が暮れるまで、男性の平均寿命の八十歳まで、二十年もある。それは誕生してから成人になるまでの年月である。妻がいうように、その年月をいかに生きるか……。それが今の彼の課題であることに気がついた。――山と青春しているか――。しっかりとした目標？　まではいらないが、どう生きるかの心構えは必要だろう。例えば文学でもいい。そうでなければ老いていくしかないではないか。人間は死ぬまで生きているのだ。そうして成長しているのだ。舞と一緒になる？　そこまで飛躍することはないが、それも一つの選択だろう。何も恐れることはない。舞としっかりと対峙すべきだ。彼女のいっているのはそのことだということに気がついた。しかしそうなったら妻は黙っていないだろう。約束が違うといって開き直るに違いない。バトルが始まることは目に見えている。彼は思わず寒気がしてきた。

二人がサンダルを突っかけて、ドラム缶風呂を見るために山荘の石段を降りたのは、九時過ぎであった。今までの生活からいえば、まだ宵の口である。しかし人工の明りのまったくないこの山荘では、宵の口も何もなかった。山荘の灯りの外へ出ると、鼻をつままれてもわからない闇だ。アスファルトの道の続いているのが、残像のように闇の底に浮かぶのが頼りである。

星がよく飛びますよ、といっていた星博士の言葉を思い出し、山あいの空を眺めた。見事な星空である。天の川が中央にかかっていて、黒い山の峰の間に、一面いきいきした星が輝いている。足元もわからない闇の中から見上げていると、酔ったようにふらふらしてくる。

谷底を見ると、木の間がくれの、河原に火が見える。目をこらすと火のゆらめきの中に裸らしい人の影も見え、話し声も聞こえ、ドラム缶風呂は盛況のようである。湯に入ったり、川の中にも入ったりしているらしい。しかしこんな真っ暗な闇の中では、懐中電灯でもない限り、土手を下ってはいけない。二人は登山口の方へ向かって歩いた。

舞が大樹の腕にぶら下がって歩くので、二人はよたよたとした歩き方になった。なんだかやけになっている女の気配もある。

――大樹の本、いつ出るの、と舞が闇の中で声を出した。今そんなことをぜんぜん考えていなかった大樹は、しばらくしてから答えた。

――おふくろのアパートが売れてから。

大樹は今まで同人誌に発表した作品の中から、セレクトして一冊の本にまとめるつもりだった。粟津などはもう四冊も自費出版していた。この年になって今度のが、彼の処女出版になる。

――アパート、いつ売れるの？　真っ暗闇で、息がつまるのか、舞がまた声をかけてきた。

――今進めている話がうまくいけば、九月の中頃には売れるかな。

なにしろ、人の住むアパートを住人つきで売るのだから、相手は土地が欲しい人ではない。アパート経営に対する投資だ。買手の方でもいろんな角度から採算性の検討をしなければならないだろう。場合によれば、大樹が経営の肩替わりをしてもよいのだが、そうはいかない事情があった。

――妹が、亭主と別れたがっていてね……おふくろと相談して、立て替えた分を差し引いて、残った金は、半分はおふくろに、その残りを妹と半分わけすることになってる、妹の自活の資金にね。おふくろの月々の費用は年金でいけるから。

――妹さん、おいくつ？　――俺よりちょうど十歳下、戦後生まれ。

――今何かやってはんの。――神戸で炉端焼の店まかされて、やってる。まあ、その店を買う権利金かな。

——一度連れてって。——わかった。

舞がいよいよ寄りかかってきて、大樹は腰がくだけそうになった。寄りかかるのに意地になっているのか、彼にあまえているのかよく分からない。

——こら、しっかり歩け。——まっくらやもん。

彼女はそういって大樹の手をとった。手をつないで歩くなんて、いつ以来だろう。娘の小さい時か……舞の手は、あたりまえだが、ずいぶん大きく、汗ばんでいた。

しばらく歩き、手に触れたのか、舞はその手を離し、彼の浴衣に入れてきて勃起した彼のものを握った。習い性になりそうだが、ほうっておけなかったのだろう。大樹は若返った気持だ。二人がノーパンになっていたのが、刺激になったのかもしれない。彼は彼女の腰を抱いた。五枚ずつ持ってきたパンツは汗でぐしょぐしょになった。なんだか二人の関係を象徴しているようで笑ってしまった。

——舞、ほら流れ星……。

反対の手で大樹の指差す方の空を、彼にすがりつくようにして見た舞は、

——あっ……、と叫んだ。そして空いた手で流れ星を追った。彼女が叫び声を上げるほど、夜を切り裂くその光の流れは、満天の星の中で、ひときわ長く明るかった。

桜吹雪

由紀さん

僕は昨日、大人の男になった。だから今日から、お姉さんのことを由紀さんと呼びます。

昨日、高い崖から海へ飛び込む——キンタマを押さえて足からではなく、頭からです——ような気持で、飛田遊郭へ行きました。このことは、家族の者も、友人も誰も知りません。しかしお姉さんだけには知って欲しいと思いました。行く前からお姉さんに報告しようと……あっ、またお姉さんと書いています由紀さんに、報告しようと——報告という言葉もおかしいか——。どういうわけか、間中、由紀さんのことを考えていました。それで遊郭へ入る度胸が出たし、なんとか女を知ることができたのだと思います。

高校三年生の僕のクラスで、飛田遊郭へ行ったのは、僕が三人目です。他の二人はクラス中に喋りまくっています。工業高校は男子校で、そんな雰囲気があります。が、僕は絶対誰にもいいません。自慢するために女を買ったのではないのだから……僕はただ由紀さんに知ってもらえばいいのです。僕が大人の男になったことを。

僕の学校は、由紀さんも知っているように、飛田遊郭から三十分ぐらいのところに——反対でした——飛田遊郭は僕の学校から歩いて南東へ三十分ぐらいのところにあります。僕の家から学校までは北へ三十分、――歩けばですけど、自転車で通えば十分です――僕の家から遊郭へは北東へ三十分、二等辺三角形の東の頂点にあります。ここで幾何の勉強をする必要はないのであって、僕のいいたいことは、遊郭が僕ら学生の生活圏にあるということです。しかしそこへ飛び込むのは、六、七メートルぐらいの絶壁から海へ飛び込むぐらいの勇気がいる、……それは勇気だけの問題であるということをいいたいのです。自転車で学校からの帰り、何度も遊郭の中の道を通り抜けたことがあるのだから、ちょっと寄り道する感じかな。

だからここで由紀さんが登場するわけです。こんな話のできるのはお姉さんだけです。僕のママの、お姉さん、つまり伯母さんは、甥である僕よりふたまわり上の同じ申年《さる》。これが大きい。なんでも打ち明けられる女の人です。僕が女を知ることにより、お姉さんは、「由紀」さんになるのです。このために遊郭にいった、といってもいいと思います。そうしないと、一対一の男女とは認めてもらえない。いつもお姉さんの中では、僕は六歳の時の幼児のままで、それがそのまま大きくなったイメージでしかない。ママとそんな話を電話でしているのを知っています。お姉さんに、僕としては一人前の男と認めて欲しいのです。そしてお姉さんのことを、由紀さんと呼びたいのです。

飛田遊郭は、昔は四百軒以上あったらしいのですが、一九五七年売春防止法施行以来――ちゃんと調べました――。二百軒程度に減ったということで、自転車で通って数えたのですが、とても歩いて調べる度胸はありません。一九九八年現在も、そんなところです。「百番」という一番大きな家も、料亭になって今も営業しています。そこへ少し前、北野のお父さんに連れて行ってもらいました。大きな中庭があり、凝った造りのいくつもの部屋が廊下でつながっています。料理はあまりおいしくはありません。建物は御殿のようだけど、中身は大衆料亭やなあ、と北野のお父さんはいってました。

大阪には、江戸時代、日本三大遊郭の一つである新町遊郭というのがあって、そこには夕霧大夫がいたりして、西鶴や近松の舞台になった。なにしろ商人の街ですから、大きな、にぎやかな遊郭だったのですが、あまりにも大阪の船場のどまんなかにありすぎて、明治になって、廃止され、そこに替わって天王寺の外れの飛田に、政府公認の遊郭ができたのだということ。――食事をしながら……ビールがつきました。――北野のお父さんは、高校生二人に説明してくれました。

じゃこの「百番」は百三十年以上経つの、と北野が聞くと、お父さんが若い頃来た時はすでに今と同じくらい古かったけれど、百三十年は経たないと思う。せいぜい大正時代ではないか、だから八十年ぐらいではないか、という返事です。お父さんがここへ来た時はまだ遊郭やってた？と北野が聞くと、お父さんはあわてて、とっくに料亭になってたといいましたが、そのあわてぶりから見ると、ちょっとあやしいと思いました。しかしお父さんの年はお姉さんより五つ上ですので、一九五六年にはまだ五歳、それはありえないと思いました。

遊郭に上がってどんな感じだったか、ということについては書きません。女の人にとっては毒だから。とにかく普通の感じです。和室に布団を敷いて、そこに寝るのです。別に感動もなければ、嫌悪感もありません。僕には由紀さんがいるのだから……由紀さんのことばかり考えていました。その時は、お姉さんのイメージではありませんでした。由紀さんです。美しい、僕の大好きな憧れの女性のことです。由紀さんとくらべたら、屁みたいなものです。比べるのがおかしいのです。そんなこんなで、さっさと終わって、服を着て帰ってきました。

こうしてずいぶん久しぶりに手紙を書かなければならなくなったのです。お姉さんに、こんな長い、大人の手紙を書いたことがありません。しかし書いてみると、いくらでも書けるので、自分でも驚いています。

由紀さんが、昨年の秋に、琵琶湖の奥に、農家の離れを買って、隠遁してしまって、お手紙をいただいた時も、そこが桜の名所で、花見時に遊びに来ないかと、誘っていただいた時も一度も返事を書かないでいて、ようやく書いた返事がこんな手紙で申しわけありません。こんな手紙でもよければ、これからちょくちょくお手紙を差し上げようと思います。

一九九八年五月十日（日）

治

いさお様

わたしの方は、名前を漢字ではなく、今まで通り平仮名で書くことにします。そうでしょう「治」

と書いて、「いさお」なんて、誰も読めないではないですか。あなたのパパのお父さんはお坊さんで、その人につけてもらったと聞いたけど、どこから引っ張り出してきてこんな名前を考えたのでしょうね。いさおという名前はいいのに、なぜこんな漢字を当てたのか、功でも、勲だってよかったのに。誰にも読めないからいいのだ、といってたと、「未知」はいってたけど。

あなたの母親のこの「未知」という名前もわたしは首を傾げます。父は私に、由紀などとありふれた名前をつけて、妹の方にこんなむつかしい名前をつけて、未知の世界だ、などと喜んでいる。彼女は名前とは逆に平凡な人生を送り、私の方はあまり平凡ではない人生を送る羽目になってしまった。だから、平仮名のいさおで通しますけど、さすがいさおちゃんはやめます。もう大人の男になったのだから、いさお様とします。

大人の男になって、おめでとうございます。いっちょまえの男になったのですね。でもどこがどう変わったのかしら？　この前の手紙では、飛田遊郭へ行ったことしか書いていなくて……。遊郭なんて、お金さえ出せば、女は駄目だけど、男なら誰でも入れるのではないでしょうか。それとも、未成年で行ったからえらかったのかしら。遊郭そのものが法律違反だから、未成年も成年も関係ないと思うけど……。ママに遊郭に行くから金をくれ、とはいくらいさおちゃんでもいえないから、小遣いを溜めるか、アルバイトの金で行ったのでしょうけど。そうか、その勇気がえらいということか。二回も、崖の上から海に飛び込む勇気、と書いていたから、そのことか。なるほど。

これでちょっと分かりました。男性は、自分からやらないと、そういうことはできない、ということですね。女性はたいていの場合は受け身で、相手がその気になったら、受けるか、やんわり辞退するかを考えたらいい。しかし男の人は自分からその気になって行動を起こさなければならない。これは相手が素人の女性でも、玄人の女性でも同じということか。男は大変ですね。その大変さが分かるから心優しい女性はつい受けてしまうのかな。いさおちゃん、では駄目ですね。いさお様……、いさおさんにしますわね、これからは。

いくつもの通りに、ずらっと何十軒と並んでいて、みんな玄関が開いたまま、上がり框《かまち》の向こうに分厚い座布団を敷いて、美しい女性が照明を浴びて坐っている。わたしも二、三度見たことがあります。よそおいをこらしたそんな女性たちの、雛人形の大きなショーウインドーの通り……そうですか、今でも二百軒もあるのですか。あそこは異世界ですね。その一軒に入ったのやね。これは大変なことやわ。赤飯でも炊いてお祝いをしないといけませんね。知らせてくれて有難う。

お祝いのことで思い出したのですが、別にお祝いとは関係ないのだけど、お花見のことです。ここへ越してきて、初めて見た桜のことです。この前の手紙でお知らせしたように、こちらには海津大崎《かいづおおさき》という桜の名所があります。樹齢四十年になる六〇〇本のソメイヨシノが約四キロにわたって、大阪でいえば御堂筋の淀屋橋の市役所の前から、ナンバの高島屋の前まで、高い木は八メートルもあって、見事な桜並木を作ります。地元の人にいわれて、わたしは琵琶湖の船の上から見物しました。

同じ船に乗った人から聞いたのですが、昔……昔といっても樹齢四十年ですから知れています。……大変な寒波の時があって、雪が降っているのに、桜が咲いたというのですね。滋賀県は愛知《えち》川から北は、豪雪地帯の指定になっています。だから家の造りも違います。海津大崎や余呉《よご》湖のあたりは、日本海側と同じです。マキノにスキー場があるくらいだから雪が降ります。しかし桜の方は四月十日頃が見頃で、京都や大阪と一週間あまりしか違いません。だからこれはありうることかと、わたしも思いました。

そのイメージがいいじゃないですか。雪が降っているのに桜が咲いている。これは逆ですね……桜が咲いているのに雪が降っている。まるで桜の花びらのように降る雪、花びらの上に積もる雪……。わたしは「由紀」ではなく、真白な「雪」という名前にして欲しかったと思います。わたしはここへ越してきてよかったと思います。美しい二つの自然現象が、一刻同時に存在する。それはありえない非日常であり、異世界を現出するのではないでしょうか。春の訪れと冬の終わり……。雪が、吹雪にでもなったら最高ですね。乱れ飛ぶ雪と花びら……吹雪の中で咲く、桜の花のほのかな赤さ。

いさおさん、わたしにも手紙を書かせて下さい。わたしの見たこと感じたことを、誰かに知らせたいのです。そうすれば、一人っきりの生活、しっかり見て、しっかり感じることができると思います。その相手としては、いさおさんが最高です。人生のいろんなことを知りはじめた若者。

同じ人生途上でも、二十四年間の開きがあり、その開きがハーモニーをかもしだすと思うのです。
雪と桜のハーモニー。

由紀

五月十七日（日）

由紀様

昨日中間考査が終わったのでこれを書いています。

雪と桜のハーモニー、感動しました。僕は雪か桜のどちらの方でしょうね。僕は雪。由紀さんを美しく包むのです。僕は由紀さんの方でしょうか。桜は由紀さんの引き立て役です。舞台装置です。本当は冷たいのに、由紀さんは僕を嘻々として浴びる。きき、と云うのはこんな字を書くのですね。由紀さんに手紙を書くようになって、といっても二度目ですが、辞書を引くようになりました……。冷たい冷たい雪を浴びる。僕はそっと由紀さんのほのかに赤い花びらの桜をつつみ込み、抱きしめる。由紀さんはだんだん冷たくなり、恍惚のうちに息が絶える。愛と死が完成するのです。息を引き取る、を辞書で引いたら、息が絶えることとありましたので、こちらの方にしました。息を引き取るではぴんときません。なんだか、芝居にあるような素晴らしいシーンですね。

ところで今日は大学受験のことで、由紀さんに聞いて欲しいと思って、書いています。高三にもなってまだ進路が決まらないのかと思うと思いますが……僕は「思う」という言葉を使いすぎますね、……パパがうんといわないのです。そのために工業高校の建築科へ入れたのだから、というのです。誤解しないで下さい。大学へ行くな、とはいっていないのです。そんな大学へは行くな、といっているのです。ようするに、大学は工学部の建築科にしろというわけです。それも大阪の大学です。こちらの方も問題があります。ママもパパと同意見です。いっそのこと家出をしようかと思っています。建築、建築とそれしか頭にありません。もう、うんざりです。ぼくの頭はもう少しやわらかいのです。まだ十七歳、そんな早くから、石橋を渡らせないで欲しいと思います。

去年の暮に、僕はドブに落ちてしまいました。そしてはっと気がついたのです。人生にはいろんなことがあるのだ、と。古本屋で買って、太宰治の「人間失格」を読みました。前から北野にすすめられていた本です。ちなみに彼は、大学の工学部建築科に進む予定です。彼にその本をすすめられ、僕の方が重傷です。ドブへ落ちてしまいました。去年の暮から、今年にかけて太宰ばかり読んでいます。「晩年」「富獄百景」「走れメロス」「津軽」「ヴィヨンの妻」「斜陽」と片っぱしから読みました。そしていつしか「人間失格」に帰ってくるのでした。もうドブに落ちたも同然です。

「人間失格」をドブだといったのは北野です。太宰の小説にはドブが流れているよ、と彼はいい、だからドブに落ちないように用心して読めというのです。そんなことといわれても仕方がありません。ドブに落ちてしまったのですから。当面這い上がることはできません。今、人生がドブ川のように思えてしまっています。ドブ川の人生に興味があるのです。それを知らないで黙って通り過ぎるわけにはいきません。石橋の上を歩いていては、人生の何も見えてきません。そんな料理は、栄養はあるかもしれないが、かすかすすかすかがちがちぎしぎしで少しもおいしくありません。おいしい料理には毒があるのです。僕は早くも酒が好きになっています。ビールも日本酒もです。北野は酒を呑みません。そんな彼が僕になぜ「人間失格」を読むことをすすめたのでしょう。読み終わってから、ドブに落ちるなよと、その言葉は遅すぎます。「人間失格」を読まなくても、僕は多分、いずれ落ちたと思います。しかし落ちた時期が悪かった。

僕は大学の文学部に入りたいと思うのです。しかも大阪ではなく、東京の……。そして小説を書きたいのです。小説を書くのは東京でないといけません。大阪は商人の街で、小説を書く人間を、ごくつぶしの道楽者という風潮があります。家から離れ、一人で生活をし、酒を呑み、自由に生活したいのです。限定期間、四年間です。青春の大事な四年間を、ドブの中で過ごしたいのです。人間のさまざまな面をしっかり見て、味わいたいのです。四年すんだら大阪へ帰ってきます。そして建築の仕事につきます。大学四年間のあいだに、それなりに勉強し、二級建築士の免許を取ります。そこまで言ってるのに、パパもママも分かってくれません。甘っちょろい、ということなんでしょうね。

なんだか思いっきり書いてしまいました。日頃のうっぷんを晴らした感じです。ですが、お姉さんの方からママにいってくれというのではありません。僕も、もういっちょまえの男です。作戦を考えて、じっくり攻めて行きます。

僕は太宰のような生き方は好きではありません。文士というような人物は嫌いです。次のは芥川龍之介や太宰治の写真を見てのイメージです……いつもぞろっとした着物を着て、銀座のバーへ行き、女の肩を抱き膝を撫ぜ、マージャンなんかにうつつを抜かし、煙草ばかりぷかぷか吸って、時々へべれけに酔っぱらって前後不覚……要するに人間的にだらしがないのです。これが僕の小説家に対するイメージです。そんないい加減な生き方はしません。パパやママが嫌っているのは、そんな部分ではないかと思います。僕が大学の文学部へ入る、しかも東京の、といえば、そう思われても仕方ありません。そもそも最初に、太宰を読んで文学をやりたくなったといったものですから、これはもうどうにもなりません。おまけに妹も、「人間失格」を読み、中一なのでまだドブに落ちませんが……気持を分かってくれ、僕の肩を持ったものだから、ママの怒りようが想像つくでしょう。由紀さんの妹の未知さんは、ぜんぜん未知の部分を持っていないのですから、大変に健全な精神の持ち主なのですから。

今回は僕の一方的な話になって申しわけありませんでした。しかし書いて、気分はすっきりしました。由紀さんが何故、琵琶湖の奥に引っ込むようになったのか、その一部で結構ですから、話してください。これはその気になればです。まさかドブにはまったわけではないでしょう。

五月二十四日

治

いさお様

民話のような、雪と桜の素敵なお話を有難う。いさおさんには、文学の才能があると思います。あんな美しく悲しい小説が書けたら、本当に素晴らしいですね。その主人公が、わたしといさおさんというのも気にいりました。甥と伯母だから三親等、近親相姦になってしまいますが、恋愛だけなら別にどういうことはありません。要するにプラトニック・ラブですね。愛と死が完成するなんて、武者小路の「愛と死」みたいで、わたしも若い頃読んで泣きました。本当に素晴らしいですね。二人が主人公のこのお話……心の奥深くしまっておきます。

ところで大学進学の件です。わたしは第三者ですので、ちょっと違った受け取り方をしました。雪と花の話のせいではありません。わたしはあなたが大学の文学部に入るのは大賛成です。大学の工学部の建築科というのは、恰好はいいけれど、それだけの感じがします。どちらが人間的かというと、文学の方が圧倒的に人間的です。女にとって、本当に苦しい時に相談に乗ってくれ、救助の手をさしのべてくれるのは、人間的な人です。何もしてくれなくていいのです。そこにその人が居るだけでいいのです。そんな人は、人間とは何か、人間にとって何が大切かを知っている人です。

このあいだの手紙に、芥川龍之介や太宰治のような、文士タイプは嫌いだと書いていましたが、わたしも文士タイプは、生きる上で伴侶として、頼りない感じで好きではありません。そんな人は女に迷惑をかけるのです。また、一般的に、職業作家といって、誰かが売文業といってましたが、小説を書いて、それを金儲けの手段にしている人は、それはそれで大変だと思いますが、とりたてて人間的かどうかの基準にはなりません。同じように、建築家や理工科の人たちが、その職業だけで、人間的であるとかないとか判断するのも間違っています。

わたしのいいたい人間的というのは、そういう基準からではありません。どちらの方が、より深く、人間ということを考えてるかということです。同じことを書くことになりますが、人間にとって何が一番大切かを知っている人です。それを養うのは文学だと、わたしは思うのです。文学というのは人間を書くものだからです。自分の本業とは別に、文学をやる理工系の人がたくさんいるのをわたしは知っています。医者が多いですね。エンジニアもいます。他にもいろいろいます。仕事柄いろいろつき合いがありました。

あなたが文学部へ入るのはいいことです。あなたが書いているように、工業高校の建築科を卒業していれば、後は自力で建築士の資格は取れるでしょう。いさおちゃんの通っている工業高校は、敗戦直後、天皇の行幸があったぐらいの名門校だから、私立のちゃちな工業大学にはけっして負けないと、お姉さんは思っています。

ちょっと興奮してて「いさおちゃん」「お姉さん」になってしまいました。文学は、いかに生きるかの学問？　学問ではありませんね、分野？　分野でもありません。研究？

研究も違うようだけれど……まぁ、人間の営みです。いさおちゃんもいっちょまえの男だから、両親を説得してください。わたしはあなたの味方です。

由紀

六月五日（金）

〔追伸〕久しぶりに仕事で、明日の朝早く大阪へ出るので、いさおさんが話して欲しいという、隠遁の理由は書けませんでした。しっかり呼吸をととのえてから、ゆっくり書きたいと思います。なにしろ、あなたのお母さんのみっちゃんにも話していないことですから。わたしもドブに落ちたのです。それも大きなドブ川です。おぼれてしまい、あげくにぶくぶくと沈んでしまいました。そこまで行ったらもうだめですね。だから考えをまとめて話さないと、支離滅裂になります。

由紀様

大学進学のこと、応援していただいて、ありがとうございます。心から愉快になりました。僕のいいたいのはそのことだったのです。大学に入り、好きでもない勉強をがりがりして、社会に出て有利になる条件を作って、出世しようなどと……出世などという言葉は古いですが、しかし今でもそう考えてる人、親も子も多いと思います。その人たちの、由紀さんがいうように、価値基準は、功利的……この言葉でいいのでしょうか……な生き方は、僕にはできませんし、したくありません。そんな人は、神戸の灘高でも出て、東大にでも入ればいいのです。僕は東大などという、権威主義の大学は大嫌いです。僕にはとても入れませんが……しかし僕は京大が好きです。ノーベル賞もらっている人が何人もいます。なぜ東大にはいない……一人ぐらいいた？……かということです。まあ、京大にも入れませんが……生き方、考え方をいってるのです。

僕は大学の文学部へ入って、遊ぼうというのではないのです。文学をしっかり勉強します。自分から本気で勉強しようというのですから、これはもう間違いありません。工学部の建築科に入ってもあまり勉強しないと思います。建築は嫌いではありませんが、高校で三年間やっているので、そのぶんなまけると思います。しかし文学は新鮮です。多分、芥川や太宰はもう読まないと思います。ロシア文学やフランス文学を読みます。高校の英語の先生が、ドストエフスキーの「白痴」を幾晩も徹夜して読んで、朝方に飲んだコーヒーがうまかったという話を、なんのために職員室へ行ったのか忘れましたが、お茶を飲みながら、聞いた時の感動を忘れることができません。今年の二月の話です。由紀さんが去年の秋、琵琶湖の奥へお隠れになってから半年、僕はどんどん大人になっていったのです。

大学の話になると興奮して、由紀さんが僕の気持を分かってくれ、感激してまた書いてしまいました。しかしあの未知さんを説得するのは大変です。パパの方は、男として僕の生き方を分かってくれると思いますが、母親はこういうことには臆病で頑固ですから……どうにもならなくなったら、お姉さんにお願いするかもしれません。

この間、僕が六歳のイメージのままで、大きくなったと、ママと由紀さんが電話で話していたと書きましたが、なぜ六歳という年齢が出てきたのか、あの後すこし考えました。それでようやく分かりました。自分のことというのはなかなか分からないものですね。こんなことを書けば、六歳という年齢では、そんなことはないと由紀さんにいわれそうですが、確かに後から考えたことが、つけ加わっていると思います……だからといって六歳の記憶は六歳の記憶です。もってまわったいい方をして、読むのが嫌になったかもしれませんが、これは僕にとっては大事なことなのです

結論からいいますと、六歳のときに、僕は大人の由紀さんを、男として好きになったということです。いわば初恋です。それも、あわいほのかな恋というのではありません。肉体を通した、身体と身体の触れ合いの恋です。男の身体が、女の身体を知った愛情です。それが、六歳という年齢と関係があるのです。

なぜ六歳か……その年の春に、僕は小学校一年生になりました。小学生になってからは直接的な肉体の接触はありません。僕たちが出会うのは、由紀さんと未知さんの実家です。僕の祖父、つまり由紀さんと未知さんの父は、今から三年前に亡くなりましたし、祖母、お二人の母は去年、由紀さんが奥琵琶湖へ移る前、祖父が死んだと同じ年齢、六十八歳で亡くなりました。現在では

若死にの方です。こんなこと由紀さんにわざわざいう必要はないのですが……。僕の六歳の時は、祖父は定年の一年前、小学校の先生だった祖母は定年の四年前でした。僕も妹も、祖父母にはずいぶん可愛がられて育ちました。いろんな思い出を思い浮かべ、僕の六歳の時の二人の年齢を計算して、僕ははたと気がついたのでした。僕のその頃のことです。五、六歳の頃で、小学校へ上がるまでの期間……。

祖父母の家は、ぼくらのマンションから西へ五分ぐらい行った、三十戸ぐらいのマンションの二階でしたから、しょっちゅう遊びに行ってました。ママがどこかへ行く時は、預けて行くのです。ママは仕事を持っていたので、僕も妹も零歳保育です。祖父母の家には、いつもお菓子や果物が用意してあり、そこで遊ぶ玩具も置いてありました。いつ頃からかわかりませんが、僕はお姉さんが大好きで、それを祖父母や、僕のママも知っていて、お姉さんが来たら、必ず僕は実家へ行きます。お姉さんは一泊するので、金曜日か土曜日が多かったと思います。その時の妹の記憶はありません。まだ零歳か一歳だからあたりまえですね。お姉さんの買ってきてくれるケーキが楽しみでした。一ヵ月に二度は実家に帰ってきます。僕の五、六歳の頃、二十四歳上だから、お姉さんは二十九から三十歳ということになります。

これからが話のポイントです。僕の五、六歳の頃、お姉さんとはいつもほたえていました。僕の脇腹をお姉さん……由紀さんでは感じがでません……はくすぐるのです。あおむけになった僕の上に乗って、それがくすぐったくて、僕はげらげら笑います。僕のイメージでは誰もいない六帖の和室です。あれはどうしてだろう。僕は鍵っ子だったのかもしれません。妹はまだ保育所です。お姉さんの来る日は分かっていて……勝手知ったる祖父母の家。

お姉さんに脇腹をくすぐられ、最初の頃は、僕はくすぐったいだけでしたが、いつの頃からか、それがとても気持よくなりました。小便をちびりそうになるぐらい、下半身に快感が走るのです。僕はくすぐって欲しくて、お姉さんのお尻を追いまわします。四つん這いになったお姉さんは、お尻をふりふり這って逃げます。そのお尻が僕はたまらなく好きだったのです。女の人のお尻はなんであんなに大きいのでしょう。どうしてあんなに恰好よくて、柔らかいのでしょう。はいはいで追いかけっこして、僕は興奮しました。僕は今もはっきりと目に浮かべることができます。やがて祖父母が帰ってきて、時間を見はからって、ママが妹を抱っこしてやってきます。そうしてみんなでお姉さんの買ってきたケーキを食べました。

一ヵ月に二回のお姉さんとの、そんな遊びの時間が、いつ終わったのか、……今考えると、僕が小学校に入った年から、そんな遊びをしなくなった、ということなのでしょう。小学生になった男の子が、幼児のようなそんな遊びをするのはおかしいと、お姉さんは考えたのだと思います。その頃からお姉さんも仕事が忙しくなって、一ヵ月に二度、実家へ帰るのが無理になったのかもしれない、と考えたりもします。ママが、僕が六歳のイメージのままで大きくなっている、といった由紀さんの言葉に反応したのは、そういう記憶からだと思います。とすればそれをいった由紀さんの中に、僕と共通の記憶がイメージとしてあったのではないかと、僕は愚考するのです。ちょっとむつかしい言葉を使ってみました。
今度もまた、変てこな手紙になってしまいました。お許し下さい。

六月十四日（日）

治

いさお様

大阪や京都にくらべ夏の訪れは遅いのですが、こちらの方もすっかり夏めいてきました。木々が繁り、湖を渡ってくる風が琵琶湖の奥の出口を求めて、南から吹きつけてきます。
古い農家の母屋そのものはとうに解体され、その時離れは残され、後で台所や風呂場、水洗の便所がつけ加えられた一軒家です。新婚用にリニューアルされた様子ですが、そこに新婚さんは住まなかったようです。新しく建った母屋の方は、かなり離れた表通りの道路沿いですので、わたしの家は野菜畑の中にぽつんとある感じです。土地六十坪付で買ったのですが、境界杭は打ってあるとはいえ､見たところ敷地はどこからどこまでか分かりません。野菜畑の中にあるようで、野菜畑が庭のようで、いろんな野菜、適当に取って食べて下さい、といってくれています。敷地の西隅の、湖に続く西側の道に面したこの離れに、わたしのような買い手が偶然ついて喜んでもらっています。いつかいさおさんが会った……わたしの結婚式の時……と思いますが、伊豆原さんの里なのです。京都精華大学の無二の親友です。

お返事がすっかり遅くなってしまいました。先週は三度も大阪に出て、そのうち一度は仕事です……ようやく離婚の手続きが終わりました。去年の秋にこちらへ引越したのですが、現住所は大阪のままでした。離婚が書類の上で成立してからと考えていましたから……したがって籍も住所も滋賀県高島郡の現住所ということになりました。六十坪の敷地に建つ、六帖が三間他、二十五坪のわが家が、わたしの城です。矢でも鉄砲でも持ってこいというのです。戸籍上の問題は、パスポートも含めて、次からはこちらで手続きができます。

前回、くわしく話ができなかったのは、手紙で書いたように、わたしの妹であるあなたのママの知らない話をあなたに話すのはおかしいわけです。しかし本当は、いさおさんが、男になった話をわたしにしたかったように、一人の女になった話を、わたしはいさおさんにしたかったのです。そしてわたしを、自主独立した、いっちょまえの女として認めて欲しいと思いました。六歳であったとはいえ、ある意味で……といえばいいのか、あなたはわたしにとって、一人の男でした。

誰もいない六帖の和室というあなたの記憶のイメージは正確です。成りたてのフリーのグラフィックデザイナーで、比較的時間が自由になるわたし……たいていはあなたの祖父や祖母は会社や学校があり、わたしが実家に行く時はまだ帰っていなかった。あれは秘かな楽しみの時間でした。ただ、いさおさんの記憶にあるように、いつもそんなことをしていたわけではありません。一般の六歳の甥と三十歳の伯母のように、ゲームやトランプや本を読んだり、のあいまに、あのことがあったのです。

あの時……わたしも一人の女として、たまらなく興奮していました。身体中が性感帯になっていたことを告白します。それ以後、この年になるまで子供を産んだことのないわたしは、子供を抱く本当の心地好さを知りません。だからあの時の快感が、子供を抱く快感か、男を抱く快感か、その区別がつきません。

ただ､女を抱く快感でなかったことは確かです。さきほど話した大学の友人の伊豆原さんとは、二人で北海道を旅行し、誰もいない露天風呂で何度かふざけました……その時の快感もしびれるようでしたが、その時の快感とは、はっきり違ってました。四十歳の直前まで、何人かとの男性と肉体の関係を持ちまして、その時の接触の快感と変らないものでした。

変わらないものでしたが、それらは受け身のセックスの快感です。それにくらべ、こちらの方はわたしが主導権をとれ、どうにもならない、それこそ小便をちびるような心地好さは、あの時の方がすごかったと思います。くすぐると、いさおちゃんが暴れて、わたしのお腹を蹴ったり、お乳を小さな手でつかんだり、あげくにお尻にかみついたりします。そうなると……もうたまらなくなって、熱い熱いいさおちゃんの顔を太股に押しつけます、……わたしはいったい何を書いているのでしょう。

わたしは三十九歳の秋になってやっと結婚しました。死んだ父も母も、とりたててわたしに干渉しなかったのは有り難いことでした。父などは、今度の男とは結婚するかといつも期待していたようで、最後にはあきれていましたが、そんな父は、わたしの結婚式に出ることもなく、わたしの結婚の前年の春に亡くなってしまいました。母の方は、わたしの結婚式に出て、母があきれるほど簡素な結婚式でしたが……年取った二人にとっては、結婚式はあまり意味のないものでした……それでもなんだか泣いていたようでした。そしてわたしの離婚を知らずに……死んでいきました……実際には離婚していたのですが、母には話していなかったのです。相手が、建築の大手設計事務所に勤める設計士だということで、安心していました。これは妹のみっちゃんも同じです。

四十一歳の春に妊娠し、夏に流産し、四十二歳の春に離婚し、……彼が家を出ていったのです。……秋に琵琶湖の奥に逼塞《ひっそく》しました。ここでも続けられるグラフィックデザインの仕事だけは続けていますが、人と会うのは最小限にしています。裏の雑木林で鳴く鳥の声だけが、わたしの話し相手です。

みっちゃんは、わたしにうるさいことを聞かず、そっくりそのままわたしを見守ってくれ、わたしは感謝しています。わたしと夫とは、けっして憎み合って別れたのではない、だからずっと話し合いは続けている、ということです。お互いにハンコをついたのは、つい最近の六月十八日でした。

先週は二度、みっちゃんとは一晩中話し合いました。母が死んでからも実家はそのままでしたから、そこで話したのでした。その部屋を、来年の春までいさおの勉強間に使いたいので了承して欲しいといわれました。私も大賛成で了承しました。みっちゃんはいさおが大学に受かったら、そこを売ってわたしと半分わけにしようといってます。東京の大学ではかなり経費がかさみます。彼女は東京の大学の話はしなかったので、これはわたしの推測です。

その後、みっちゃんにはすべてを話して相談に乗ってもらったのでした。わたしより二つ下なのに、二十二歳でできちゃった結婚であなたを生んだ未知は、こういうことはしっかりしていて、わたしはその日は本当のことを話しました。

そうそう、いさおさんの文学部へ行きたいという大学の件は、彼女の中ではもう許しているようです。いさおさんがまじめに自分の人生を考えているということが分かったようです。それともう一つは、わたしの離婚の原因が影響しているみたいです。つまりわたしがあいそをつかしたのは、別れた夫が、一級建築士だということが原因になっているからです。これについてはくわしく話さないとわかりませんね。

いさおさんの六歳の時の話に夢中になりすぎ、なんだか疲れてしまいました。肝心の話はまた今度、ということにします。話の内容が高校生向きかな、という思いもあります。しっかり整理して書けば分かってもらえるだろう、というように考えています。話す言葉は、話す尻から消えていきますが、書いた言葉は残るから何度でも読み返せます。そのために頭の中をしっかり整理しなければ……。

由紀

六月二十五日（木）

由紀様
ドストエフスキーの『罪と罰』を読みはじめました。書き出しがなかなか面白く、一気に作品世界に入りました。

——彼は運よく階段のところでおかみに会わずにすんだ。彼の小部屋は高い五階建ての建物の屋根裏にあって、部屋というよりは、納戸に近かった。おかみの部屋は、一階下にあって、彼の小部屋とはなれていたが、外へ出ようと思えば、たいていは階段に向かい開けはなしになっているおかみの台所のまえを、どうしても通らなければならなかった。そして青年はその台所の前を通るたびに、なんとなく重苦しい気おくれを感じて、そんな自分の気持が恥ずかしくなり、顔をしかめるのだった。借りがたまっていて、おかみに会うのがこわかったのである……。

……通りはおそろしい暑さだった。おまけに雑踏で人いきれがひどく、どこをみても石灰、材木、煉瓦、土埃、あの言うに言われぬ夏の悪臭、こういったものが一度にどっと青年をおしつつんで、そうでなくてもみだれた神経をいよいよ不快なものにした——。

（ドストエフスキー『罪と罰』工藤清一郎訳）

ラスコーリコフ、学生、ペテルブルグの暑い夏、……六十歳ぐらいの金貸しの、虫けらのような、小さい老婆。殺人の計画と実行。

……これはまさに、人生のドブ川です。東京に下宿したら、場末のこんな屋根裏のような下宿に住み、そしてドブのような東京の場末を歩くのです。人間の醜さ、滑稽さ、貧しくて、卑屈で、貪欲で、好色で、臆病で、ずるがしこい、茶番劇。……きょときょとした目と心の動き、どろどろした、びくびく脈打つ内臓を包んだ皮袋。この人間という生き物……一生仮面劇を演じるのだ。この阿保らしさ、人生の無意味さ！

大阪の西成の釜ヶ崎には、こんな人間がわんさといます。歩いて三十分もかかりません。東京にもいっぱい居ると思います。東京の場合は背広を着たりしています。そして最終電車の床にゲロを吐いたりして……去年東京の大学に入った文芸部の先輩に聞きました。彼は工業高校の機械科から、大学の文学部に入りました。……彼も僕もそんな人間を描きます。そうして同人誌を作ります。

ドストエフスキーの小説には、太宰とは桁違いのドブ川が流れていて、僕はたちまちそこへ飛び込み、どろどろになった気持でした。受験勉強という、この愚にも付かない、時間を忘れて、いきいきとしてしまいました。『罪と罰』の上巻を読んだところで、レフリーストップがかかりました。

期末試験が七月六日月曜日から、十日金曜日まであります。今日は七月一日水曜日です。二日木曜日から五日の日曜日まで、試験にそなえなければなりません。『罪と罰』の下巻は一週間お預けです。僕としては、ドストエフスキーがこんなに楽しく読めるとは思わなかった。読めるか読めないか、テストのつもりで読み、テストに合格したというわけです。これで大学の文学部に入る自信がつきました。

おふくろが……もういい年なので「ママ」というのはやめます。おふくろが、僕が大学の文学部へ進むのを、許してくれそうだという話は、僕を大変元気づけました。とにかくばんばんざいです。由紀さんありがとうございました。

由紀さんが三十歳の時、僕の六歳の時の話は、予想以上の反響が返ってきて、僕は目をまわしています。六歳の男と三十歳の女が、そんなに響き合っていたなんて、うれしいよりもおそろしい感じがします。男と女なんて、年齢を越えて、男と女になるものなんですね。いったいあの時の僕はなんだったのだろう。愛とか恋というものだったのだろうか。こういうことになると、僕は当時六歳だったので、考えも及びません。美しい大人の女性としての、由紀さんが大好きだったことは憶えています。だからといって、どきどきしたわけではありません。だからそれが愛だとか恋だとかいうようなものには思えません。ではあれはなんだったのか……快感の向こうにあったのはなんであったのか？

僕には手におえません。由紀さんが、身体中が性感帯になりと書いていましたが、六歳の僕も身体中が性感帯になったのでしょうか。男は普通そんな風にはならないと思いますが、六歳の幼児だった僕はそうなった、ということは考えられます。わき腹をくすぐられて、気が違ったようにげらげら笑ったことは記憶にあります。もうどうしていいかわからない、快感がありました。気が遠くなって、僕は涙を流していたはずです。

僕がいいだしたことではありますが、もうこんなことを考えるのも書くのもやめます。十二年も前の話です。そんな快感は、今の僕には戻ってきません。

よほど話しづらい話のようで、由紀さんが大阪の街を去って琵琶湖奥に引っ込んだ話……なんだかいよいよ聞きたくなりました。

治

七月二日（木）

いさお様

奥琵琶湖もすっかり夏になりました。もう泳げるはずです。

期末試験が終わって、短縮授業になり、昼までに終わる、ということを聞いたことがあります。あれはみっちゃんに聞いたのでしょうか。たしか去年だったと思います。わたしの母、あなたの祖母が亡くなる少し前だった。夫が春に家を出て行って、敏感なみっちゃんはそのことを感じとり、それが母にばれるとやばいと考えて、わたしはテンステ……天王寺ステーションビルの食堂で彼女と一緒に食事をして、口止めのために話しました。その時あなたのことを聞いたら、みっちゃんはそんなことをいいました。試験が終わり、やれやれですね……今、その短縮授業中ですね。三十九歳のぎりぎりになって……ぎりぎりというのは子供を産む年齢としてぎりぎりという意味だと思います……みんなをやきもきさせて結婚し、二年半で離婚する姉に、みっちゃんはあきれ顔をしていたのを憶えています。わたしが流産したことと関係あるのだろうと、勘の鋭い彼女は感じていたようです。そういうことを追及しないやさしさを持っていて、彼女は黙って了解してくれました。

これから話そうとすることは、その時の流産のことなのです。実は流産ではなくて、それは掻爬《そうは》、堕胎、人工妊娠中絶だったのです。どの言葉も嫌な言葉ですね。あなたはこの頃よく辞書をひくようですけれど、人工妊娠中絶は、広辞苑にこう書いてあります。

……胎児が母体外で生命を継続することができない時期に、手術によって胎児を流産または早産させること。優生保護法によって一定の条件のもとに承認されている（広辞苑・第四版）……ということです。また優生保護法というのは……優生学上の見地から不良な子孫の出生を防止し、母体保護を目的とする法律、一九四八年制定。九六年改正し、母体保護法を制定。……こちらの方は分かりやすいのですが、人工妊娠中絶との関係が明確ではありません。

……胎児が母体外で生命を継続することのできない時期……の意味がつまびらかではありません。母体内ではなく、母体外というのはどういう意味でしょう。それは殺人の一種だということなのでしょうか？　また……手術によって胎児を流産または早産させるというのはどういうことでしょう。掻爬や堕胎、つまり子供をおろすこととは違うように受けとれます。人工妊娠中絶というのは、あれは流産や早産の一種？……いずれも失敗を前提とする。どちらにしろ、優生保護法にいう、優生学上の見地から、不良な子孫の出生を防止しなければならない（これは認められていないので、変な理屈をつけたのでしょう）……という窮地に、わたしは陥ったのです。

高齢妊娠だから、三ヵ月目の健診で、羊水検査というのを受け、それで異常が見つかり、それから検査を続け、四ヵ月目に、いいわたされました。胎児は「ダウン症」だったのです。ダウン症候群についても、広辞苑をひきます。……先天性染色体異常症の一種。イギリスの内科医ダウンがはじめて記載。ヒトの二十一番染色体の過剰によって起きる発達・成長の障害で、先天性心疾患を伴うことが多い。かつて蒙古症と呼ばれた……。

これがわたしの胎内に宿った子供の症状なのです。ダウン症の症状には、重いものから軽いもの、能力障害（知的障害を含む）から、身体的障害、発達的障害とさまざまあり、多くの障害児の中で、顔貌（蒙古症）からすぐに分かってしまうという特徴があって、その覚悟が必要。……これらのことは生後数日でチェックされはっきりする。大病院なので検査機器もそろっているし、検査方法も説明も納得のいくものでした。しかし、生後数日ではっきりするなどと、今さらくわしいことが分かっても、生まれてからでは遅いのです。これはわたしにとってはというより、夫にとってはでした。

四ヵ月目に入っているので、時間的な余裕はあまりない。このまま生むか、それとも中絶するか、一週間以内に相談して結論を出して欲しいといわれ、わたしは思わず夫の顔を見ました。彼はあらぬ方を見ています。わたしはその時、彼の心を知りました。彼は胎児が異常なら、おろすしかない（殺すしかない）と当然のように考えている様子でした。しかしわたしは生みたい。子供と一緒に、子供の命ある限り、苦労して育てる。それはそれで意味のある人生ではないか、と瞬時に覚悟を決めました。

彼と離婚して……私一人で子供を育てる覚悟を、決めました。しかしそれからの話し合いの中で、それができないことが分かりました。こういう場合は、その選択にも夫の同意が必要なのです。つまり夫の子供であるという事実は法律的に変えられないのだから、離婚しても子供の存在は彼と結びついているのです。彼もそこから逃げられないのです。だから彼は拒否する権利がある。またわたしの年齢……夫とは同年でした。……の問題もありました。高齢出産にはとかく問題が多いのです。こんな事態になった以上、この後、わたしには子供を産む機会はないと考えるべきでしょう。しかし彼は男だから、若い女性を選べば、いくらでも機会があるわけです。だから、わたしにとっては最後の機会にかける気持があったのでした。最初に覚悟を決めた、子供と共に生きていく、たとえ障害を持った子供でも、それがわたしの試練。わたしの人生……このわたしの必死の思いは、彼には理解してもらえませんでした。

この他にもいろいろと話が出ました。年齢のせいもあるかと思いますが、わたしたちはいつも冷静でした。彼の鉄壁にかこまれた心の中へ入って行くことはできないことが、初めから分かっていながら、どうしたら子供を産めるかつまり彼の目の届かないところで、彼に迷惑にならない形で……とそればかり考え、一週間はあっという間でした。

君に対して、どんな補償？　でもするからと、そればかり彼はいってました。子供をおろしてくれたら、なんでもするというのです。……そして、この後、これを彼は誠実に履行しました。母や妹が、大手設計事務所に勤める一級建築士だから安心だという言葉は、この面ではその通りだったのです。

ここまでで、いさおさんも分かったと思いますが、彼は典型的な理工系の人間だったのです。理路整然としていて、まちがったことは一言もいってません。しかしそれはコンピューターの出した結論のようなもので、人間性がありません。障害を持つ子供を育てる、人生の味が分からないのです。その中にちりばめられてる宝石、人間の持つ素晴らしさを見つけようとしないのです。人間性というのは、いさおさんがいっているように、ドブ川の中にあるのかもしれません。ドブに落ちるということの意味を知らない人に、ドブに落ちろといっても理解されるわけがありません。

わたしは二十三歳から（一年浪人）、三十九歳まで、主にグラフィックデザインを中心とする仲間と関係を持ちドブの味も知りました。二十二歳でできちゃった結婚した未知とは違います。三十九歳になって、人間としてどこへ出しても恥ずかしくない、あたりまえの男とつき合い、結婚しました。母も妹も安心しました。わたしは彼を嫌いではありません。しかし最初から危惧を感じていました。仕事が忙しくて、三十九歳まで、それらしいつき合いがなかったという、彼はそれを自慢していましたが……彼の経歴に対してです。現在はそんな男性が増えています。年齢に関係なく、結婚してからうまくいかないケースです。わたしのような女性も増えています。キャリア・ウーマンで、結婚願望があまりない女性です。これでは男も女もうまくいかなくても仕方がないと思います。これだから障害を持った赤ちゃんに対して、話し合う共通の土壌がないのはあたりまえです。

ドストエフスキーを読んでいるいさおさん、搔爬や堕胎など、今度は少しむつかしい言葉を使いました。文字の言葉は、書いていく尻から消えてはいきませんので、安心して使えます。どうぞゆっくり咀嚼《そしゃく》して下さい。

わたしは子供をおろしました。彼はもらい子をして育てようと、さんざんわたしにいいました。今度はわたしの心が鉄壁にかこまれる番です。二度と妊娠することのないよう、わたしは不妊手術を受けました。それを知った夫は、家を出て行きました。二年半住んだ玉造のマンションから……永久に。そしてわたしは琵琶湖の奥に逼塞したのです。

七月十五日（水）

由紀

〔追伸〕やっと書き上げました。さすがにほっとしています。書くことにより、見えてきたこともあります。

八月の夏休み、十日ほど泊りがけで泳ぎにきませんか。近くにテニスコートもあり、温泉や高原もあります。メタセコイアの並木道をサイクリングするのも気持がいいですよ。大学の進路のことで、お兄さんの肩を持ってママを怒らせた希久《きく》ちゃんも一緒に、どうですか。誘ってみて下さい。

わたしは八月十八日から、ドイツ・中央ヨーロッパのツアーに半月ばかり旅行する計画で予約を取っています。それまでならいつからでもかまいません。

少し書きますと、ドイツ・ベルリン三泊、ライプチヒ一泊、ドレスデン一泊、チェコ・プラハ二泊、オーストリア・ザルツブルク一泊、ウイーン二泊、ハンガリア・ブダペスト二泊と廻ります。ライプチヒではバッハと、プラハではカフカと、ザルツブルクではモーツァルトと会います。素敵でしょう。連れて行ってくれといっても駄目です。これはワタクシのセンチメンタル・ジャーニーですから。

由紀様

今日は七月二十日、海の日です。

お姉さんの提案わくわくしました。それで家族会議を開きました。実はこの夏、家族で北海道を旅行する計画があったのです。僕の方はだんぜん奥琵琶湖の美しい水でお姉さんと泳ぎたい。

由紀さんは水泳の選手だったのですね。母に聞いてびっくりしました。高校時代、府の大会、自由形で決勝まで残ったということ。本当に驚きです。僕も水泳はいささか自信があるのですが、これではとても勝てない。ただ僕の場合は平泳ぎで、海の場合は波なんかあるので、クロールは通用しません。琵琶湖は海のようなものだから、遠泳は僕の方が有利だと思います。中二の時に、和歌山の海岸で、四キロの遠泳に合格して、速くはないが、歩くのと同じ調子で泳げるのが自慢です。今から張り切っています。

妹の方は両方行きたいと、欲ばったことをいってます。結論的にいうと、僕は琵琶湖の方へ、妹は最初の四日間は琵琶湖、後の四日間は、両親と北海道ということになりました。八月の八、九日の土、日曜日と、十、十一日は父が休みを取り、四日間の北海道旅行ということになります。僕は受験勉強があるので一緒に連れて行こうか、どうしようかと最初から迷っていたようです。そんなわけで、お姉さんの所へ行って、涼しいところでしっかり勉強すること、というありがたくないおまけつきです。

この手紙の着くあたりに、母から電話があるはずです。電話では話さないと思いますが、由紀さんのことを大層心配していて、小さい頃お姉さんを大好きだった僕を送りこめば、由紀さんの気がまぎれるだろう、というこころづもりのようです。

由紀さんの話は、僕にはやはりむつかしかったです。しかし、まちがっても子供を作らないように、と不妊手術をしたというのは、僕には堪えられないほどの悲しみでした。

子供を産まない女の人はいっぱい、いますが、その人たちは子供があまり好きではない人です。子供を作ったら、育児に手を取られ、金がかかって、好きなことができないから子供を作らないというエゴイストな人です。そんな女性が増えてきて少子化社会になり、日本などはこのまま続けば百年後には亡びるといわれています。しかし由紀さんのはそれとは違います。たとえ障害児であっても、そのために夫と別れても、子供を産み育てたいという人です。その人がもう一生子供を持たない決心をするなど、あまりにもかわいそうすぎます。その意味で、自分の人生を捨てて、琵琶湖の奥に隠遁された気持は分かります。この夏休み僕と希久が行って、少しでも元気づけることができたら、うれしいと思います。

しかしもう一つの方は、僕には理解できたとはいえません。障害を持った不幸な子供を生む、ということの意味です。その子と共に苦労したいというのは、なんとなく分かります。障害を持った子供の方がかわいいという話はよく聞きます。僕もそうだろうと思います。そんな子が、最初に言葉を喋った時の感動などは、大変なものだろうという想像はつきます。親の感動は分かりますが、子供の方はどうだろうな、と考えてしまうのです。

そんな不幸の子は、自分の誕生を喜ぶだろうか、ということです。太宰の伝記を読むと彼は自分が生まれてきたことをあまり喜んでいなくて、若い頃から自殺のことばかり考え、なんども自殺しています。死ぬ直前に書いた「人間失格」は、恥の多い生涯を送って来ました、という言葉で始まります。小説には第一から第三まで手記があって、それを雑誌に連載中に、玉川上水で太宰は愛人と心中するのです。これはどういうことでしょう。まるで遺書みたいなものです。「斜陽」を含め、僕には太宰の小説を読むと、生まれてきてごめんなさい、というような声が聞こえてくるのです。

僕は今もまだドブ川にはまっていますから、生きるということが、それだけで真実とは思えないのです。人間の命が地球よりも重いというようなたわ言が、まことしやかにいわれることに、怒りさえおぼえます。僕が大学に入って小説を書こうと思うのは、こういう偽善（こんな言葉を使うのはドストエフスキーの影響です）をあばくためでもあるのです。

もちろん、僕が由紀さんの夫だとしたら、障害を持った子を由紀さんと一緒に育てると思います。生まれてきたのだから、それはあたりまえのことです。じぶんの子供なのだから……しかし四ヵ月児はまだ生まれていません。自分の意志を持っていません。その子が生まれて来た方がいいのか、それとも生まれてこない方がいいのか、そこのところが僕にはわかりません。芥川龍之介の『河童』のように、母親の生殖器に口をつけ、「お前はこの世界に生まれてくるかどうか、よく考えて返事をしろ」と尋ねられたらいいのですが……。やっぱり僕も理工系の男なのでしょうか――。

おふくろから、大学の文学部へ入る許可が出ました。文学部に入ってこのことをしっかり考えたいと思います。人間を考える上で一番大切なことかもしれません。由紀さんの手紙を、すりきれるぐらい読んで答えを見つけたいと思います。

それでは八月四日、妹と一緒に、お姉さんの奥琵琶湖のお城におじゃまします。朝から晩まで、由紀さんと一緒……真夏の湖の湖岸……考えられない贅沢な日々。

治

七月二十日（月）

〔追伸〕ドストエフスキーの『罪と罰』を読み終わりました。彼も同じ問題を扱っているように読み取りました。あくどい金貸しをして、貧しい人々を不幸におとしいれる、老婆。そんなシラミのような害虫は殺していいのだと考え、殺してしまったラスコーリニコフ……しかし、娼婦のソーニャにさとされ、自分の罪を知って大地に接吻するというところが鍵かもしれません。

由紀さんが中央ヨーロッパを旅行している間に、僕はドストエフスキーの『白痴』を読みます。もちろん受験勉強のあいまにです。文学部へ入る意味をしっかりつかむために、今年の年末までに、ドストエフスキーの長編を読破したいと思っています。……お姉さんは旅行で、どうか素晴らしい男性とめぐりあって下さい。これは本心からです。よけいなことを書いてしまいました。

＊

――長いトンネルを抜け、湖西線の快速は今、琵琶湖の見える山あいの高架を走りはじめた。湖上に広がるのは今にも雪が降りそうな曇天である。今年は全国的に天候不順で、少しあたたかくなるとどっかと寒くなり、関西の一部と関東は、都市部を除いて、四月に入っても雪が降った。

今は二〇一〇年、四月の中旬、午前十一時。

たちまち「大津京駅《おおつきょう》」に停車。……この前、といっても五、六年になるが、その時は、確か「西大津駅」だったはずだ。いつ名前が変わったのだろう。……そうか、このあたりは天智天皇が遷都した、近江大津宮《おおみおおつのみや》のあった場所なのか。滋賀に首都があったことを、誰かが思い出したのだ。西暦六〇〇年の中頃、今から一三五〇年ぐらい前。今年、奈良で一三〇〇年祭をやっているが、それより五十年古いのだ。その遷都祭に刺激されて名前を変えたのなら、そんなに古い話ではない。せいぜいここ数年のことだ。今も歴史は生きている……なんだかうれしくなってきた。きっと由紀さんの病気は快癒するだろう。

私は去年の十月、名古屋支店に転勤になった。三十歳になってまだ独身の男は、動かしやすかったのだろう。名古屋支店の設計係長として、つまり係長というエサにつられて、わたしはいそいそと受諾した。現在ではそういうことでもないと、なかなか役付にはなれないのだ。建設業界は、バブル崩壊以後、もう二十年も低迷が続いている。民主党の鳩山政権になってからいよいよである。コンクリートから人へ、というキャッチフレーズは、私も賛成だが、コンクリートを仕事としている身にとっては、致命的なキャッチフレーズなのだった。

京都まで新幹線で来て、湖西線に乗り換えた。米原《まいばら》で北陸線に乗り換えた方が距離的にはうんと近いのだが、そちらの方は勝手が分からない。それもあるが、京都に出て、関西の明るい空気が吸いたかったのである。

由紀さんが子宮癌だということを知ったのは、日曜日の母親の電話によってであった。すでに手術が終わっていて、早期発見だったので、完治するということであり、十二年前と同じように、元気づけてやって欲しい、という内容であった。

「子宮癌って……子宮を摘出したの？」

「すっくりや……そうせんと、完治せえへんやろ」

母はあたりまえのようにいったが、私はやはりショックを受けた。由紀さんの女という部分に、前回も今回も、こだわり続けているのだ。本人は今度の手術ではそんなにこだわっていないに違いない。むしろやっかいな子宮を取り去って、せいせいしているかもしれない。だからこれは私のセンチメンタリズムである。あれ以来、東京の大学時代を含め、折々手紙の交換をしているが、彼女は奥琵琶湖での生活に満足している様子であった。私は由紀さんの意外な一面……孤独を愛するという……を知り、安心していたのであった。

彼女は早い時期にグラフィックデザイナーという、コンピューターをあやつる女性としては最先端の仕事から身を引き、近くの「道の駅」で働いていた。グラフィックデザイナーの頃の貯金は、琵琶湖の家を買うために使ったが、離婚の時の慰謝料、それから妹と半分分けした両親の遺産で、それなりの金持であるらしく……これは母の話……今度子宮癌になって、自分の財産を、治……つまり私に残すという遺言状を書いたという。

「だから……あんたは、早く結婚して、早く子供を作らなあかんよ……お姉ちゃんがそういうてる」

「そうか、自分が子供を作れなかったから、俺に子供を作らせよ、というわけか……ふうん」

私は電話の前でうなったものである。

名古屋でテレビを見ていたのだが、今年は四月中旬になってからも関西では寒い日が続いている様子だ。一方関東平野はあちこち雪が降っていて、昨日あたりは、桜が満開の上に雪が降り積もり、花見と雪見が同時にできる情景をテレビの特集で放映していた。十二年前に由紀さんが手紙で書いて来た、雪と桜のハーモニーを思い出し、私は一人、テレビの前で、雪の花見酒を楽しんだのだった。

安曇川《あどがわ》のあたりから、車窓は雪景色になった。雪景色になって、車内はむしろ明るくなった。

私は、由紀さんの病状によっては、長期休暇を取ろうかと思っている。由紀さんは先週、母がつきそって退院したのだが、まだ自宅療養中で、そんな彼女と一緒に暮らしたいのである。彼女が子宮癌になったということが、私を激しく突き動かしている。由紀さんがかわいそうで仕方がなかった。たった三十年の人生だが、私の愛した女性は、由紀さんしかいない。愛する女性と一緒に暮らす幸せをかみしめたい。両親は絶対に認めないだろう。肝心の由紀さんも認めないと思う。私に早く結婚して子供を作れ、といっているのだから……。

例年通りだと、海津大崎の桜は、今が満開の頃だ。からっぽの子宮の、というよりは大きな空洞をかかえ持つ、由紀さんを抱きしめたい。由紀さんの心の奥にしまった、私の創作した民話。……彼女は私の腕の中で、しだいに冷たくなっていく。十八歳の若者の腕の中で狂乱した雪の女王の由紀。嬉嬉として、恍惚のうちに、彼女は息が絶える。このイメージは今もある。私は彼女を見守り続けたいのだ。……早く由紀さんの顔が見たい。あのちょっと首をかしげて笑う、あどけない顔が見たい。

彼女と一緒に暮らすための作戦を考えなければ。こっそりと北陸線廻りで通うか。会社から彼女の家へではなく、彼女の家から会社へ。全快した由紀さんに、車で近江塩津まで送ってもらえば、会社まで快速で二時間半、金がかかるが、新幹線で通えば一時間四十分。……由紀さんさえいれば、後は何もいらない。今は痛切にそう思う。彼女の人生に寄りそいたいのだ。

時刻表を閉じて眺めた窓の外の、正午の奥琵琶湖は、吹雪になりはじめたようだった。

塒《ねぐら》族

磯子《いそこ》は北関東の黒いローム層の荒々しい土の上で、赤城颪《あかぎおろし》、榛名《はるな》颪、秩父《ちちぶ》颪の中で生まれ育った。彼女は東京ではなく、穏やかな関西に対するあこがれをはぐくんだのが分かる気がした。大学は国文科だったから、関西の古い文化に触れたかった気持もある。北関東には古い文化はなかった。だだっ広い武蔵野があるばかりであり、畑地と田野が広がっている。

結婚して何度目かの里帰りのたびに邦夫が感じる、北関東に対するこの微妙な、時には劇的な、関西に生まれ育った彼の違和感、北関東の風景に対する思いは、そこに生まれ育った彼女を通して、実感として迫るものがあった。彼女は女性であり、そして源氏物語が好きであることも大きかった。相手が男性であったら、こんな違和感はいだかなかったと思う。例えば春と夏（盆）そして冬（正月）、季節による自然の変化。または晴れの日と雨の日と雪の日の風景の変化。その都度まったく違う場所に立っているような眺めであり、気分であった。各季節の畠の産物がそうであり、山の眺めがそうである。それは微妙に、または劇的に変化した。人々は自然と共に生きていた。

四月五日はその最初の時であった。彼は父と一緒に、彼女の家へ結納を持っていったのだ。翌年の三月三日に結婚式を挙げた。四月は二人の誕生月であった。結婚式の時、小さいダイヤモンドの指輪を彼女の指にさした。その後何年か、盆とか正月、年に一度程度、彼女の実家へ里帰りした。

結婚後数年間は、二人は彼の実家の近くの邦夫の貸家の一軒に住んだ。下町は季節の変化は、暑くなるとか寒くなるということ以外、まるで感じない。貸家はまだ新しく、建ってから五年ほどにしかならなかった。四帖半、三帖と台所、便所しかないが、関西間は東京間に比べて大きかった。四帖半は六帖、三帖は四帖半ぐらいの広さがあった。奥に狭い庭があり、洗濯用のスペースと縁側になっていた。風呂屋は敷地続きで、庇の下を歩いて行けるところにあって、雨の日も傘はいらなかった。

家賃はいらないから、彼はその分せっせと貯金をした。子供を作るのは数年先と考えていた。この頃の妻の思い出はあまりない。だだっ広い埼玉の農家からせせこましい大阪の下町へ、その落差は多分あったと思うが、そのことについて妻は何もいわなかった。京都や奈良へ、度々出かけ、今まで本でしか知ることがなかった風景が、その実物に出会ったことで、圧倒されていた面はあったと思う。奈良の巨大な木造建築や仏像、京都の平安時代から続く祭りや風俗、そしてとのった美しい町並みは、彼女にとっては新しい世界であり、充分満足させるものであっただろう。

それは彼が北関東の彼女の実家へ行くたびにいだく違和感と、質は違うが同じものであったようだ。

一九六七年、六八年、邦夫と磯子は、小さな塒を持った。東京の私大の同学年、二人は共に三十歳、予定通り、子供を出産した。一九六五年、ベトナム北爆、一九七〇年、大阪万博との中間の時代、日本にとっても節目の時代であった。邦夫は大阪文学学校に入り、夜間部の講師になっていて、ベトナム反戦が、文学学校の熱い時代を醸成していた。彼は建設会社に入り、課長になり、高度経済成長の担い手になった。

文学学校ではこの時期、邦夫は「どまんなか」という同人誌に参加していて、ベトナム反戦のティーチインや「月報」を出していて、文校生に配布していた。文校に通っていることやそんな活動は、会社には内緒だった。この後、反万博の運動が起こったが、彼はその方には参加しなかった。進歩と調和をテーマにする万博に反対する理由がよくわからなかった。彼の会社でも二つ（一つはジョイントベンチャー）のパビリオンを受注した。工事中の現場に行き、彼はその凄さに立ちすくんだ。考えられないほどの広い現場（五十万坪）に変な形で建ち上がっている鉄骨の群像は正に、恐竜の世界であった。恐竜たちの凄まじい戦い。企業と企業、国と国とのバトル……進歩と調和などはどこにもなかった。

この後一九七三年・オイルショック。エネルギー資源の乏しい日本は大打撃を受ける。ボーナスは半額、給料は十パーセントカット。これでは家のローンは払えない。オイルの産出国、ネギ坊主屋根のクウェートのパビリオンを彼の会社が建てたのは何の皮肉。

そのちいさな塒――土地二十坪、家は平家の十数坪の建売り住宅は東海道線の沿線にあり、寝ている時などは、遠く列車の響きが聞こえた。その響きが聞こえても、磯子は五〇〇キロ彼方の故郷への郷愁をいわなかった。そんな新妻が彼にはいとおしかった。一九六七年に女の子が生まれてからはそれどころではなく、郷愁さえ湧かなかったようだ。三十歳になっていても、彼女は三人姉妹の末っ子で、家事などはほとんどしたことがなく、(貸家時代は彼の母親に頼りきっていた)初めての子育ては大変だったのだ。

二人の新居のある松原住宅は、私鉄の小さな駅から十五分ばかりの距離にあった。それはそんなに長い距離とはいえなかったが、朝夕、道を急ぐサラリーマンには途方もなく長いものに思われた。朝、邦夫らは息もたえだえにそこを駈けた。夕方、彼らはさながら徒競走のように道の上をすべった。とにかく年がら年中、サラリーマンは急いでいた。農家の続く川沿いの土道を行くのである。

この道は造成中のダンプの通り道でもあった。垣根の中の広い農家の庭から犬の吠える、曲りくねった土道を、アヒルのように尻を振り立てながら、ダンプはゆるぎ走った。彼らは競争を中止して、そのたびに垣根から道に枝を差しかけた夏ミカンの木の下や、土手ぎわの草むらやに身を平らにして並びながら、ダンプをやり過ごした。

雨の日には様相はいよいよ決死的であった。草の露に足を浸しながら傘を盾にして、ダンプの跳ね散らす泥水を塞がねばならない。警官の放水にヘルメットを傘にして、身をちぢめている学生の群れに、それはなんともよく似ていた。時々地響きに驚いたのか、突然背中の方でけたたましい鶏の叫びと羽音がして、心肝を寒からしめた。

「この道はなんとかなりまへんやろか」

カマボコ型になった道の端で、身を縮めながら岡寺さんはぐちった。邦夫の家の北隣に住む、彼より二十五歳ぐらい上のサラリーマンで、痩せたひょろっとした男である。中年のサラリーマンにはぐちっぽい人が多い。しかもうんと年季が入っていて、彼らのぐちにはめりはりさえあった。衣料問屋に勤める岡寺さんとは、共に残業の多い関係でよく一緒になった。駅からの道、さかんにぐちった。邦夫は自分でもかなりぐちっぽい方だと思っていたが、こう際限なくぐちられると相槌の打ちようがなかった。

彼より若い沢田さんになると様子がだいぶ違った。「くそ、ダンプのガキは！　くそ、くそ」ダンプの後ろ姿に指を鳴らしながらさかんに憤慨した。先のとがったピカピカに磨き上げた靴をかばうのに必死で、汁粉のようになった道の堅い部分を捜して猫のように歩いた。声をかけても、「くそ、くそ」という掛け声が返ってくるばかりであった。一度などは沢田さんは靴も靴下も脱いでしまって両手に持ち、ズボンをまくり上げ、浅瀬を渡るような恰好で、裸足で泥の道を行った。そしてやっぱり「くそ、くそ」を掛け声にしていた。駅の水道で足を洗うため、一車両乗り遅れることがあった。足の先から頭の先まで磨き上げた沢田さんにとって、泥の道は完全な目算外れであった。

「自治会はなにしとんねやろ」こんなことをいうのは十時《ととき》さんだ。その癖、自分ではなにもしな

い。要するに人のフンドシで相撲を取ろうという心算《しんざん》だ。今年が順番制の幹事の当番になってい
たが、家に病人がいるからなどという理由を述べて逃げてしまった。年寄りの病気など、邦夫は
理由にならないと思うのだが、それはそれでよいとして「自治会うんぬん」は少々口はばったい
言い草だ。邦夫は返事もせずに十時さんを冷ややかに見返したが、一向にこたえる様子もなく、
「町《ちょう》と交渉していてもはじまらんがな、ダンプを使用している宅地造成業者とかけ合わな、なぁ
……どうも、自治会のやつらのやることはピントがぼけとる」といい放つ。
雨の日もだが、風の日もこの農道はひどかった。川面を走る風が道の表面をはぎとって駆け抜
けた。まるで砂嵐だ。人々はオーバーを吹きさらしてななめに歩いた。ひどくなると、顔を打つ
砂つぶを防ぐために、それこそ後ろ向きに歩かなければならない。こんな歩き方をしていたので
は、いつ川へ落ち込むかしれたものではない。駅に辿り着くと、女の子は髪の中から砂ぼこりを
ふるい落とし、若いサラリーマンは真白な靴をちり紙でぬぐい、たいていの人はズボンの折り返
しから砂をはたき落とした。
「どこの砂漠からきやはったゆうて、会社でひやかされまんね」
自治会の相談役の浜村さんは、そんなことをいって皆を笑わせた。初代自治会長の浜村さんは
足かけ二年、農道舗装のために町との折衝を続けていた。だから誰もが道で浜村さんに会うと目
礼をした。
住宅に近く、農道の川岸に桜の老木が八本あった。根元をダンプにひどく傷つけられていたの

で、ここへ越してきた年、来年は花をつけないのではないかと女房と心配していたが、それが見事に花をつけた。黒い太い幹に白い小さな花をいっぱい咲かせた姥桜《うばざくら》の装いは、サラリーマンの目をうばった。

「ほんまに花の下を通るなんてしあわせやなあ」町中に育った邦夫や沢田さんは、毎日桜をくぐって通勤できることが、ひどく贅沢をしているように思えた。一夜風が吹き荒れると、ぬかる道は花のジュータンだ。朝、そこを通る邦夫らの肩にも散り残りの花弁がふりかかってくる。

しかし咲いた桜の下を肩をいからせ、やっぱりダンプは往来した。それはさながら桜の園の無法者であった。尻を振って走り廻るダンプに、邦夫らは精いっぱいの呪いを吐いたが、そんなことにはおかまいなく、一年後には、無法者はとうとう半分の桜を枯らしてしまった。

松原住宅は、農家がほぼ切れる辺りで、里川をコンクリートの橋で渡るのであった。

この住宅地の造成が始まったのは二年前の春の初めであった。田んぼが埋め立てられ、池が埋め立てられ、そのため多くのオタマジャクシが死んだ。多分エビガニも死んだだろう。田んぼの一部が皮膚病にかかったような恰好で、それらの無数の死骸の上に宅地造成が進行していった。

「……このあたりですか？」

「もうちょっとそっち、そうそう、そこのあたりでんな」

初めてこの住宅地を訪れた彼らに、現場員の指差す土地はみじめなほど小さかった。公衆便所さえ建たないように思えた。こんな小さな部分で、自分らの生活が営めるとは、とうてい思えなかった。女房とさえない顔を見合わせ、なんということもなく敷地を一巡した。

「このへん、ぼこぼこするわ」

敷地の中央に立った磯子は、体を上下に振って不安気に彼の顔を見た。そんな彼女の恰好は、おしっこをしたがっている少女のようであった。彼もそこへ立って身体をゆすってみた。「ねぇ、ねぇ……」なるほどぼこぼこする、土地が揺れるというのはなんとも奇妙なものであった。二人は電線に止まった雀のように、きょときょと目を見合わせた。

帰途、二人は里川の橋のたもとの土手道にへばりつくようにして軒を見せている駄菓子屋で、ソースの匂いの強い焼きそばをつついた。ダンプの振動で軒瓦のずり落ちかかっている店先に、住宅地ができてからは夏は「氷」の旗が上り、冬は「お好み焼」のノレンが下がるようになった。農家の土間が改造された店の、暗い天井の梁には魔よけの鯖《さば》の頭がぶらさがっていたりして、初めてここを訪れた感慨が今さらのように迫った。

この時、先客があって、老いた農夫が一人は土間の上り框に、もう一人はお好み焼のテーブルの丸椅子に腰かけ、スルメか何かでコップ酒を呑みながら声高に話し合っていた。なんでも牛がどうとか、耕耘機がどうとかいう話で、どこそこの三ちゃんが、なんとか寺の池でどうかしたという大層こみいった話の模様であった。その内にナマズがどうとか台湾ドジョウがどうとかいう釣りの話になり、結局はどうやら三ちゃんというのが、その池を売って、それが埋め立てられ建売りが建つということで、牛がどうとか耕耘機がどうとかは三ちゃんの懐具合のことであるらしかった。とすれば、この話は彼にも関係のあることで耳をすませたが、話は他の方へ移ってしまった。あのぼこぼこする土地は、埋め立てた池の跡かもしれないのだった。

駄菓子屋を出て土手に登ると、二人は期せずして、今一度自分らの住み処となる橋の向こうに目をやった。めくられた赤土の原っぱの奥の方に、一群の松林があった。それはなんでも御陵であるらしかった。関西にはいたるところに御陵がある。御陵の方には、早くもぽつりぽつりと小さな家が建ちはじめていた。その小さな塒は、この分譲地全体を春霞の山を背景に、どういうわけか鳥たちの巣を思わせた。

身体から這い登ってくるひえびえとした湿気に当てられ、女房は何度も下痢をした。そのたびに流産の心配で彼女は恐慌状態になった。彼女が恐れた通り、最初の子供を流してしまった。建売り住宅の床の構造の悪さの所為……。建築士の彼は、木造住宅の知識が欠如していて、女房が納得するような説明ができなかった……オタマジャクシやエビガニの呪いのためか、と冗談半分にいった。

この新興分譲地では生きものがうまく育たない。例えば花や樹木。ここへ越してきた当初、行商人から女房はジャコウボタンとキンカンの木を一株ずつ買った。狭い敷地で陽当りが悪いせいか、ジャコウボタンは根をつけずに枯れてしまった。キンカンの方はなんとか根を下ろしたが、いつまでもひょろひょろとしていて少しも大きくならない。わずかばかりの庭に邦夫は百貨店から買ってきた芝生を貼りつけた。これも見事に失敗だった。緑を持ちたいという二人の夢は完全に破られてしまった。なんでも掘り返した酸性の強い土にやられるらしい。むやみに破壊された自然の怒りが、土に直接触れるものを片っぱしから枯らしてしまうのだ。

花や木ばかりではない。犬や猫もよく死んだ。筋向かいの加賀山さんのコリーが死んだ時には大騒ぎだった。「リッキーちゃんが、リッキーちゃんが……」と奥さんは半狂乱であった。自分たちがこんなところへ越してきたばっかりに彼女を殺してしまった。こんなところにはもう一日だって居るのは嫌だと泣き暮らしていたが、一向に引き移る気配が見えないのは、大半のローンが残っているからだろう。特に犬が死ぬのは、春先から秋の終わり頃まで、この住宅地の上空を蚊の大群がうずまいているのだ。犬はこれにやられるらしい。

蚊だけではない。気味の悪い色とりどりの虫が、いつもぞろぞろ這い回っていた。甘いものを少しでも出しっぱなしにしておくと、たちまち部屋の中に蟻の行列ができた。こんな環境で人間たちだけがかろうじて生きのびていた。かろうじて？……。邦夫は時々床の下の、そのまた土の下の田んぼを思うことがある。稲の波と百姓の汗を思うことがある。生きものがうまく育たないのは、あるいはその呪いかもしれない。田んぼをつぶす時のお祓いが充分であったのだろうか、百姓の怨念を祓うだけ、充分であったのだろうか、などと真剣に考えることがあった。

この想念は邦夫を不安にした。小さな抵抗力のない生きものがこの土地にうまく生まれるだろうか。うまく生まれてもちゃんと育つだろうかという危惧感が、彼を時々いても立ってもいられない気持にさせた。

——そんな二人の、現代の怪談めいた思いを吹き払ってくれたのが「六助」であった。

六助とはやんちゃな犬の名前である。最初オスだと思ってそんな名前をつけたのだが、成長するほどにメスと分かった。犬は自分の名前を憶えてしまっているので、今さら改名できない。近所の人にいわれるたびに釈明しなければならなかった。ブロック塀ができるまでどこの塀もたよりないフェンスであって、その隙間からすぐに飛び出すのだ。蚊の問題があるので、狭い敷地の中で放し飼いにしていた。テラスの犬小屋だけでなく、どこでも寝られるようにしたのだ。六助は穴を掘るのが大好きだ。特に風呂場の窓の下が気にいっているらしく、湯につかっていて、鼻息が聞こえた。天気のよい日はその穴で寝ていたようだ。酸性の強い土が、蚊から体を守ったのかもしれない。……というようなわけで、磯子は「六助、六助……」と叫んで近所を探しまわることになり、身のちぢむ思いをしなければならなかった。

六助は私鉄の小さな駅のベンチに乗せられていたのだ。拾ってくれる人を当てにした捨て犬ということか……。まだそこから飛び降りられないぐらい小さくて、それを残業した夜の会社の帰りに抱いて帰ったのである。その頃のベンチは、上下線の境になっている板壁に細長い腰掛をくっつけたものだ。小犬にとっては動きまわれるスペースがある。何時間そこで尻尾を振っていたのかしらないが、拾って帰る人はいなかった。その時、子供に苛められたのか、すっかり子供嫌いになっていてそれがトラウマになり、子供を見ると吠えるのである。だから磯子はそれが心配で近所に飛びだすと「六助、六助」と捜しまわるのであった。

レンゲの花の一面の畑の道を、黄色いセーター姿の磯子が、柴犬の雑種の六助と駆ける姿が目に浮かぶ。

邦夫はここへ来る前から写真にこっていた。彼の友人が、古くなったカメラや引伸機を彼に無料で譲ってくれたのだ。友人と二人で大阪城をいろんな角度から撮ったり、伊丹空港で飛行機を追いかけたり、和歌山の雑賀崎の海を撮りに行ったりした。そしてそんな大自然の中で、新婚間のない磯子の裸を、そんな背景の中で写したいと願っていた。新婦の裸などは今しか撮れないのだ。磯子は、そのことを了承していた。

自然いっぱいの新居の近くにはそんな場所があった。淀川の方は人目があって無理である。その反対側の山崎の麓には、普通は人の来ない竹林があって、そこは徒歩で十分ぐらいの距離である。そこで撮ろうと話し合っていた。

よく晴れた初夏の頃、磯子は下はすっぽんぽんでガウンだけを羽織って出かけた。そのあたりは筍《たけのこ》の産地でもあって、必要最小限の竹で作った柵がしてあったが、何度か調査に来ている邦夫は道が分かっていた。少し広場になっている所で、磯子はガウンを柵にひっかけて裸になった。彼は逆光や、前や後からの立ち姿、しゃがんだり、柵に手をかけたり、踊る恰好、自然の中で、自然の姿を十二枚撮った。

しかし何か不自然である。

「どうしたの？」

「蚊……ものすごい蚊よ」

と磯子はガウンを着た。

近づいてガウンの中を見ると、無数に蚊にかまれていて、掻きまくって、あちらこちら赤くなっている。いい餌がきたとばかり、彼女のまわりには蚊の大群がいたのである。

邦夫は磯子を抱きかかえ、あわてて竹林を出た。彼女は半泣きである。家に帰り、彼女は水風呂に入った。その頃はまだシャワーの施設がなかった。風呂に入り、水をじゃわじゃわと入れる。彼は時々入ったが、彼女は水風呂は初めてである。近くにサントリーの工場があるそのあたりは、水が大変うまくて、水はとても冷たかった。その水の冷たさが分からないぐらい、全身が痒《かゆ》くて熱を持っていたということだろう。この後彼の手で磯子の身体中にキンカンを塗りまくった。

この時も、自然からしっぺ返しを受けたということなのだ。犬が蚊の大群にやられたように、人間だってやられるのだ。自然はそんななまやさしいものではない。おまけに、この時の写真は引伸ばしにたえられるようなものは一枚もなかった。しかしこのことについて、磯子は彼にうらみがましいことは一言もいわなかった。

それ以後、山崎の方へは行かなかったが、歩いて二十分ほどの淀川の方へはよく遊びに行った。

そこは広い葦原があり、砂原があり、綱を外した六助はころげるように走りまわった。なによりもゆうゆうと流れる大きな川があった。農家育ちの磯子は、いろんな草花にくわしく、一人でいろんな花を捜し、花瓶に生けた。ツクシやセリや、その他もう忘れてしまったが、食卓に珍しい野草の煮つけが上ったりした。草花を摘もうとかがむ、小柄な彼女の丸い尻が思いがけなく大きく見えた。

時には、ノリで巻いたにぎりめしと、魔法ビンにつめた麦茶が、休日の昼食になった。関東生まれの彼女の作るおにぎりは、三角形をしていて、こちらの三倍ぐらいの大きさがあるのだ。そんなにぎりめしを大学時代、貧乏学生の彼に、時々持ってきてくれた。その頃は腹をすかせていたので、二個食べたが、淀川では一個で腹が一杯になった。

少し高くなったところに腰かけて、さざ波の立った大河を眺めながら食べるのだ。六助もにぎりめしである。磯子は人間と犬を差別しなかった。トンカツでも、いつも少し小さめの同じトンカツが、犬小屋の前の皿に収まっていた。

松原住宅に移って来てからは、彼の母親は、磯子の面倒を見ることはできなくて、そのかわり父親を送ってよこした。月に一回程度、父親は単車に乗って、米やその他、母親の心づくしのものを持って、淀川を枚方大橋を渡ってやってきた。

父親にとって、新婚の嫁というのは、また母親とは違う感慨のあるものらしい。家の近くの貸家に住んでいた時は、父親は一度もやって来なかった。新婚の家庭というのは、入りずらい場所であるらしかった。しかし今度は母親の使いでくるのだ。しかも嫁は大歓迎してくれる。磯子にとって、両親は関東の北にいて、一年に一度しか会えない。頼れるのは夫の両親しかいない。三人姉妹の末っ子で育った彼女は、甘えるのがうまかった。「お母さん、お母さん」といっていた磯子は、今度は「お父さん、お父さん」となついた。

父はカメラのセミプロであった。彼がカメラの写し方や現像や密着、引伸ばしを覚えたのは、父に教わったからである。自分が写したものを、キャビネや六つ切り、四つ切りにして、アルバムを作るのが好きであった。

邦夫が磯子の裸の写真を撮ろうとして失敗した頃のことである。その前後、父は磯子の写真を撮りまくった。邦夫にすれば、だから磯子の普通の写真を撮る必要がなかったのだ。頼まなくても、ちゃんとしたアルバムにして持ってきてくれる。新妻の被写体というのは格別のものであるらしかった。

月に一回、その季節の服を着て、化粧をして磯子は待っていた。邦夫は毎回つき合うわけにはいかなかった。子供が生まれたら、こんな家を売って、それに資金を足して、新しいところに移りたかった。このため、建築関係のアルバイトをしていた。設計にしても積算にしても、建築関係のアルバイトは実入りがよかった。磯子の方は進学塾の通教のアルバイトをしていた。彼女の場合は、別に日曜でなくてもいいから、自由がきいた。

父親の好きなのは、水無瀬《みなせ》川の上流である。阪急の水無瀬からバスに乗って、適当なところで降りた。適当なところということだったが、父は単車で事前にしっかり調べているのだ。水無瀬の上流は、ちょっとした渓谷であった。白い泡を立てて流れる水流があったり、大きな岩でせきとめられて、人の背とはいわないが、大人の乳ぐらいの深さのよどみがあったりした。

そんな時、父は二人に芝居をさせるのであった。彼女の裸を撮った時、いろんなポーズをさせたようにである。単につっ立ったままの三メートル写真は、絶対に撮らなかった。会話しているところであるとか、背中におぶさろうとしている場面とか、岩の上に背中合わせに座っているところとか、二人できれいな川の底を眺めているところとか。だから二人で写っている写真は、カメラの方を向いているのはほとんどない。

彼が行けない時は、磯子を単車の後ろに乗せて、もっと上流へ行くらしかった。そちらの写真の方が多かった。そしてそちらの方は自然な表情で、磯子はカメラの方を向いていた。

最初のアルバムが出来上がってきた時、邦夫は、その写真に、磯子のこびのようなものを、その表情から感じとった。彼の父に対するこび……。しかしこれは仕方のないものだと思った。多分、無意識のものだろう。

父の方は、彼女の何を見ているのだろう。服の中の裸……。邦夫が撮ろうとして、撮れなかった新妻の裸……これも仕方のないことだろうと思う。それが自然に、彼女のこびとして表現されるものなのだろう。

彼に嫉妬の気持は起らなかった。磯子が実の娘であっても、同じ現象は起ったと思う。これは人畜無害である。そんな彼女の無意識のこびが好きだった。

磯子のおなかが大きくなりはじめて、この撮影旅行？は自然消滅になった。

細く長く降り続くひやびやとした時間の中で、ストーブを赤々と燃やして、再び宿った女房の腹の中の子供を守った。

小さな巣に籠って、一年と十ヵ月目、二人の三十歳の年、最初の子供を孵《かえ》した。

赤ん坊が生まれるという母の電話を会社のデスクで聞きながら、彼は妙なことを考えていた。最初に造成中の住宅地を訪れた日の、めくられた赤土の風景が不意によみがえってきた。御陵の松林を中心に広がる曇り空の下の、荒涼たる風景は、およそ生命を孵すにはふさわしいものとは思えなかった。そんな赤土の原にやがて響き渡ろうとする赤ん坊の泣き声とはなんだろう。近くの食堂から取り寄せた弁当を机に広げながら、母の声のする受話器を握って、彼はしばらくぼんやりしてしまった。

「ゆっくり帰って来なさい、それがちょうど生まれてくる時分やわ」

母はひどく確信のある声でいった。

食べかけの昼食をゆっくり食べ終わり、会社のビルを出た彼に、さわやかな初冬の風が吹き込んできた。邦夫はオーバーのポケットに手をつっ込み、意味もなく「さてと……」とつぶやいた。さてそれからどうしようというつもりはなかったが、不思議に満ち足りた気持が、街路を行き過ぎる彼の足を軽やかなものにした。

女房が彼の子供を産んでいる。あの赤土の原に……彼は女房が、いても立ってもいられないほどいとしい、いじらしいものに思えた。それはひどく動物的な行為であった。子供を生み出す、股の間から……彼の子供を。そういうことのできる女房が、いとおしかった。

人を数人しか乗せていない電車のスピードは遅くも早くもなかった。人家が過ぎ、冬枯れの田畑の風景が広がってきた。街なみの人家のみすぼらしさにくらべ、それはひどく力強いものに思われた。冬場の差し込む電車の振動にも、それらの風景にも、彼はゆったりと満喫していた。

古い大学の病棟のだだっ広くて汚い人気のない階段を登ると、これも薄汚れた広い暗い廊下が左右に伸びていた。どういうものかこの古さと暗さと広さが、邦夫の心に安心感のようなものをもたらした。女房の病室の前まで来ると、にぎやかな笑い声がもれ聞こえてきて、ドアの取っ手を持つ彼の手を止めさせた。

「ほら、御本尊がきやはったで……」

椅子に腰かけたおふくろと、ベッドに横たわった女房は、まだ笑い合っている。なんでも赤ん坊の初対面の時の、眉根に皺を寄せ口をとがらせた表情が、彼にそっくりだというのであった。

「生み方がへたくそや……なんて苦情をいうてるのよ」

磯子の平静そのものの笑い声に、意気込んでいた邦夫は少し拍子抜けであった。

彼はそんな小生意気な赤ん坊と対面することにした。ガラス窓のカーテンが曳かれ、無表情な看護婦に抱かれた、ありきたりの赤ん坊が顔を見せた。まぶしいのか、しきりに目を細める。

「手が馬鹿に大きいな……」

初対面のこれが唯一の発見らしい発見であった。

「まちがわれないようにちゃんと見てきてくれた」

「額の真中に赤いあざがあった」

「あれはコウノトリの嘴《くちばし》のあとやわ、誰にでもあるのよ」

「そうか……そういえば手が大きかった、赤ちゃんにしては手が大きかった」

女房はおふくろと顔を合わせ「頼りないパパや」といわんばかりであったので、彼は自分の発見の手の大きかったことを何度も強調した。女房とおふくろは少しあきれた顔を見合わせた。常緑樹が風に鳴る十一月の中旬のことであった。


会社の忘年会の後の帰りである。

夜の遅い、人のまばらな、ほこりだらけのターミナル駅のむっとするプラットホームに、酔っぱらいが水を撒いていた。駅員の手からねだってバケツを借り受け、ホームのコンクリートの土間にヒシャクであきずに丁寧に水を撒いていた。何かひとり言をぶつぶつぶつぶやきながら、前かがみになってしきりに水を飛ばしている。

邦夫は、いささか酔っていたせいか、この酔っぱらいがひどく親しいものに感じられた。酔っぱらいの今生きている世界は、そして水を撒いている場面は、日常のまっただ中であろう。彼はミルク色の愛された世界で、愛する人々と共に浮遊している。邦夫も同じだと思った。小さいながら我が家を持ち、待望の子供も生まれた。

赤ん坊の手が大きいという彼の発見について、調べてみた。人間がまだ猿であった時代、類人猿は木の上に住んでいた。陸上の大きい猛獣から身を守るためである。その為に、大きな手と握力が必要であった。だから赤ん坊の手は大きいし、生まれた時から握力が強かった。赤ちゃんの握ったハシは、指を一本一本はがさないと取れないほど、握力があった。その時代の名残なのだ。

この話を磯子にした。彼女は半信半疑ながら感心して聞いていた。

「へぇ……猿の時代、いつのこと?」

「三百万年前のことや」

「へぇ……」

「ハシを握らしてみ」

「美由紀、今ねてるから……起きたらやってみる」

子供を育てるのは、発見の連続であった。なにしろ三百万年前の人類を知ることができるのだから。

……酔っぱらいは、ヒシャクでバケツの中をがらがらこねまわしていたが、水がもうなくなったらしい。バケツの底を覗いて酔っぱらいはひとしきりぼやいていたが、まだ水を撒くつもりか、洗面所の方へ、空のバケツをぶら下げて、反対側の手に持ったヒシャクでバランスをとりながら、よたよたと去った。

しばらくしてバケツから水をこぼしながら、戻ってくると、ホームの端で立ち止まり、ヒシャクはバケツに入れその手で、やにわにネクタイをゆるめると、喉仏を見せ「コケッコッコー」と一声した。

しばらくぼんやりした顔でゆらゆらと立っていたが、小さい声で「どうなっちゃってんの」とつぶやくと、再び心地好い透明な水を、勢いよくたんねんに跳ね飛ばしはじめるのであった。邦夫は、この酔っぱらいがうらやましかった。彼の撒く透明な水に、天井の蛍光灯の光が反射して、虹がでそうであった。

ぐちゃぐちゃした業績の話ばかりの忘年会。

午前中は日常業務、午後は大掃除、六時頃から忘年会が始まる。各フロアーの部単位で行われた。部長の挨拶で始まり、その後乾き物のつまみと冷酒だ。自分の机で呑む。それが終わると、課単位で夜の街にくりだす。課ごとに行く料亭も決まっていた。

当時はまだカラオケはなかったが、それぞれが一人ずつ立って、歌を唄った。それぞれオハコがあって、なんとなく順番も決まっていた。邦夫は石原裕次郎であって、三時間ほどで三曲唄った。その他、一つは女子社員と、「銀座の恋の物語」をデュエットするのが定番であった。課員は、彼を別にして十五人。女性を含め、プロはだしが三人ほどいて、いつも佐良直美「世界は二人のために」を唄う音痴が一人いた。それも名物の一つだった。会社の今期は業績もよく、忘年会は会社行事とみなされ、部費でまかなわれた。

しかし誰の歌も終電間近の、この酔っぱらいの、「コケコッコー」にはかなわなかった。


一九六八年一月十五日、成人の日の休日の夕方、庭の木に降る雨の音を聞きながら、邦夫は美由紀を膝の上に乗せてミルクを飲ませていた。台所からは女房が食器を洗う派手な水音が聞こえてくる。彼女は一食分の食器を洗うのに、バケツ一杯分ぐらいの水を流す。いつでもこの時刻は電圧が下がって蛍光灯はしょぼしょぼと薄暗かった。

昨日は気のめいるような嫌な日であった。この建売りを買うために、彼は会社にかなりの借金をしていた。耳と目のまん丸いネズミに似た直属の上司が、ことごとくにこのことを口にした。「借金も甲斐性のうちや……」などといったりしているうちは無事だったが、仕事にミスがあったりすると「もうちょっと気いつけてもらわな……会社に借金を返されへんで」等と嫌味をいった。昨日のはそれがこうじて「甲斐性もないくせに家を建てやがって……」と吐き捨てるように浴びせられた。確かに邦夫の年でマイホームを持つのはまだ珍しい部類の時代ではあった。課長の彼には、持ち家の奨励の意味があって、無担保で百万円が簡単に貸し出された。その書類に上司のハンコがいるのだ。心貧しき上役に仕える哀しさ、雨の日の傘なきに似たり……等と、メモに書きつけたゆううつな一日だった。

ゆううつの第二は隣家からのしかかっていた。……この住宅地が完成してからほぼ二年。建売り住宅の住み心地の悪さが目立ち始めていた。雨漏りがはじまり、去年の秋の日曜日、屋根に登って瓦の隙間にモルタルを詰めた。それは効果があったのだが、屋根から降りてつくづく眺めると実に見苦しい出来映えであった。黒と白のまだらが、まるで皮膚病にかかった犬の背中のような眺めになってしまった。

なによりも狭かった。家も敷地も狭かった。だから横へ建て増す余地はない。しかたがないので、人々は上へと建て増した。数日前から、よりにもよって南隣の家から二階増築の宣言を受けているのだ。できるだけ道路側の方へ建てるからと、溺死人のように白ぶくれした南側の住人は栗饅頭を持って挨拶に来た。彼も磯子もふくれっつらをしていたが、隣がそう決心した以上、もうどうなるものでもなかった。

邦夫はさっきからネズミのような顔の上司のきょときょとした表情と、つやのないふくれ上がった白い蒸しパンのような隣人の顔を何度も思い浮かべて、そのたびに心の底からゆううつになっていた。気をとり直して、美由紀にミルクを含ませながら、テレビのスイッチを押した。

なんだか白っぽい薄汚れたシーツのようなものが、画面いっぱいに垂れ下がっている。その白っぽい壁にゆらゆらと棒が突き出される。画面の下の方に丸いものが出たり入ったりしていて、なにが写っているのかさっぱり分からない。それに画像が大変に悪い。ゆらゆらと揺れていてコントラストがはっきりしない。

画像を調整しようにもそんな細かい操作は、膝の上に赤子を乗せてミルクを飲ませている姿勢ではどうにもならない。そのうちにカメラが動き出し全体像が浮かび上がってきて、その情景を彼は理解した。ここ数日新聞が騒ぎ立てているエンタープライズ入港阻止闘争の風景である。ゆらゆらと揺れるコントラストの悪い画面と見えたのは、佐世保の平瀬橋いっぱいに構築された警備陣の金属製の盾の壁であった。盾は二段に築かれていて、下段は片膝をついた警官に、上段は足を開いた警官によってかまえられている。盾の背後はヘルメット姿の黒々とした警官の集団である。盾の前は五、六メートルの空地があって、時々その空地へ白いヘルメットをかぶったへっぴり腰の学生が出て来て、物干竿のような長い棒を突き出し、ごんごんと盾を二、三度こづく。アングルが変わると、道や窓や屋根にあふれた見物人ののどかな表情があった。

のどかな？……邦夫の心ものどかといえないことはなかった。しかしやがて学生の群れが泥水の集中放水を浴び、金属製の壁が一瞬のうちに崩れ、手に手に警棒をふるった黒い集団が、まるで黒い雪崩のように湧き出して来ると、邦夫は不吉な感じに取りつかれ始めた。

白っぽいヘルメットの上におおいかぶさった警官の群れは、ヘルメットを押さえて逃げ廻る学生の、背中といわず頭といわずめった打ちにした。ネズミを追いつめた猫の、あくなき残忍さと執念深さであった。排水溝に落ちた学生をよってたかってめった打ちにしている機動隊……にぶくきらきら光る警官の目……子供っぽいおびえた、光を失った学生の目……泥と血の中でなぐりつけられ踏みつけられて、学生はやがて動かなくなってしまった。またたく間であった。平瀬橋のらんかんに追いつめられ、あるいは橋の上から河の中へ追い落とされ、蹴散らされてしまった。なんとも不吉な景色であった。

邦夫はまったく萎縮してしまった。これがドラマではなくて、現実のものであるという実感が彼の背中を逆撫でした。

ゆううつな邦夫の心を、得体の知れないものがわし掴みにした。しみ込んで来るような黒い影に、彼はいつのまにか侵され、わけもわからず美由紀をしっかり抱きしめているのだった。

ここへ越してきて初めて雪が積もった。住宅も道路も田んぼも木も雪をかぶった。雪をかぶると、それはひどく昔の風景に似ていた。小さくきゃしゃな建売り住宅が、どっかりした農家の風貌を見せていた。空は暗かった。暗い空に、白い建物や木が陰々と突っ立っていた。

朝、人々は雪を踏みしめて川沿いの道を駅へ急いだ。オーバーで着ぶくれた人々の群れはいやにがっしりした骨格を見せていた。雪の道に続く黒い黙々とした行列は、これもまたひどく昔のものであった。明治百年のグラビアの中の（今年、明治百年目である）、二・二六事件の朝のようであった。昭和十一年それは邦夫の生まれる前の年である。そして彼の生まれた年に、盧溝橋《ろこうきょう》事件が起ったのだ（一九三七年）、これがアジアに於ける第二次世界大戦の始まりである。ちなみにヨーロッパの第二次世界大戦は、ドイツがポーランドに侵攻した、一九三九年に始まった。

貧しく疲れ果てた農村と、都市の特権階級の腐敗が、青年将校をクーデターに走らせた。これが大雪の日であった。彼らは悪政の元凶として、政府の要人の屋敷を襲い、この雪を血で染めた。

昨日見た佐世保闘争の画像と、グラビア写真の雪に倒れた黒いマントの若者の死骸とが、彼の中でゆっくり重なっていくのが感じられた。二・二六事件後、政治家と資本家は、軍の中枢部と結託し、軍国主義を進めていったのであった。そんな時代がやってくる。彼は不意にはっとした。……暗い空にぽっかり開いている巨大な口の中へ、雪に明々と照り返されながら、人々は黒い肩をそびやかせて、黙々と歩み進んでいく……進んでいく……時代の巨大な口の中へ。……彼はふらふらになって意味のないつぶやきを繰り返しながら、その行列につきしたがっていた。

満員電車の中で、腕の下や肩の上に小さく折りたたんだエンタープライズの新聞を、人々は一斉に開いた。

「なんやしら、昭和十一、二年の状況に似てきましたな。……東支那海で中共海軍と交戦中……そんなニュースが突然に入るのと違うかいな、ほんまに頼んまっせ」

十時さんは他の人の腕にひんまげられた顔を見せながら、よく響く声で話しかけてきた。

「アメリカですか……」「日本の海上自衛隊とやがな……」

邦夫は急に背筋が寒くなった。

「しかし学生のやり方は感心しまへんな。二・二六事件の青年将校と大同小異や」

雪の朝の感慨が一廻り年上の十時さんにもあるのだろう。

「でもショックというのか、警告というのか、市民に与えた影響も無視できませんよ」

彼は市民の中に自分をも入れてそんなことをいった。肩越しの会話は、十時さんの耳にうまく達しなかったらしい。十時さんは吊輪をつかんでいる横の人の腕の下で、いよいよ顔をひんまげながら「学生のやり方は感心せん、学生の本分があるはずや」と繰り返した。

電車の振動の音でよく聞き分けられないが、邦夫の背後でも学生がどうとかいう会話が続けられていた。「警官のやり方はあれはひどい、むちゃくちゃや、……あそこまでやらんでもええやろ」「思わずぞっとしましたわ」声の主は中年の女の勤め人らしかった。「あれを見てる親御さんの気持はどんなでっしゃろ……」

窓は真白に霜がかかっていて、外の景色は見えなかったが、ガラス窓全面は外部の雪の反射の光を受けて、きらきらとひどく明るかった。「エンタープライズと戦艦大和とやったらどっちが強いやろ」……「そら大和やで……なにしろ世界最大の軍艦やったからな」というのどかな会話も交わされている。ごとごと走る通勤電車の、窓いっぱいにはね返るこの朝ののどかさが……外の見えないのどかさが、彼にはどうしてもくせものに思われてしかたがなかった。

ついにエンタープライズはやってきた。

ブラウン管の中で、エンタープライズの巨大な船体は大きな飛行甲板を光らせて、ゆらゆらと揺れていた。さざ波の立った東シナ海の洋上を、無表情にゆったりと進んでいた。二隻の護衛艦をしたがえ、三本の航跡をひきながら、間違いなく佐世保をめざして航行していた。もうすぐ一群の船団のような日本列島が見えるはずである。

「あなた、美由紀にちゃんとミルクやってちょうだいな」

女房のとがった声に、彼はあわててミルクビンを持ち直した。

「これがエンタープライズ?……案外小さいじゃないの」

エプロンで手を拭きながら、立ったままテレビを見おろしている女房は、いかにも平然といってのけた。

「飛行機から見おろしてるからや」

「そう……」

女房が台所へ戻った後、テレビは財界人の座談会を放送していた。

「ボウカクハ」という言葉が度々出て来たが、最初意味が理解できなかった。それがどうやら暴力革命派の意味であると解ってきた時、初めてこの座談会が異様な話題を材料にしていることに気づいた。

――ボウカク派の闘士は全国で五万とも六万ともいわれている――その周囲にこの賛同者が約五倍と考えて、合わせてざっと三十万、これが各都市を中心に軍団を組織している。戦前の内地常備軍隊が約三十万、ほぼこれに匹敵する量であり……したがって革命は不可能ではないというのである。昨日の佐世保騒動にひき続き、この話題はテレビの前の住人を驚かせるのに充分であった。

「羽田事件にしても、今度の佐世保事件にしても、あれは軍隊でいう演習ですよ……実戦で新兵に根性を植えつけようというのが狙いで、だからリーダーは逃げてくるやつを叱咤《しった》して追い返しているでしょう……なんというか実地教練というやつですね」

目玉のぎょろぎょろしたそっくり返った赤蛙のような、この財界の長老は面白いことをいう。

しかしこれは一体全体どこの国の話だ?……

テレビの前の彼を妙な錯誤がつつみ始めていた。「革命」といい「軍隊」といい、この人たちは「戦争」とでもいうドラマの批評会のようなものをやっているのではないだろうか?……そうでもなければこんな異様でぶっそうな話題を茶の間に持ち込めるはずがない。美由紀を抱いてコタツにもぐり込んでいる自分の位置というものに、彼は限りない信頼を置いていた。その信頼を土台に、邦夫の精神はテレビの現実からテレビの観客の方へ、すばやく位置を移しかえていた。

これは驚くべきことであった。この変わり身の早さはいつから身についたものだろう。ある程度以上の刺激には感応しない塒族としての習性か。それともいまだかつて政治に参与したことのない国民としての体質か。……「指導層の自信の回復、そして断固として法と秩序を守る勇気、いまや対話ではなく対決の時ですよ」テレビはまだそんなことを話している。指導者とは誰のこと?……二・二六事件のときのように財閥と結託した保守政権のことか……。確かにそれはありうることだ。再び暗い強権の時代がやってくるのか――。

（一九七〇年十一月二十五日。日本の憂国の志をいだく、青年層を代表するものとして、三島由紀夫は新宿区市谷の自衛隊駐屯総監室で、割腹自殺を果たした。彼は生き急いだというべきだろう）

邦夫は、今一度刺激が欲しくてチャンネルをひねった。「テレビカメラは今エンタープライズを捕えました……」マラソンの実況中継のようなアナウンサーののびやかな声である。彼はまた無意味にぱちぱちとチャンネルを廻した。午後八時前後、申し合わせたようにエンタープライズと佐世保の乱闘風景の録画である。しかしやっぱり駄目であった。それらはテレビの上の事件に還元してしまっていた。やはり邦夫は甥族だった。「美由紀の精神衛生上よろしくない」等と一人つぶやいてテレビのスイッチを切った。

二月の終わりの休日、美由紀の様子が不意におかしくなった。夕方の五時頃から泣きはじめていつまで経っても泣き止まない。ミルクビンを口へ持っていっても飲もうとはしない。六時になっても七時になっても「エーン、エーン」と部屋中を泣き声で真っ赤に染めて泣き続ける。

「どうしたのかしら、どうしたのかしら……こんなに泣きづめやと死んでしまうわ」

ベビーベッドにつきっきりで、女房はただおろおろと同じ言葉を繰り返すばかりであった。赤ん坊の泣き声というのは、聞く者の腹の底にこたえる。しゃにむに小さな口を開いて、体中から泣き声を押し出している。四帖半の部屋が美由紀の泣き声で満ちあふれ、地獄の釜の中でゆでられているような思いだ。

美由紀は今日まで順調に育ってきた。そしてかなりはっきりとした個性を示しはじめていた。拒否の時の強いしぐさや、少々むせて苦しがっても哺乳瓶を放そうとしない強情さや、嫌なことをされた時の腹立たしい表情……。好き嫌いのはっきりした意志の強い女の子に成長するのではないか、と話し合っていた矢先であった。この子を育てることの自信が、一挙に崩れ去った。

八時過ぎ、急に泣き止んだ美由紀は、今度はこんこんと眠り始めた。赤ん坊の泣き声で真っ赤に渦巻いていた室内に、今度は白い死の静けさが襲った。じりじりとした時間が過ぎ去っていく。

十時、十一時……彼と女房は何度も自信のない顔を見合わせる。すでに六時間以上もミルクを飲んでいない。……十一時半、無理に抱き起こしてミルクビンを含ませた。三十ccぐらいはどうにか飲んだが、後は吐き出してしまった。泣きそうな顔をして、磯子は再びベッドに返した。

……夜中。

「この子だんだん冷たくなって行くわ！」

彼女のしぼり上げるような声に、コタツの中でうとうとしていた彼は飛び起きた。

顔面の蒼白な女房を押しのけて、彼もあわてて赤ん坊の額に手を置く。思いなしかひやっとしている。

「どうしよう……。どうしよう……。このままやったらこの子死んでしまうわ」

「あほなことというな！」

女房は途端にわっと泣き出した。

「医者を呼んでくるわ」「もう電車ないでしょ」

手で涙をぬぐいながら、女房は考えていたように口を出した。

「歩いて行ったらどれくらいかかるかな……」

「岡寺さんとこの自転車借りましょうよ、わたしが背負って後ろに乗るから」

……夜の二時近く、凍てついた月明りの道に出て、二人は岡寺さんの玄関に立った。真っ暗に静まり返った玄関の扉は、彼にはいかつい拒絶の意志に思われた。こんな時、女の方が大胆だ。ひやびやとした玄関の扉に口をつけるようにして「岡寺さん、岡寺さん」と女房は呼んでいる。やがて明りがつき、ごとごと物音がして扉が開き、寝間着の上にジンベエをはおった岡寺さんの奥さんの姿が、電灯を背に現われる。女房は何度も頭を下げてから、早口に小声で説明した。

「まあ！それはえらいこっちゃ、心配なことでんな……、どうぞ、乗っていっとくなはれや……」

奥さんは口をすぼめ、しょぼしょぼした目を、驚きのため精いっぱい見張っているみたいであった。これも寝間着姿に丹前《たんぜん》をはおっただけの姿で、目をこすりながらひょこひょこと出てきた御亭主に、

「美由紀ちゃんがえらいことだんね……。ちょっとあんさん、裏から自転車出したげとくなはれ」

と早速いいつける。

「すみません、えらい目にあわせますな」

邦夫もむやみに頭を下げる。

「そんなことあんた、こまった時はお互いさんですわ……。それにしても寒いでんな」

といいながら、気のいい御亭主はさっそく下駄をつっかけ裏へ廻る。懐手のそんな岡寺さんの恰好はいよいよ貧相であった。

「美由紀ちゃん、便秘したはんのと違いまっしゃろか……奥さん、お腹みやはりましたか」

奥さんも寒いらしく、やたらと女房に話しかけた。……二人の子供を育てた(すっかり大きくなって独立している)婦人の経験談には、傾聴すべき内容が含まれていた。亭主の方のぐちとどこか共通する話しぶりであったが、こちらには庶民のたくましい知恵がいきづいている。二人は、せっかく暗い所から自転車を引き出してくれた亭主の方は、一応ことわることにして、この庶民の知恵の方を試みることにした。

「悪いこといいまへん、いっぺんやってみなはれ、お医者さんはそれからでもよろしおまっしゃないか……なああんさん」

自転車のハンドルを握ったまま亭主は、

「おまえ先にそれをいわんかいな……」

といいながらも、にこにこ笑って女房の経験を全面的に信頼している様子であった。二人は好人物の夫婦にもう一度頭を下げ、いきおい込んで我が家に、とってかえした。

—赤ん坊の腹は、ぱんぱんに張っていた。

「これじゃ、ミルク入らへんはずやわ……。この子、パパに似て便秘体質なのね」

二人は原因が分かって少しばかり落ち着きが出てきた。

ココヨリを作り、オリーブ油をつけて、美由紀のピンク色の小さな尻の穴をくすぐる。これが岡寺さんの奥さんから伝授された方法であったが、こんなおまじないみたいな方法がきくのかどうか、二人は半信半疑だった。

「出てくるわ！」

ストーブをたきすぎているせいか、あまりに力が入り過ぎたせいか、顔を真っ赤にし、鼻の頭に汗を浮かべて、小さな尻を覗き込んでいた女房の弾んだ声だ。美由紀の小さな尻の穴がふくらみ、ぽつりと黄色いものが押し出されてきた。

「よう！」

思わず彼も叫んでしまった。

「出る、出る……なんぼでも出るわ」

女房は上気した顔で喜びをみなぎらせた。

……直後、美由紀は久しぶりにぐいぐいミルクを飲んだ。「美由紀は強い子。勇気のある強い子」といいながら、彼女はぽろぽろと涙を落としていた。力強くミルクビンに吸いついている小さな生きものを見ていると、どういうものか彼も胸をしめつけられてしかたがない。こんな小さな生きものがうまく育ってくれるかどうか、邦夫は祈らずにはいられない気持であった。

美由紀に股関節脱臼の恐れがあるとのことで、彼は会社を休んで女房に付きそいで、大学病院に出かけた。春のまだ浅いうらうらとした陽が車窓に踊る、そんな朝であった。ようやく首の立ちかけた美由紀は、ぷわぷわ揺れる首をしきりにめぐらせて、すいた車中を目をいきいきとさせ、一心に眺めている。そして何に感心するのか、時々口をとがらせ、ほお、ほお、という。

整形外科の待合室は、美由紀のような赤ん坊で満員であった。頭髪のまるっきりない赤ん坊、顔中真っ赤な赤ん坊、面をつけたような完全に無表情な赤ん坊、ぎょろっとした目の顔のてかてか光った赤ん坊……そしてその間を少し大きな黒い子供がちょこちょこ走り廻っている。粗末な長椅子に身を寄せ、美由紀を抱いて腰かけていると、なんとなく逃避して来たベトナム難民の親子連れの気がしてくる。耳の突立った目のつぶらな子供の黒い顔を見ていると、もうまるっきりベトナムの裸足の子だ。日本の子供たちは、テレビのニュースに出てくるベトナムの子供たちとなんとよく似ているのだろう。そしてベトナムも日本も、なんという子供の多さだろう。

美由紀は無事……。結局はなんでもなかったのだ。女房は感激のあまり、足も手も短い、寸足らずの教授にぺこぺこ頭を下げた。前回の健診で言われたことは危惧に終わった。

帰途、ハイヤーを奮発した。国道沿いの田んぼは、一面薄むらさきのレンゲである。やがて池が見えてきた。防寒コートを着込んだ菅笠《すげがさ》の釣人がたった一人、平べったい田んぼの中の池の、灌木の陰で糸を垂れている。淀川に近いこのあたりは池が多かった。会社の課の何人かで、三度ほど魚釣り大会をやった。そんなに大きくはないが、へら鮒《ぶな》が釣れるのだ。

……その落差がいつ訪れたのか分からない。病院から帰って置きごたつで彼はしばらく寝た。美由紀はもうずっと前からベビーベッドで安らかな寝息を立てていた。女房は夕食の準備の買い物に出かけまだ帰って来なかった。昼下り……いやもう夕暮に間もない時刻になっていたかもしれない。

キュルルン、キュルルルン……、チュチュチュチュチュ……。南隣から聞こえるこの音は、多分電動ノコギリと電動カンナの音だろう。十日ほど前から大工が入っていたが、昼の間は家に居ないために、この音を聞くのは今日が初めてである。南隣の家が、二階建ての増築を始めたのだ。この音は現場でよく聞く音で、それほど気にしたことはなかった。

キキキキキ、キュユン……。音が急に途絶えた。堅い大きな材木をあまり無理に切り過ぎたのだろう。電動ノコギリが止った。邦夫の少年時代、この音は空襲と結びついていた。それともう一つサイレンのうなりがある。ウォンウォンとうなる警戒警報や空襲警報は、うねうね続く場末の工場街の黒い塀を、いつも低く這い廻っていた。陰々と響く不吉な音の下に、小さい頃の記憶がぽっかりと穴を開いた。

キュルルン、キュルルンと電動ノコギリがまた悲鳴を上げ出した。今、その音が急に彼の心を突き刺した。それは上空から降ってくる音だ。

この音のせいか、さっきまでうつらうつらとして見ていた夢も、なんとも不気味な夢であった。見渡す限りいたるところが穴ぼこだ。前も後ろも大小さまざまな穴が無数に口を開いていた。まくれ上がった土がぬるぬると光って小山になっている。邦夫はぼんやりと、爆弾はこの方向から落ちて来たんだな、と考えていた。そんな彼の周囲は小学校の広い校庭の、たれこめた暗い空の下であった。

邦夫はいつしかおののいていた。材木を切る悲鳴のような音による、理由のない不安が形を成しはじめた。

キュルルン、キルルルン……。彼の耳は、そのずっと奥の方で、はっきりとあのウォンウォンという、空襲警報のサイレンを捕えていた。それにまじって高空をいく敵機の爆音が聞こえていた。たたき起され、祖父にかかえられるようにして階段を降りる時に聞いた音だ。外へ飛び出した直後、家は窓から火を吐いた。

一九四五年三月十三日の大阪大空襲。――あれは無数の焼夷弾が上空から降ってくる音だ！キュルルン、キュルルン、キュルルン……。

邦夫はうろたえ、あわてて身を起こした。そしてきょろきょろとあたりを見廻した。窓から入るぼんやりした初春の光は、室内を薄水色の霧でおおっていた。彼は美由紀のベッドに寄ると、手を広げて眠っている小さないきものの、その小さな手にそっと触れてみた。その手はびっくりするほど熱かった。

……この体温は、この子がこれから成長し、生きようとする命のエネルギーなのだ。さまざまな状況の中で子供は生まれ、生きていかねばならない。あたたかく安全な子宮から、外界に投げ出された瞬間から、このエネルギーを誕生と共に身につけるのだろう。

……邦夫は、あたたかい赤ん坊の手をつつみこんで、感動のために、涙が出そうであった。

冬の風鈴

1

私の知る限り、これはどうも妻の初恋らしい。妻は今年五十八歳である。

五十八歳で、初恋であってもおかしくないと思う。恋など年齢には関係ないのだ。死ぬまで初恋を体験しない人だっているに違いない。一生恋愛体験のない人が、昔はずいぶんいたのではないだろうか。昔といっても、明治時代までさかのぼる気はないが、せいぜい両親の世代だ。戦時中若い男女が外で二人で逢うなどは御法度だった。恋愛などしなくても結婚し子供を生み、ちゃんと人生を送ることができる。ちゃんと人生を送る上で、むしろ恋愛などはじゃまな要素ではないだろうか。初恋はだいたいにおいて、失敗に終わる。何が成功で何が失敗かということは、人生の上でいちがいにはいえないが、私などは初恋の失敗で女性不信におちいった。そのトラウマは未だに癒えない。

恋愛が害悪だというのは、結婚してからのそれを考えれば明白だ。恋愛というものは、結婚していようがいまいが、はやり病のように襲ってくるものであって、とくに選別してくれない。結婚してからの恋愛は悲惨なことになる。配偶者を不幸にし、子供を不幸にし、周りの人に迷惑をかける。民主主義の世の中で、人に迷惑をかけるのが一番いけない。何が善で何が悪かというのはなかなか判断がつきにくいものだが、結婚している人間の恋愛は家族も含め、周りの人たちにとって、これは確実に害悪である。

多分芸術がいけないのだ、と思う。すべての芸術は、だいたいにおいて恋愛を讃美している。恋愛がなければ、とっくに芸術は亡びているかもしれない。……〈かわいいお夏を小舟に乗せて、花の清十郎に漕がせたや〉……つまり恋愛をするのは、美男美女なのである。フランスにリアリズムの運動が起こって、「おかめ」と「ひょっとこ」が恋愛しても良いように書かれたが、それでも人々の心の中にあるこの理想は消え去ることはない。恋する人には、相手の男ないし女は、幻想の中で理想化されている。ついでに自分も理想化されている。それでは幻想を抱けない人はどうなるのか。つまり、そういう人たちは、生涯恋愛体験を持つことはない、ということなのだろうと思う。ロマンチシズムをこわした、フランスのリアリズムの運動は、おかめやひょっとこの恋愛を描くことにより、皮肉にもこういう一般の人々をロマンチストにしてしまった。

私の妻は「おかめ」でも「おかちめんこ」でもない。夫の私がいうのだから間違いはない。だいたい夫というものは、妻に対して、わりあいにというか、相当にリアリストである。容姿だけではなく、性格や素養や家事能力に対してもである。妻の夫に対する見方も同じかもしれないが、私の見聞の範囲でいって、そうでない妻を幾人か知っている。夫を実力以上に評価しているのだ。どこから見てもウダツの上がらない取り得がないと思われる男の取り得や可能性を、しっかり信じているのである。あれはどうしたことだろう。信じているから救われるとか、信じているからうまくいく、ということはないようだ。ここが皮肉なところなのだ。

ところで、哀しいかな、夫にとっておたふくの妻は、やっぱりおたふくなのである。くどいようだが、おかちめんこの妻はおかちめんこなのである。ではなぜ結婚したのか……。美醜よりも、気だてが優しいとか、よく働くとか、健康であるとかいう要素の方が大切であるのだ。「恋愛を讃美する芸術」に毒されていない、そういう人たちは、たいてい幸福な人生を送る。おかちめんこの妻ほどかわいいものはない、という男の気持を分かってくれない女性が多いのは残念である。ここで人生の目的を考える必要があるように思う。人生の目的は幸福か？　そんな人生観はつまらないと思う。たった一度きりの人生だから、さまざまなことを体験することこそ、人生の目的とすべきだろう。多少まわりを不幸にしてもである。多少の範囲にとどめたいが。責任だけはしっかりとれば良い。自分自身も不幸になることを恐れてはならない。ツケは必ず来るのだから、それは支払わなければならない。その覚悟は必要である。

妻の五十八歳の初恋……を、私は以上のように考えてきて、祝福することに決めたのである。私はこんなに冷静に妻の初恋のことを見守れるとは思わなかった。長年暮らしてきた妻が急に変心するのだ。相当に狼狽《ろうばい》して、それから嫉妬し、妻の相手に憎悪を抱き怒り心頭に発すると、そのあげくに自尊心を傷つけられ、自己嫌悪におちいる……愛していようがいまいが、そういう道筋を辿ると心に描いていたのだが、そうはならなかった。こういった中国から伝わった漢語は、中国人の、心理や感情を表現するのにふさわしいものであって、日本人の心情を表現するのには、必ずしもふさわしいものではないことが判った。死ぬまで初恋をしたことがない人に比べ、しないよりしてみた方がいい。しかも人生の黄昏《たそがれ》、五十八歳の初恋なんて、いさぎよくてすがすがしくて、立派なことではないか、と思ったのである。

これが立場を逆にして、女性が私の立場だったらどうかと考えて、同人誌の二人の女性と話し合った。……嫉妬、憎悪、嫌悪感、経済的な恐怖、家庭崩壊……だけど離婚はしない。「絶対許さない」と柳眉《りゅうび》を逆立てた。つまり修羅場だというのである。ここでは中国から渡ってきた漢語はそのまま生きていた。初恋という言葉の持つ、みずみずしさ、ういういしさ、男と女の出会い、性の違いを知るよろこび、ほてり、はじらい、そしておもいやり、といった大和言葉は死んでいた。私は初恋ということを強調したのだが、それは蹴散らされた。かえりみられることはなかった。私は女性たちのリアリストぶりには、おそれいったものである。漢語の持つ強大な力の前では、大和ことばなどひとたまりもないと思った。

十一月に入って急に寒くなった。今年の夏は暑く、しかもいつまでも涼しくならないで、だから十月になっても夏物のランニングと愛用のボクサーブリーフというやつで過ごしていた。十月の中旬になって、上着だけはようやくあいものに変えたが、下着は同じものであった。妻が家を出て行ったのが、ちょうどそんな十月の中頃である。だから、夏物と冬物の入れ替えどころではなかったのだが、どんどん寒くなっていって、セーターなどでごまかしていたが、十一月になると外出にはジャンパーをはおることになってしまった。下着はランニングにボクサーブリーフのままである。あきらめて、というのは妻が早急に帰ってくるのをあきらめて、今日ようやく冬物の下着や上着を、押入れから出してきて入れ替えた。どこに何が入っているのか分からなくて、丸一日かかった。

妻の初恋の話とか、どこから頭の中を整理していいのやら分からなくなってしまった。別に私の頭の中が混乱しているのではなくて、話の筋がつけにくいのだ。五十八歳にもなって初恋などをされると、こちらの方もどこで何がどうなったのか、しっかり筋道を立てて考えなければ、何がどうなっているのか見えてこない。初恋だって急に起こるわけではないはずだ。しかるべきストーリーがあって、それはそうなるはずだ。そこのところを、それなりに追跡しなければならないと思う。初恋のことだから、相手もちゃんといるはずで、年も年だから、相手もしかるべき男だと思うのだが、今のところさっぱり見当がつかない。どういう人なのか、妻より若いのか年上なのか、まるで想像ができない。だから初恋と妻の家出の因果関係が分からない。妻はまるでかき消えたようなのだ。

私はこの四月の中旬に定年退職になった。その退職金のちょうど半分を、妻は持って出た。その半分は、自分の権利だというつもりなのだろう。私としては釈然としないが、今となっては納得をせざるをえないと考えている。法的に争っても、妻の方に分がありそうな気がしている。金のことを考えるのは後まわしでいいだろう。今は定年退職のことだ。四月から十月まで、私はおおむね家に居た。だからほぼ毎日、妻を観察していたわけだ。もちろん、観察という行為は、後から思い返して思いついたことであって、その時はとりたてて観察していたわけではなかった。家を出て行ったということから考え合わせて、結果的にいえば、私はぜんぜん妻のことを観察していなかったことになる。要するに、それまでの三十五年間と同じように、妻のことをぜんぜん見ていなかったというわけだ。

書き置きもなく、何もいわず妻が家からいなくなって三日目……いや四日目かもしれない。前日から鞍馬の奥の花背《はなせ》へ、同人誌の合宿で出かけていて、妻はその前の日に出て行ったのかもしれない。夜遅く帰ってきた日曜日、妻はいなくなっていたのだ。夜遅く帰った時は、勝手に扉を開け、勝手に水などを飲んで小便をし、勝手に自分の部屋のベッドに入り、勝手に寝ることになっている。月曜日、妻はいなかった。私は昼まで寝ていたから、妻は外出しているのだと思った。その日妻は帰ってこなかった。こんなことは今まで一度もなかった。私はようやく異変を感じ、火曜日の昼頃から、息子たちの所や、妻の実家や、親しい友人、といっても妻の友人をほとんど知らないことに気がついたのだが……、に電話をした。妻はどこにもいず、なんの手がかりも見つけられず、私はようやくこれは普通の外出ではない、妻は家出をしたのだと、おそるおそる考えた。

手がかりがない以上、後は待つしかないわけで、妻の所持金が心配になった。そうして、退職金の半分が銀行の預金からなくなっていることが判明した。その半分は妻の口座に振り込まれ、その預金通帳を妻は持って出た。残された記録を見て、私は逆に安心した。妻は事故にあったのではない。まして神隠しにあったのでもない。自分の意志で家を出たのである。それだけの金があれば、一人なら十年は暮らしていける。住むところがあれば十五年は生活していける。パートで少し稼ぐ気があれば二十年は充分いける。つまりほぼ死ぬまで暮らしていけるということだ。これはまあ見事なものだ。いつまでも行方不明になっていられるということか。つまり妻は、私の定年を待ち、グッドタイミングで家を出て行ったわけである、衣類はどの程度持って出たのか分からない。もともとどんなものがどの程度有ったのかも、例によって何も分からないからである。世の亭主は、皆私のようなのだろうか。それとも私だけがそうなのか。住むところがあって出たのなら、宅急便で何度かに分けて送ればいいのだ。今までも息子たちにそんな形でよく送っていたから、私に気づかれることはない。たとえボストンバッグ一つで出たとしても、着るものは、贅沢さえしなければ、日本は他のものにくらべてただみたいに安いのだ。

手がかりを求め、私は妻の持ちものを、一つ一つ調べはじめた。タンスの開きの中の文箱……桔梗の花が描かれた黒塗りの文箱……それを見るのもはじめてだが、その中から十数通のラブレターを発見したのだ。ラブレターと書いたけれども、それは妻が書いたラブレターの下書きであった。白い封筒に入っている手紙は、いずれも妻の字である。宛名も日付もなかった。「おしたい申し上げます」というような、持ってまわった丁寧語でかかれていて、あほくさくて、とても読めたものではなかった。

これが妻の初恋を内容とする手紙であったのだ。一方的に想いつめ、相手を遠くから追い求め、遠くから見ていたいがために、例えば電車の一車両後ろから乗り込み、彼の降りる駅で彼の姿を見送る。そのために、一時間も駅の売店の陰で待っている、といったたぐいの初恋である。何通も手紙を書くが、ついに手紙を出すことができない。当然教室の廊下で出会っても、行き帰りの道で出会っても、声をかけることができない。だから相手は何も知らない。高校生と同じような初恋を、五十八歳の妻はしたのである。多分、相手の男は妻の想いを知らないであろう。そうして、立場は違うが、妻の初恋を私もぜんぜん知らなかった。それは胸の奥に秘められた恋であったようだ。

私にその手紙を読み切れなかったのは、あほくさくて、読めなかったということもあるが、とてもつらくて読めなかったということもある。一つには、これは当然だが、相手は妻子ある男性であって、そのために、妻は相手に対して何も望んでいない、ということが分かるからである。二つ目は、妻のもの狂いの様子が文面にはまるで表れていないということについてである。むしろその逆であった。前記述べたような初恋のほてり、ういういしくて、恥じらいの激しい、その恥じらいのためである。

恥ずかしくてつらくて、だから文面のほとんどを飛ばして、相手がどういう人間か、あるいは妻が家出したことと相手はどう関係があるのか、という事実を知りたいがために、その手がかりを求めて、読みづらい手紙を読みあさったのだ。手紙には名前らしきものはなく、相手のことを、妻は一貫して、「先生」と呼んでいた。どこかの大学の先生なのか、何かを習っていてその先生なのか、それとも人生の先輩という意味でそう呼んでいるのか。私なども カルチャーセンターでは、先生と呼ばれていたからでもあるが、多分妻は何かのサークルに入っていて、相手はそこのリーダーか、そこへ教えに来ている人のことではないかと想像した。

この点については、私には一つだけ心当たりがある。

妻は、大学時代「民話研究会」に入っていた。大学では「説話研究会」といった。大学は東京であって、妻は私と結婚するために大阪へ来たわけで、当然その研究会から離れた。

四つ違いで、男の子が二人生まれ、幼稚園小学校中学校高校と、四年違いで成長する子をじゅんじゅんに育て、なかなか子供から手が離れない。しかしその期間も、妻はその関係の本を買っていた。子供に与える本も、その傾向のものが多かった。いつの頃からか記憶にないが、関西の方でもサークルを見つけ、参加していた。民話の研究は、こちらの方も盛んなのだろう。私自身同人誌に所属しながら、妻のそういう活動に関心を払わなかったなど考えられないことだが、実際にそうだから仕方がない。

妻の失踪と民話研究会、民話研究会のリーダー、またはそこへ教えに来ていた先生、となんらかの関係あるのではないか、という私の推理に、私は自信を深めた。その証拠を発見したのだ。和室の妻の座敷机の周辺の書類入れにも本箱にも、民話研究会関係の資料やサークルの会誌、その関係の手紙の類は、一切無かったのだ。一切処分されたか、持ち去られていたからである。

妻の失踪について、その原因になったらしい妻の初恋について、私は何も書くことがない。その経過の事実を、メモ風に書き並べるしかない。妻の家出に関して、エピソード一つ語れないこんな話なんて、全く最低の部類に属するだろう。妻に逃げられた六十男のまぬけさ加減を、これほど見事に現わしているケースはないのである。結婚して三十五年間一緒に暮らしていたのに、私は妻のことを何一つ知っていなかった。そんな私に、十数通の妻の初恋の手紙は、これは妻が私に残した書き置きであったことに、ようやく気がついたのであった。そのことに気づいて、私は何だかすがすがしい気持になってきた。これは私に対する、思いきった妻の荒療治だったかもしれない。私は力まかせに、妻に横っつらを張られたような気がした。

2

妻と出会ったのは、大学の文芸部の合評会であった。

大学は渋谷の高台にあり、敷地は狭かったが、大学自身が古いから、大きな木々が三階四階の窓をおおうぐらいに茂っていた。国文学系の大学で、国文学の博士がぞろぞろいた。とくに民俗学が強かった。私も高校の国語の先生にすすめられたのはその理由からであった。ここの文芸部は部員が百人以上いる。だけど合評会に出てくるのはその三分の一ぐらいで、それも第一回だけである。回数が増えるごとに減っていき、十数人というちょうどいい人数に落ち着く。教室がマンモス化しはじめたその時期、大教室を借りて百人ほどの部員が集まるのは、第一回の定例会だけで、大半の部員が幽霊部員で終わる、変な部でもあった。

妻の詩が、文芸部の雑誌『文芸渋谷』に載ったのは、夏休み明けの頃だったと思う。したがって出席者は二十数人、その時私は三年生で、妻は一年生……つまり一方は文芸部のリーダーの一人であり、一方は新入生だった。忘れもしない、タイトルは「廃園」なのだ。

このときの私の批評が妻のうらみを買った。「廃園というのは、作者の心が廃園なのだから、だろう……」妻は私に抗議の手紙を送ってきた。「あなたの心が貧しいから、そんな読み方をされるのでしょう。私の心は決して廃園なんかではありません……」

私は弁明の返事は書かなかった。いかにも小娘小娘した、髪の毛を三つ編みにしているそばかす顔の彼女に魅力を感じなかったこともあるが、その手紙の一本調子が、これは返事を書くとやばいことになる、と警告を発していたからである。

おまけに、これが本当の理由だが、その時、実は私の心が廃園だったからであった。高校時代から実質三年半にわたる私の初恋が、半年前に一方的な片思いに終わって、私の心はずたずたであったのだ。この片思いの失恋というのは、持っていきどころがない。それは漱石のいうところの「女性の無意識の偽善」にはじまるものであって、きりきり舞いをさせられるのだ。漱石の「三四郎」などは軽傷の部類である。大学の三年生の夏休み、大阪へ帰って、相手に対しても、自分の心に対しても決着をつけて、その直後のことである。つまりは、妻とはそういう時の出会いであった。

次は秋の終わりの頃の合評会であった。妻の詩が、再び文芸部の雑誌に掲載された。タイトルは「秋の風鈴」である。今度は私は用心して、後でハガキを一枚書いた。「秋の風鈴は寂しい、と書かれていますが、寂しいというよりは、荒涼とした感じではないでしょうか、……すさまじい……というような思い切った発想の方が良かったように思います」というような内容だった。彼女から長文の反論の手紙が下宿に届いた。日本文学の「秋」に対する想いが書き並べられていて、一言でいえば「静寂の文学」とでもいうべき系譜がめんめんと述べられていた。私は閉口して再び返事を書かなかった。

大学時代の妻とのエピソードはこの二つきりである。ろくに口もきいたことがないのである。その他に喫茶店で喋ったこともあると思うが、記憶にはない。先輩と後輩として集団の中で話したからであろう。彼女は埼玉県から通ってきていたし、私は井の頭線の杉並区で下宿していたから、電車の沿線でもなかった。彼女らは久我山の教養学部にいて、渋谷の本部にやってくるのは、クラブ活動とか図書館で調べものをする時等、限られていた。ただ、たいして広くない大学だったから、数人の女友達と歩く彼女を、校内で二、三度見かけたことはある。あいかわらずの三つ編みで、帽子をちょこんと載せていて、なんとなくつんのめりそうに歩いていた。

私の記憶では彼女は文芸部を一年で退部し、二年から「説話研究会」に移って、その挨拶の手紙をよこしていたように思う。二度『文芸渋谷』に載った詩が、私に批判されてすっかり嫌気がさしたのかもしれない。とっくにそんな手紙はないが、そのことを私が知っているのは、彼女が手紙をよこした以外には考えられない。大学時代の私と彼女のことは、誰も知らなくて、文芸部の連中だって、私が彼女と結婚したことに驚いたのだから。そうして転部のことについては、そのいきさつからか、結婚してから彼女は私に話さなかったことははっきりしている。現に今も、彼女が在籍していた、説話研究会の内容も活動も、私はほとんど知らない。それが大学のクラブの一つなのか、研究室に所属するものなのかさえ分からない。

私は大学を卒業し、大阪へ帰ってきた。卒業の数ヵ月前、大阪に本社のある建設会社の事務系社員として採用されていた。文学部の出身者は、学校の教師か、出版社、新聞、雑誌、報道等ジャーナリズム関係と、就職の幅がせまくて、現在ではその学部は減りつつあるが、事務系社員ということを忘れているのだ。政治、経済、法科、商科等よりも、文学部の方が適しているように私は思うのだ。なにしろ人間が相手の学問なのだから。金の出入りや法律の知識よりも、さまざまな文学の中の人間を知る方が、たとえば営業の仕事などは、よほど実践的であるように思う。

卒業して二年後の春に、彼女から手紙がきた。よくよく手紙の好きな女である。思うに女性には、何かあるとすぐに手紙を書くのと、ぜんぜん手紙を書かないのがいる。私の初恋の相手は後者の方である。メモとか以外に、手紙は一通もよこさなかった。

妻からの手紙には、文芸部の時には大変お世話になりました、とあり……これは皮肉かと頭をかしげたものだが……その後に、このたび、新宿の文化服装学院が発行する、『装苑』という雑誌の編集部に入社しました、とあって、手紙の目的はこのことを知らせるためのものであった。『装苑』と『ドレメ』は、こういう雑誌は今もあるかどうか知らないが、当時は文学部の女子学生の憧れの一つであった。文芸部で私にけなされ馬鹿にされたけれど、こんな立派な雑誌の編集部に入ったのだぞ、というデモンストレーションの手紙だったのだろう。いつまでも私のことを憶えている彼女が、私はちょっぴり可愛くなった。私の大阪の住所を調べるには、彼女の場合、同窓会名簿を買うか……大学の歴史が古いから、これがとんでもなく分厚くて、値段が張るのだ……図書館で同窓会名簿を調べるかであり、卒業前のその時間、彼女は私のことをしっかりと心に留めていたのである。

その年の五月、私は東京支社へ出張した。会社は本社は大阪だが、東京の方が市場が広いものだから、この頃から営業の関係は東京の方が比重が高くなりはじめていた。この時も、東京に本社を置く銀行の、八尾支店の店舗建設の営業であった。東京支社は有楽町の鶴亀大公ビルという、印象的な名前のビルの三分の二ぐらいを借りていた。当社がテナントで入ることを条件に、建設受注したものである。大学の頃とは対照的にこの時代のことはよく憶えている。

会社の電話帳で調べ『装苑』の編集部へ電話をかけた。ただしこのことにそれほど意味があるのではない。卒業して数年、東京出張のたびに、女性を含め、私は大学時代の友人のあれこれに、電話をしていた。大学卒業の四年後には新幹線が開通したのだが、それまでは東京出張も大変だったのだ。こうして彼らの家にお世話になるか（これは宿泊費を浮かすため）銀座で一杯飲み夜行に乗るか、であった。

彼女の緊張した声が受話器から聞こえてきて、私は早くも電話したことを後悔した。しかし手紙をもらった時に感じた、彼女が可愛い、という気持は消えていなかった。私は銀座みゆき通りの「白馬車」という、誰でも知っていそうな喫茶店を指定し、会社が終わったら出てこないか、と誘った。彼女はためらいなく、「行きます」と返事をした。もう一度書く。妻はためらいなく、受話器の中で「行きます」と返事をしたのである。

私の初恋の間中苦しめられた、これは「女性の無意識の偽善」ではなかった。谷川の鮮烈な流れのように、すっきりきっぱりした言葉であった。「鮮烈」などという漢語を、私はたまには使うのである。この場合、その言葉は谷川を描写するもので、感情を表現するものではないから。その返事の響きから、彼女の気持に、なんのにごりも感じられなかった。渓流のような白く激しいさわやかさが、「鮮烈」という言葉をイメージさせたのである。

東京での妻との逢瀬は、私の東京出張のたびに重ねられた。といっても出張は多くて月に二回であり、出張のない月もあった。彼女は電話をすると必ず出てきた。ただ一度を除いて、約束をたがえたことはなかった。その一度というのが、井の頭公園で待ち合わせをした時である。たいていは銀座の喫茶店で待ち合わせをし、一緒に食事をして、妻は埼玉の家へ、私は夜行で大阪へ帰るというケースが多かったのだが、その時は前日から泊まっていて、仕事が早く片付く予定で、確か、三時に待ち合わせしたのだった。

大学の教養部が久我山にあって、井の頭公園は大学時代のキャンパスの一部のような場所であった。しかし私たちの出会いは、私が渋谷の専門学部に移ってからであり、そこは縁がなかった。あらためてそこへ行くことで、私は井の頭公園に共通の思い出を作ろうとしたのかもしれない。

ところが、行き違いになってしまった。私は国鉄の吉祥寺の駅で待ち、彼女は井の頭線の井の頭公園駅で待っていたのだ。前日電話でしっかり確認したのに、彼女は聞き間違えていた。彼女は自分の聞き違えを認めなかった。新宿に勤める彼女と、東京駅から中央線で行く私は、国鉄吉祥寺の駅が便利だ。井の頭公園駅に行くためには、井の頭線に乗り替えなければならない。そちらの方が近いのならまだしも、たいして違わないのだ。だからそんなところを選ぶはずがない。……これは手紙での彼女に対する私の文面である。しかし彼女は私が井の頭公園駅で待ち合わせしようといったと、譲らないのである。私の説明の論理性など、まるで相手にしない手紙の返事であった。

私は妻の手紙の反論を読みながら、人が数人しか乗降しない、公園のトロッコ電車の駅のような高架の小さい駅のベンチで、ひたすら私が降りてくるのを待つ妻の心を思いやって、このひたむきな反論の気持を、そのストレートさを理解したのであった。十月ももう終わりの頃である。秋の日は暮れやすい。そこで二時間待ったということだから、井の頭公園の森に陽が沈んでいったただろう。カラスも鳴いただろう。そういう心細さもあったに違いない。

私の方は、彼女の勤め先に電話をし、彼女が会社を早退したことを確認し、もう少し待とうと久しぶりに吉祥寺の古本屋を覗き、もう一度吉祥寺の駅へ帰って五台ほど電車を待ち、次に東京支社の営業部に電話をかけて、彼女からの電話がないかを確認し、合計一時間そこで時間をつぶして、東京行きに乗り込んでそこを去った。

念のために書いておくと、井の頭公園は吉祥寺駅の方が頭で、井の頭公園駅の方は尻尾に当たる。たまにそこから帰ることはあっても、そこで待ち合わせるということはない。妻の場合は逆転の発想だ。そしてそれは味のある発想だ。逢引にはいいかもしれない。とても私には思いつかなかった。ところが妻は自然にそうした。私もそうしていれば、この日の自然の成り行きでは、初めてのキスをしたかもしれない。私にとって、そこは盲点であった。そこを捜してみようと思いつきもしなかった。私から見れば、この時妻は神隠しにあったのであり、私の視界から、妻は消えてしまったのである。隣の小さな駅で妻が待っているとも知らず、私は大阪へ帰ってきてしまったのであった。

結婚してから判ったのだが、一方でやっかいな問題もあった。妻は女の論理をたっぷり持っていたのだ。非論理的で、非科学的な、女の論理であり、習性である。まず東西南北がわからないのには驚いた。地図をなかなか理解しない。大阪に来て、知らないところで待ち合わせたり、とくに何かの用で一人知人の家へ使いにやらせる時はターミナルを含め何枚も地図を書かなければならない。それも絵入りの地図である。そして相手の所番地、電話番号もしっかり書いておく。妻の持ち物を整理していて、私の書いた地図が何枚も取ってあり、若い頃のそんな妻の様子がわっと思い浮かんで、思わず涙がこぼれそうになった。

その年の十一月に入って、私は現場勤務をいい渡された。十月のすえ、井の頭公園で行き違いになった一週間後である。建設会社では、事務系社員でも時機を見て一度は現場へ出される。一現場、つまり着工から竣工まで現場を体験させるのである。それが私の場合、一九六二年十一月中旬着工、翌年九月中旬竣工の住宅公団宝塚団地の現場であった。十ヵ月間、東京出張がなくなった。このことがなければ、年末年始、二泊三日の箱根旅行など計画しなかっただろう。結婚に至るには、それなりの偶然が重なるものだ。

三十日の朝、現場での仕事仕舞いがあって、その足で私は大阪駅を発った。ビジネス特急の「こだま」というのが運行されていて、それに乗った。当時東京大阪間を六時間で結んでいた記憶がある。「こだま」だから行って帰ってくることができるということだろうが、確かに行って帰ってはこられるが、その間に仕事をするのは無理であった。だから一泊するか、行きか帰りが夜行ということになった。学生時代にこのビジネス特急を利用したことがないから、新幹線開通までの数年間のダイヤではなかっただろうか。

小田急線の特急でやってきた妻と、小田原で待ち合わせ、その夜は強羅《ごうら》に泊まった。この時は私の方から、小田急線のホームへ出向いた。井の頭で行き違いになって以来であり、ここで行き違いになっていたら、現在の私たちはなかっただろう。着物姿の妻は、ホームのベンチに座っておとなしく私を待っていた。背広姿の私を認め、立ち上がり、光が広がるような笑いを浮かべた。

キスもセックスも、妻は初めての体験である。キスは明るい岩風呂の湯船の中で、もちろん二人とも素裸で、ゆらゆら浮かびながら行った。セックスは暗い部屋のベッドの中で行った。キスは初め、歯がガチガチ当たったが、すぐにうまくできるようになった。しかしセックスはこれが最初なかなか入らないのだ。なんどやってもぬるりと尻の方へ辷ってしまう。腰を引かないようにと何度もいいながら、片手でペニスを握り、このあたりとおもうあたりへようやく突き立てるのに、どれだけ時間がかかったか……三十分は経っていたように思うが、あるいはそんなに経っていなかったもしれない。布団をまくり上げてやっていたのに、部屋の暖房のせいか、難関の開通工事に、二人とも汗だくになってしまった。しかし、翌朝、シーツを調べたが、血は一滴もついていなかった。これはいったいどういうことなのか？　二人は無言で顔を見合わせた。彼女のそこは伸縮係数が大きかったらしい。

翌日はケーブルカーとロープウェイを乗りつぎ、早雲山《そううん》を経て、芦ノ湖とのちょうど中腹にある、姥子《うばこ》山荘に泊まった。ここもホテル形式の旅館で、洋室でベッドであった。山の斜面は一面の雪の原であり、西に面した窓いっぱいに富士山が広がっていた。二度目からはスムーズに入るようになった。昨夜の悪戦苦闘が嘘のようである。妻は少しも痛がらず、血も出なかった。私たちは破瓜《はか》ということを経験しなかった。それは別にどうということではないのだが、今度の事件のせいで、二人の関係の暗示的な出来事のように、私には思えたりもするのである。

三十一日の大晦日、その日は冷え込んだということもあって、食事に食堂へ行くか、温泉に入りに行くか以外は、ずっとベッドの中にいた。洋室でベッドというのはこの点がいい。若い二人にとってはコタツに入っているよりはベッドに入っている方がいい。向かい合ってお茶を飲み菓子を食べるより、裸で抱き合ってる方がいい。あまり会話を交わさず、窓からいっぱいに見える、夕陽や朝日や夕焼けの富士山を眺め、翌日の夕方まで……元旦の四時半頃まで、夜は眠らず（昼寝して）セックスをしていた。食事をするか、温泉へ入るか以外は、それしかすることがなかった。こんな形で年越しをしたのは、この時だけである。

3

十一月の中頃、例年のようにコタツを出した。例年のように？　妻はコタツが大好きで、私はコタツはあまり好きではない。家には和室は妻の部屋しかない。したがって妻の部屋にコタツをしつらえることになる。例年のようにというのはその通りなのだが、私の気分としては、例年のようではなかった。妻がその部屋にいないのだから……。妻と寝室を別にしてから十年ぐらいになるだろう。上の子が大学を卒業して、独立して家を出て行ってからだ。私が民間建築の営業部長になり、午前様が続くようになったのが原因である。その後の十年間、私は洋間の書斎兼寝室のセミダブルベッドで、一人寝ている。早く帰ってきた日はストーブをつけて、机で本を読んだり、ものを書いたりしている。そして、和室は妻の書斎兼寝室であり、冬はコタツであった。

妻の部屋にコタツを出したのが悪かった。妻のいない日常がぼちぼちこたえてきていた時である。じわりと淋しさが広がった。じゃくじゃくとした寂しさではない。しんしんとした淋しさである。きゃきゃと叫びたくなるような淋しさである。コタツに座る妻の背中が思い浮かんだ。廊下を通る時に、襖が開いていれば見えるのである。その廊下は西へ、北側には便所、階段、南側には玄関と続いている。妻はコタツに入ってテレビを見るのが大好きだった。一日中でもつけている方だった。ミステリー・ドラマが大好きで、必ず見ていた。ミカンを食べたり、和菓子を食べたり、時々私に声をかけ、二人でコタツでお茶を飲み、妻の秘蔵の京都の和菓子を食べるのだ。妻はそんな生活に取り立てて不満を持っているように思えなかった。……セックスも彼女は受け身だが、生活の一部であり、そんな具合だった。考え方も趣味も行動も、どちらかというと保守的だった。ところで、私は和菓子があまり好きではない。私はテレビが騒がしくて嫌いである。とくに常套句《じょうとうく》的な安っぽいドラマが嫌いである。ニュースしか見ない。なぜこんなに興味を持つ対象が違っていたのだろう。

しかし今、そんな妻の空白がじわりと私をさいなんだ。やりきれない気持にさせた。本当に、もう帰ってこないのだろうか……。私は妻のコタツに入り、重い溜息をついた。私は今、来年一月締切の原稿を書いている。妻がいなくてテレビをつけないから、邪魔が入らない。テレビのあの人声が聞こえると、私は原稿を書くどころか、本も読めない。テレビの箱から聞こえる、笑い声や泣き声やどなり声や悲鳴が嫌いだ。あれが聞こえていると、眠ることもできないのである。テレビをつけないから、テレビの音がしないとすれば、ストーブをつけたりする必要もなく、ここで書く方が楽だ。石油ストーブは、いちいち灯油を入れるのが面倒なのだ。

私は次の号には、「鬼の話」を書くつもりで、資料を集め、いきあたりばったりで思いつくままに下書きをしている。こういう書き方が、会社づとめの間に身についた。時間がこまぎれだから、最初からまとまったものは書けない。私の場合は、まとめと清書が同時であり、そちらの方へ時間をかける。今度の評論は折口信夫の「春来る鬼」が出発であり、説話につながるような、鬼の話を調べていたのが悪かったのだろうか。そのことが妻の所属していたらしい、民話のサークルとつながり、ここ数日、妻のことが心を去らないのである。つい筆が止まり、思いにふけってしまう。

妻の行き先を捜すことをやめていた私は、このあいだから思いついていることを実行に移すことにした。私と妻が出た大学に、十一月のすえ、とうとう電話をかけた。

「説話研究会の事務局か、研究室につないでもらえませんか、私は三十五年前の卒業生です」あらかじめ考えていた通り、ゆっくりと話した。「お待ち下さい」と返事があり、それはあっけなくつながった。「関西の方で、民話や説話を研究している、大学や市町村、それからカルチャーセンターでもいいのですが、そういった団体の名簿があれば、教えていただきたいのですが……」と今度はおそるおそる聞いた。「わかりました、関西の方ですね、検索して、リストアップして送りましょう」これは若い男の声である。さすが民俗学の総本山のわが大学である……今度もあっけなく、目的を達してしまった。あまりあっけなくて、電話をおえてから、私は不安になった。

三日目にリストは送られてきた。そして私の不安は適中した。妻が参加していそうな、研究会がどこにも見当たらないのだ。大学の方のリストは、大学教授の名前がずらりと並んだ研究室だ。こんなところへ、一般の人が入れるわけがない。新聞社や百貨店のカルチャーセンターは、すべて講座である。「今昔物語」があり、「宇治拾遺物語」があり、面白かったのは「鬼の研究」の講座があったことだ。講座の受講生がグループを作るということも考えられるが、私もカルチャーセンターで長年教えていて、受講生がそういう形の同好会を作るというのは、まあ可能性は薄い。残る市町村の方に期待するしかない。ここは数が多いが、いずれも郷土研究であった。妻が郷土研究のグループに参加しているなど、私にはぴんとこなかった。

しかし気落ちばかりしていても始まらない。せっかく手に入れたリストだからと、一時間以内で通えそうなところは、かたっぱしから電話をかけた。とくに大学の研究室については、教授がそういう形のサークルを指導していないか、というところに力を入れた。妻のラブレターにあった「先生」というのが、私にはどうしても大学の先生に思えるのだ。カルチャーセンターについては、その周辺に同好会的なグループが結成されているかどうか、がポイントである。それらしいものがあれば、そこへかけ直して、妻の名前を捜した。市町村の多くは、生涯学習課であり、歴史講演か歴史散歩がほとんどである。いずれも単発もので、永続的なものではない。しかしそれらの中心になっているグループやサークルがあるかもしれない。この私のカンは当たっていて、幾つかの手応えがあったが、やはりそれはある限定された郷土研究が対象であり、当然ながらそこに妻の名前はなかった。

電話をかけているうちに夢中になり、いつしか一つ一つ丹念に話を聞いていた。しかし一つが終わって次という気力が続かない。そんな空隙に、いったい俺は何をしているのだろう、という疑問が起こるのだ。または限りない嫌悪感が心を閉ざす。そんなこんなで、一日十件が限度であった。五日かかった。魚信《あたり》は零であった。この池には魚はいなかった。妻はいなかった。せっかくの私の思いつきは、あえなくついえ去った。……妻はいったいどこへ消えてしまったのだ。これはまるで神隠しにあったようなものではないか。井の頭公園の時にも、確か私は同じようなことを思った。しかし今度は違うのだ。妻は自分の意志で姿を隠したのだ。自分の意志で……。

——初恋。やっぱりここへ行き着かざるをえない。このコタツにうずくまっていた妻は、その歳になって初恋に生きようとした妻なのだ。ここしばらく、私の中に冷たい水が広がるように広がっていた淋しさは、このことに行きついて、再び形を変えた。一ヵ月前、妻の文箱からラブレターを発見した時のように、私はなんだか恥ずかしいが、すがすがしい気持になってきた。少し腹立たしいが、生きる元気のようなものが湧いてきた。妻は死んではいないのだ。妻は生きようとしているのだ。妻には妻の人生があるのだ。ある期間、といっても人生の長い期間だが、共に一緒に過ごしたが、本来、妻は妻の人生を生きていたと考えるべきだろう。私は私の人生を生きてきた。ここで私はへこたれることはできない。

東京出張の時に妻に電話をし、妻は「行きます」とさわやかに答え、それは二人のこれから共に送る人生に対する、明確な妻の意志表示であったわけで、それから三十五年間、二人は家族を形成した。セックスをし、子供を生み育てた。上の息子は結婚してアメリカに居り、下の息子は研究員となって筑波学園都市にいる。上の子には二人の子供（孫）がいる。四つ下の子は、いまだに独身で顕微鏡ばかり覗いている。そんなことをいったら「顕微鏡なんか覗いてへんで、コンピューターや」といわれた。二人の人生は交わっていたけれど、互いの勤めを終えて、妻は再び一人で歩き出した。二人が生活を始める前に、私は十代の後半に初恋をし、その後に妻は五十を過ぎて初恋をした。前と後の違いはあるが、二人は同じ体験をしたのだ。とりあえずは、賀とすべきだろう。

私はそう思い定め、気を取り直し、十二月いっぱい、再び「鬼の話」の原稿に向かった。この期間、私の所属している同人誌は、合評会やら読書会や文学散歩もあり、そして元の会社の仲間との分を含め、いくつかの忘年会、私は珍しくそのことごとくに出席し、それで気がまぎれていたこともあって、それは例年通りの師走であった。

考えてみれば、妻が寝室を別にしてからのここ十年、次男は外出外泊が多く、妻は一人でいることが好きなせいもあり、もちろん私の仕事のせいであるのが主な原因だが、そういうことに心を配る長男がいなくなったせいもあって、夕食や居間の団欒があまりなく、妻も一人では団欒ができなくて、家族はばらばらであり、私と妻はそれぞれの生活を送っていた、ということを遅まきながら私は気づくという始末であった。正月のおせち料理をとっくに注文し、年末の掃除などはもう十年ぐらいしなくなっていて、年賀状書きぐらいの、今年もいつもの年末と同じであった。妻がいないだけ、とそこだけが違っていた。

おせち料理をつつき、好きな地酒を呑み、コタツに入って、私は年賀状を一枚一枚くっていた。妻の行方がつかめるかもしれない、という希望はまだ捨ててはいなかった。妻の関係の年賀状を送ってきている人は、彼女が失踪していることを知らない人たちである。だから、たとえば彼女の所属しているサークルの人からの年賀状だってあるに違いない。

狭い庭から木の葉越しになだめに差し込む日差しを背に受け、そこは毎年正月の私の席だが……久しぶりに、正月らしい日本風景が映っているテレビを、音を小さくしてつけ、酒がまわって少しうとうとしながら、自分宛の年賀状を後まわしにし、先に妻宛の年賀状に一通り目を通した。埼玉や東京の方からの分を含めて、結構な量である。五十通近く、毎年これくらいきていたのか。手紙嫌いの私の分とあまり変わらない。例によって妻宛の年賀状など見たことがない私には、誰がどういう関係の人なのか、さっぱり分からない。女性の年賀状は、印刷された文字の余白に、こまかい字でかならずコメントがある。たいてい家族のことだ。それを読むのはかなり面倒である。しかしそれを読まないと何もわからない。隠されているとすれば、妻の失踪のヒントはそこに隠されているのだ。失踪の原因になった妻の初恋のエピソードが、相手の男のことが！……少しどきどきする。

元旦に届いた妻宛の年賀状は、普通に読んでいては、妻の失踪のヒントにはなりえない。想像力を働かせて、そのコメントから手がかりをつかまえなければならない。自分の方の年賀状を一通り見終わってから、妻の年賀状に再び戻った。どれもこれも関係がありそうに思えるが、どれもこれも関係がない。酒を呑んで少しもうろうとしている私は、無理に慎重に一枚一枚眺めていて、頭が痛くなってきた。そこでとりあえず、ここぞこそ言っているテレビを消した。

そんな中で、男性からの、一枚のコメントのない活字だけの年賀状が、私の手を止めた。コメントがなかったせいか、先ほどはひっかからずにパスしていったものだ。少しやけになって、酒を呑むピッチが早くなっていた私は、ほとんど酔眼もうろうで、その一枚を取り上げ、目の前にかざした。「これはなんだ……うん？」

私の住んでいる大阪郊外の市の役人からきたもので、表書きを見ると、やはり妻の名前になっている。市役所の住所があり、《市民局文化振興課、課長士師士朗》とある。士師は「ハゼ」とルビがふってある。「文化振興課……これはなんだ？」濃い霧のかかっているような頭で考えていたが、とてもたまらない。私は横にごろりと倒れ、そのまま寝入ってしまった。

今年は五日が月曜日で、役所はいつから始まるのか知らない私は、待ちきれずに電話をした。

電話はつながった。正月の挨拶の後、話すことはあらかじめ考えてあって、こう続けた。

「女房は、今年正月は里の方に帰っておりまして、私は定年で家にいるものですから、里の方で今年はのんびりするとかで、年賀状の返事は私に任されてまして……もし年賀状を差し上げていませんと、失礼なことになりますので、ちょっと年賀のお電話を差し上げたようなしだいです」

この時も朝からいただきもののワインが少しはいっていて、少しアルコールが入ると、私はつるつると舌のまわるたちであった。また入りすぎると人よりも舌のもつれが激しい。

「いえいえ、私の方で本年は突然年賀状を差し上げ失礼しました。昨年はあんなことがあって、奥様は研究会を退会され、それまで奥様にはアシスタントとして、ずいぶん面倒をみていただき、本当に申しわけなく思っております。私どもとしましては、研究会の方はまだまだ続けてまいりたいのですが、そうもなりませず。……実をいいますと、ご主人さまも国文科出身で、カルチャーセンターに出講されていると奥様からお聞きしておりまして、一度、折を見てお話をおうかがいしたいと……」

ここで急に声が小さくなり、言葉がとぎれた。突然の私の電話で、言わずもがなのことをいってしまった気配である。しかしていねいなものいいである。私と同じぐらいの年配？

この課長が最後の役職か？……それにしても、とんでもない方向に話が進みはじめたもので、こちらの方でもいささかあわてた。

「なんと申し上げて良いのか、長年奥さまにはお世話になりました……本当によくお気づきになられる方で……」

と声が続き、また小さくなった。十時頃だから、役所は年賀の最中なのだろうか……相手の方の状況が分からないが、電話を切られては大変である。話の流れが悪くないのだから。

「申しわけありませんが、研究会の件は女房からくわしく聞いておりませんし、その件はまたということにしまして。……こんなことをいうとお笑いになるかもしれませんが、女房は、先生、先生とおしたい申し上げているようで、……それが、不意と先生のことをいわなくなりまして、今年の正月は埼玉の里へ帰ってのんびりするなんていいまして、その……去年なにかあって、妻が研究会を退会したというのは、ひょっとして先生に何かあったということなのでしょうか……」

私は思いきって、カマをかけることにした。私は去年の十一月から考えつめ、妻がサークルに入っていて、そのサークルの中心的な人物が、彼女のラブレターの相手の先生である、とする読みに自信があった。ものを長年書いてきて、状況からこういう話の組み立てをして、今までそれが適中することが多かった。

「本当にお恥ずかしい話ですが、女房が何もいわないものだから、いろんな人に知らずに失礼をしているのではないか……失礼しているのは女房のことではなくて、私のことでして」

「いえいえめっそうもございません。先生はいろんな人からしたわれておられまして、こんなこと申してなんですが、どなたも奥さま方は、ご主人にはそのようなことはお話しになってはいらっしゃらないでしょう。しかしご主人様、心配なさることはございません。先生はもうずいぶんのお歳で、大学を定年になってから、私が講師にお願いしたのですが、それからでもかれこれ十年になります。だから奥さまが御主人様にそのようなことをおっしゃったというのは、御主人様をよほど信頼なさっていらっしゃったからですよ」

声はひそひそ声だったが、私のいい方がせっぱつまって聞こえたのか、急に真剣な口調になった。市が主催する研究会で、こんな色恋ざたがあれば、自分の責任になると思ったのだろうか。

「国立大学の名誉教授でもありますし、また源氏物語の権威でもいらっしゃいますから、私たちは安心しております。……会も、源氏物語研究会、というような、関西ではちょっと名の知れた会で、……ほぼ十年、七十五歳まで、当市の文化振興にずいぶんつくしていただきました」

「……判りました。私のお話ししたかったのは、そんな艶のある話ではありません。女房も、もう六十近い年ですから……ははは、今更ですよ。はははは……」

私は面白くもないのにむりに笑った。

「ところで去年、先生に何かあったというのは……」

私は肝心な点に話を戻した。

「先生がなくなられたのですよ……奥さまはお話になってなかったのですね」

「亡くなられたのですか、へぇ……いつ？」

「八月です。……四月頃から体調をくずされて、検査入院されました。研究会の方は休講になり、六月頃から入退院されていて、しかし手術はなさらなかった……肝臓癌でした。娘さんが京都から看病に来られていたのですが、研究会の奥さま方も交替で、面倒を見ていらっしゃったようです」

「先生は、奥さんは？」

「三年前の三月におなくなりになって、ちょうど花の節句でした。私もお葬式にはうかがいました。その前後半年ほど休講しまして、……休講はその時だけで、まじめな先生でいらっしゃいました。だから安心して、皆さんおしたいなされていたのではないでしょうか」

相手は上手に話の結末をつけた。さすがベテランの文化振興課長である。

「突然お電話して、どうも長々とお聞きして失礼しました」

「いえいえ、とんでもない。私の方こそ奥さまに突然年賀状を差し上げて失礼いたしました。お帰りになられましたら、土師がよろしく申しておったとお伝え下さい」

「ありがとうございます。……最後に一つ、先生の住所がわかれば、教えていただけませんか……国文学の大先輩でいらっしゃるので、先生のこと、娘さんとでも一度お話ししたい気がします。……妻が帰れば分かるのですが、できたら正月のうちにでも、と思いまして」

「わかりました」と返事があり、手もとに住所録があるのか、すぐに読み上げてくれた。

「先生の蔵書が多くて、公団の入居期限ぎりぎりの半年間は借りておられる、と聞きました。だから今蔵書の整理と運び出しの最中かな、……でも正月は無人の可能性が高いと思いますよ」

私は電話を終わって、どっと疲れが出た。額に脂汗さえかいていた。長年ゼネコンの営業部長をやっていて、海千山千の人間を相手にしてきたが、こんな緊張の仕方をしたのは初めてである。

書き取った住所を見ると、私と同じ団地なのだ。駅を頂点として二等辺三角形の両辺をなしている。私の方は一戸建ての分譲地であり、先生の方は公団の賃貸住宅である。駅からの正面、その中間には、スーパーや商店街、銀行や病院や郵便局のあるセンター街があり、団地を二分している。ここらは一期の分譲もしくは募集であり、私の方からも先生の方からも駅までは、十数分の距離である。ここらは一期の分譲もしくは募集であり、つい近所だ。知ってしまえば当然だが、妻の失踪の原因はすぐ近くにあったのだ。

民話ではなかった。源氏物語であった。つまり恋であった。

しかしながら、今妻がそこにいるなどは考えられない。そこにいるべき御本尊は、死んでもういないのだから。例えば単に先生の蔵書の整理を手伝いたいのなら、わざわざ家を出ることはない。家から通えばよいことだ。……妻の行方がわからない、という問題は、いぜん未解決のままである。

その日、レトルトのカレーで昼食を済ませ、私は教えられた先生の家へ行ってみることにした。うすぼんやりした天気だが、風のないおだやかな昼下りである。万博の時に第一期工事が完成し、私の方の分譲地もその時期に抽選に当たった。駅に近いここらあたり、団地造成から三十年が経ち、樹木が大木になり、堂々たる町並みである。公団住宅も広い敷地に建ち、冬だというのに緑豊かな眺めである。そちらの方に犬猫病院があって、去年の春に死んだ十数年生きた老犬を何度か連れて通った、先生の家はその道筋にあり、すぐ見当がついた。

道路から少し高台になった、東西に伸びる五階建ての公団住宅の四階の東端、つまり道路から一番近いところである。人気のない敷地に入り、北側の階段室でポストの名前を確認し、南側に廻って少し離れ、先生の家のバルコニーを見上げた。窓もバルコニーのガラス戸の内側にもカーテンが引いてあり、やはり無人のようだ。蔵書の整理にしても、正月はお休みにしているのだろう。ここは分譲地より早いはずである。建物は三十年の歳月を経ているが、外壁は何度も吹き替えられ、バルコニーの手摺りも新しく取り替えられたのだろう、老朽化した気配はなく木々の葉の茂る中で、風格ある姿を見せている。

おや、……あれは風鈴のようだ。誰もいないから、夏の風鈴がしまい忘れられ、そのままになっているのだ。先生は六月以降、入退院されていたから、あの風鈴を吊ったのは、娘さんか……ひょっとしたら妻――。南部鉄の少し大きなもののようだ。おや、……私は再び首をかしげた。あれはうちにあったものではないか……。そういえば今年は、妻は風鈴を吊るさなかった。私はそれほどでもないが、妻は風鈴が好きだ。だから、私に聞かせるよりも、病床にある先生に聞かせたかったのだろう。蝉の鳴き声と風鈴の音……。あの風鈴の短冊は、そういえば源氏物語の絵巻物だった。三年前に妻が新しく付けたのだ。ここからでもちらちら見える。去年新しく付け替えたかもしれないが、やはり同じような絵柄だ。

源氏物語か……そうか、私ははっきり言って源氏物語は嫌いだ。世界に誇る日本の古典文学であることは了解するが、嫌いなものは嫌いだから仕方がない。

妻と私の出た大学には源氏物語の大家が何人もいて、大家ではないが文芸部の顧問もその研究者の一人であった。その先生を相手に、私は源氏物語が嫌いだと皆の前で明言したのだから、これはもうどうしようもない。第一に「みやび」が嫌いだ。第二に「もののあわれ」が嫌いだ。第三にあの持ってまわった「敬語」にはついていけない。

……源氏物語研究会か……まあいいか。しかし、冬の風鈴とは、なんとも寒々として味けない。妻の文芸部の時の詩のタイトル「秋の風鈴」を思い出した。あの頃から、妻は風鈴が好きだったのだ。さらに静寂が好きだったのだ。お互いの歴史が古いわけだ。

私がそこを立ち去ろうとした時、風鈴が鳴ったようである。不意に風が出てきたらしい。常緑樹の木の葉が、上の方、揺れている。風鈴の短冊が一方へなびいている。間違いない、この音は風鈴の音である。冬の風鈴の音は何ともひやびやした音である。しかし、なんとさえた音色だろう。寒天の月のような、きぃいんという金属的な音がする。鋳物の南部鉄でもあんな音がするのだ。私の家の軒先ではそんな音はしなかった。私はなおしばらくバルコニーを見上げ、無人の部屋の軒先で鳴っている、妻の風鈴の音色に耳をかたむけ、立ちつくした。

4

今年に入って、気持の上できりをつけ、妻のいないことを条件とする生活が始まり、それが日常化していった。文化振興課長との電話の日以後、行方不明になった妻の、その行方を捜すことはやめにした。無人の家のバルコニーで鳴っていた風鈴が、妻の思いを伝えていた。季節外れの妻の初恋は、彼女に強い力を与えたようだ。第一巻が終わり、私との家族を形成した第二巻が終わり、妻はその年で第三巻を始めたのである。それが冬の軒先に鳴る風鈴であった。妻はあそこで生きていた。そして今どこかで生きている。私も生き直さなければならない。遅まきながら、妻に負けないように生き直さなければならない。

こうして冬が過ぎ、春がやってきた。桜が咲き、桜が散った。定年退職して、一年が過ぎようとしていた。

そんな四月中頃――。筑波にいる息子から手紙が来た。封を切ると、妻の離婚届けの用紙が入っていて、息子の手紙が、というよりメモのようなものが同封されている。

妻が息子の下宿へ行き、一晩泊まったらしい。いろいろ話した様子だが、話の内容は書かれていない。妻は別に法律的な意味での離婚を望んでいないらしいが、もしお父さんが必要なら、この書類を完成してハンコを押して、役所へ持っていってくれという意味のことをいっている、と書いてある。なお離婚届に書かれている住所は大学の説話研究会の時の友人（女性二人）と、来月三人で埼玉の農家を買い取って共同生活する予定の場所で、現在はそこは無人だから手紙を送っても届かない、ということであるらしい。

私は、何を勝手なことばかりいいやがって、と腹を立て、次に勝手にしろと離婚用紙を机の抽き出しにほうりこみ、それから腕を組んで、うぅん、とうなった。うなってばかりいても仕方がないので、息子が研究所から帰っていそうな夜、筑波まで電話をかけた。

「手紙の主旨はわかった……それでお母さんは、離婚の原因はなんと説明した？」

「そんな話はしなかったよ、聞きたくもないし……そうだろう」

「そうか……あたりまえやな」

勢い込んだ私は、背負い投げを一本くらったような気持である。いったい俺はいい歳をして、息子に何を聞いているのだ。離婚の原因など、息子に聞くような話題ではないじゃないか……。

声を出さずに苦笑して、話題を変えた。

「埼玉の農家なあ……そのことは何かいってた？　実家の近くとは違って、あれで見ると秩父の方やな……何でそんなへんぴなとこ……」

「うん、いっぱい聞いたけど、夢のような話で……歳取った女の人の考えることは、ようわからん……お父さんが聞いても、わからんと思うよ。なんか民俗学の採訪やて、わかる？　昔お母さん大学の時にそんなことやってたらしいわ……お父さんも同じ大学やから、わかるかな」

「……そんなことのために、なんで家を出なあかんのかなぁ」

「それはやっぱり、あれやろ……」

「あれ？……お母さんが家を出る理由、なんか知ってるのか」

私は、息子の声の調子に、思わずせきこんで尋ねた。息子に笑われようが、私のどうしても知りたいことはそのことなのだ。こいつ、案外事情を知っているのではないか。俺の知らないことを。

「知らないけども……」

「けども……おまえ、やっぱりなにか知ってるな」

私は息子がいいやすいように、冗談めかして追求した。

「……先生に会いたい、先生に会いたい、先生に会いたい、先生に会いたい……」

「どういうことや？」

「お母さん、コタツに入ってて、腕に顔を埋めて……。俺が廊下通りかかったのも、知らずに」

「それ、いつのこと……」

「こっちへ来る、ちょっと前、だから三年前」

私は少し考え、話を戻した。

「……大きな声でか」

「ちょっと大きな声やったなぁ、だからちょっと覗いた。……おふくろ泣いてたん違うかなぁ」

「おまえのこと、気づいたのか」

「さぁ……おれ、そのまま外出したから」

息子はそういって溜息をついた。

「おまえが溜息をつくことないやろ」

「そうやなあ」

「先生に会いたい、先生に会いたい、先生に会いたい……か」

「もっと何回もや」

「……だいたい分かった」

「……ほんとに？」

息子が沈黙し、私もしばらく沈黙した。それから気を取り直していった。

「切るよ……からだに気をつけてな……ありがとう」

「お父さんも、一人暮しやから」

「……じゃ」

「うん……」

息子が筑波の研究所に移ったのは、三年前の期末の三月である。ということは、息子が目撃した妻の話は、二月末から三月の初めということになる。先生の奥さんが亡くなったのが、三年前の三月の初めだったと、文化振興課の課長がいっていた。今度の妻の失踪に関して、私はタイムテーブルを作成していた。このあたりがもの書きのやっかいなところだ。いつかこの話を小説に書こうとしているのだ。

だからその時の妻の状態はわかる。源氏物語研究会は、すでに何ヵ月か休講であり、先生に会えない日々が続いている。しかも相手は女房の看護という閉ざされた世界にいる。恋しさはつのる一方である。先生の奥さんの葬式の時に、白いやつれた彼の顔をちらっと見たかもしれない。

そのことが妻にあらたな衝撃を与えたことが想像される。妻の想いは一方的なものであり、伝えるすべがない。十数通のラブレターの下書きは、こんな状態で書かれたものだろう。ただし具体的な事実の書かれたものは、処分されたと思われる。だからそこに残っているのは、妻の想いばかりである。

「……会いたい、会いたい、会いたい、会いたい……」

私は東京の下宿の冷たい寝床の中で、布団の襟を噛み、うめいていた。大学の一年生、彼女と別れ、大阪から東京へ出てきて、一ヵ月が経っている。大阪での彼女との関係は、そんな形で心を掻き乱すものではなかった。友達に毛の生えたようなものである。東京と大阪というへだたりを実感し、はじめて人恋しさに襲われた。「彼女の顔が見たい、声が聞きたい」というしびれるような想いを味わったのは、生まれてはじめてである。こうして私の初恋は始まったのだった。

数日して、机の抽き出しから、離婚の用紙を引っぱり出した。それをしばらく眺め、私は二つに折って、びりびりと引き裂いた。こんなもの、あろうがなかろうが、女を好きになる時には、好きになるよ、この歳になっても、俺は……。俺のまわりには、女性がいっぱいいるのだ。……このままにしておけば、妻には遺族年金が入るのだ……私が死ねば……それから年金の一部を住所が落ちついたら送ってやろう。長年共に生きて来た、これも彼女の権利の一部なのだ。それに服や下着も送ってやろう。あんなの、家にあっても仕方がない、のである。他にできることはないだろうか？

この世の客

1

兄はインポテンツである。自分では心中未遂事件でそうなった、といっているが、これはかなりあやしいと妹の私は睨んでいる。インポテンツの精神的な原因に、心中未遂そのものが直接の動機になることはないはずだ。百科事典でひいてみると、精神的性交不能——長期間禁欲した場合、手淫を続行した場合、性交に対する嫌悪・恐怖・迷信・憂鬱症・過労・多忙などとある。この平凡社・世界大百科事典は古くて、一九六七年のもので、〈手淫を続行した場合〉などという原因は、なんだか今では変わっているように思うが、全体としてはそういうことだろう。兄の心中未遂事件というのは、今から三十年前、兄が三十五歳の時だから、一九七三年のことになる。いってみれば、事典が発行された時代の話なのである。事典には「インポテンツ」の項目がなくて「陰萎《いんい》」というような項目に記されていて、捜すのに苦労した。

兄の心中未遂は無理心中なのだ。相手の女性は死んで、兄は生きのびた。女は死に、俺の男の機能は死んだ。女は俺の男を奪っていった。……というセリフが、兄のお気に入りである。兄はそう思って生きてきた。兄のインポテンツの歴史は、女に対する贖罪《しょくざい》の歴史であり、罪のつぐないをしているという自己満足の歴史でもある。もしくは自己憐憫《れんびん》、感傷主義の年月なのである。兄にいわせれば、これが男のロマンであり、ハードボイルドだということらしいが、どこかでなにかがすりかえられているように思えてならない。それがいつどのような形で始まったのか、私は知らないが、兄がインポテンツであることは事実なのだから……兄は自分でそういっているし、長い間妻とはセックスレスであったというのも事実らしいから……医学的な根拠などはどうでもいいことかも分からない。兄はこういうどうしようもなく、恰好の悪い性の悩みの話は妹としかできないらしい。

無理心中に引きずりこまれたのは兄の方である。兄の方に死ぬ原因などなかったが、優柔不断な兄はことわり切れなかったのだ。兄には妻も子もあり、相手の女性は独身だった。私と同じ、兄より六つ下、当時二十九歳であった。したがって生きていれば、現在五十九歳ということになる。兄はそういういい方をする。私と同年齢ということもあって、兄は死んだ女性の年を数えるのである。めそめそした、ぱっとしない男なのに、どういうわけか女にもてる。競争心がなく、うだつがあがらなくて、定年までに小さな会社の課長になっただけである。三十五歳の時にそんなことがあって、もちろん兄は離婚した。というより離婚させられた。向こうの両親がやってきて、ハンコを押させられ、子供を取り上げられた。四歳の男の子である。その子の年は、兄は数えない。

兄が心中したのは、和歌山県の雑賀崎の旅館であった。今年の春、兄と花見に和歌山城へ行って、その後そちらの方へ廻った。兄は定年後ひまにまかせて、昨年父が亡くなって、父の愛用のカメラが手に入ったので、二ヵ月に一度ぐらいの割で、あっちこっち運動をかねて写真を撮りに行っている。撮影旅行などと称しているが、日帰りでいける近場である。和歌山城の桜ということなので、このたびは私もつき合った。

和歌山城の満開の桜の下で、シャケ（どこの方言？）の幕の内弁当というのを食べた。どういうわけか中国人が多くて、その団体の真中にいるのだった。中国人が広げているのも弁当屋の弁当で、トンカツ弁当が多かった。まわりが中国語だらけだと気がついたのはだいぶ経ってからである。大変に騒がしい。意味のわからない言葉は騒々しく聞こえるものらしい。最近中国人は金まわりがよくなって、海外でもよく見かけるようになった。なにしろ人口が多いのだから、今に世界は中国人の旅行者であふれるのではないだろうか。

和歌山城の桜は少し赤っぽい。大阪城の桜は真っ白だが、こちらの方は赤みがかかっていて、見ようによっては血の色である。天守閣の下の一本の桜を、兄はそれだけ写した。紀州藩の顛末《てんまつ》を見てきた桜だ。なんだか戦雲をはらんでいるようで不気味だった。太い幹が黒々としていて、赤みがかった泡のような花びらを一面に咲かせ、背景はすっぽりぬけた青い空だ。兄は気にいって、大きく伸ばし、額に入れて和室に飾ってある。

県庁前のバス停から乗って、終点の雑賀崎遊園で降りた。右手に和歌山港を見ながら灯台に向かって坂を登る。坂を登りきると、番所庭園に向かって下る道があり、正面に島が見える。兄の記憶は正確であった。右手に広大な旅館があった。彼はそちらの方へ行かず、切符を二枚買って、岬に広がる番所庭園に入った。もちろん泊まるつもりがないから旅館に入るいわれはないのだが、もっとじっくり見まわしても誰も文句はいわない。ここまでせっかく来たのに、兄には建物などには執着はないらしい。それとも私がいるから照れくさいのか。

そこは紀州藩の海の見張り番所だった。大きく海に突き出した鼻のような台地は、芝生におおわれ、ちょろちょろ松の木が生えた庭園だ。砕ける波にふち取られた断崖で、腰を降ろして向かいの島を眺めぼんやりするにはもってこいだが、いわばそれだけで、ここには何もない。

「二つの身体を一つにくくって、海へ飛び込むなんて、最高や！　月の夜、手こぎ舟でこぎだして、あの世へ行くんやね。ほんまにロマンチックやわ……。だけど三月やったら、水、冷たかったやろね。もっとも兄ちゃんはまたこの世へ戻ってしまったんやけど」

私は、海を見ながらいい、芝生にねそべっている大きな男をふりかえった。太陽はまだ暑くなく、頭の下に両手を敷いて、兄は目をつぶっている。皺の多い顔、薄くなった頭、腹も出ているし、その姿はぜんぜんロマンチックではなかった。

「……入水自殺と違う。薬や……」

兄はうめくようにいった。

「えぇっ……海へ飛び込んだんと違うの」

私は、驚いて少し大きな声を出した。

「カルモチンや、太宰治が愛用していた薬や……カルモチン、百錠ずつや」

「そんなん……ほんま？　……いややわ、二人で身体をくくって海へ飛びこんだと、ずっと思ってたわ。それやったら、なんでこんな海辺の旅館に来たの……さっきちょっと見たら、岩のところに舟、引き上げてあったやないの」

「海の見える旅館やいうて、別に睡眠薬で死んでもかめへんやろ。……海へ飛びこまないかんて決まってない」

兄は「どっこいしょ」と掛け声をかけて、身を起こしてこちらを見た。まぶしいのか細い目をしている。普通でも最近とみに皺にまみれて目が細くなっている。

「それはそうやけど、せっかくここまで来て、……それやったらどこでもよかったんや」

「おれも彼女も、海が好きやねん、……まだ水がつめたいし、おれ泳ぎ上手やしなぁ」

「いややわぁ、わたしなんでそう思ったんやろ……ねぇ」

「そんなん、おれ知るかぁー、お前はその頃結婚して、兵庫県の西の端の加古川におったからなあ……誰かがええ加減な電話したんやろ、あんまり、大きな声でいえん話やから、正確につたわらんかったんや」

兄はそういって、またあおむけに寝ころんだ。風もなく、芝生も土もあたたまっていい気分なのだろう。空には白い薄い雲が出てきて春がすみのようになっている。

この後、雑賀崎をまわり、新和歌に出た。新和歌の旅館は閉鎖しているところが多く、ゴーストタウンのようになっている。もの好きな兄は、そんな旅館の廃墟をカメラに収めていた。

心中の相手の女のことを書くとすれば、まず北海道の女のことから述べなければならない。私の話はあっちこっち飛ぶことが多いが、これは必要なまわり道である。

北海道の女というのは、もともとは近所の女性で、ひとまわり年上であり、兄は姉のように慕っていた。桂子さんと言う名で、彼の小説にその名前がよく出てくるが、ありふれた名前だ。私から見ても、兄がほれこむほど、とりたてて特徴のある女とは思えない人である。とにかく軟弱な兄は、年上の頼れる女性に憧れていた。「姉の膝で泣きたい」というような、前後は忘れたが、ぞっとするような甘ったれた詩を、日記に書いている。

桂子さんの家は古いおおきな酒屋であった。店の一角のカウンターで、地元の人たちに立ち呑みさせる一杯呑み屋を兼ねていて、いつもにぎわっていた。彼女は十八歳の時、妻子ある店の客と間違いをおかした。とり立てて個性のない女性なのだが、どことなく男好きのする顔であり、性格なのだろう。よく男との噂を立てられていて、いつかそんな関係になっていた。その後彼女は死産したのであった。十二歳年下の兄はその時はまだ六歳だったから、当然そんなことは知るはずもない。兄が彼女に一方的に初恋をしたのは、兄が中学生なってからであったから、その頃には彼女は二十四、五歳になっていたはずである。

男と間違いをおかしたことがあったからか、桂子さんはずっとカウンターには姿を見せなかった。彼女が女子大を卒業して（当時大学へ行く女性は珍しかった）勤めはしたが、面白くなかったのか、一年か二年ぐらいで辞め、兄が中学生の頃にはまた店で見かけるようになった。兄は夕方、よく向かいの本屋に出かけて、ねばっていた。兄は中学時代、特に活発ではなく、背中をどやしたいほどいじいじしていた。声をかける機会を待っていたというような大胆なものではなく、ただ彼女の姿を見るだけのためである。

そんな兄に同情した桂子さんが、彼を映画に連れていってくれたことがあり、それは「風と共に去りぬ」であって、兄は感激し、今でも洋画のベストワンにあげる。その後喫茶店へ入って話なんかもしたらしい。外から見れば保護者同伴で喫茶店に来ているカップルにうつっただろう。どんな話をしたのか、とても想像がつかない。兄に聞いても忘れたというばかりである。

ある日、私たちの下町から桂子さんはいなくなった。お嫁にいったのである。それも北海道へである。相手は北海道から来ていた大学生で、近くの親戚の家に下宿していた。ここへよく呑みに来ていて桂子さんを見初めたらしい。卒業して北海道に帰り、三年目に迎えにきてさらっていったのである。彼女は北海道みたいな遠い寒いところは嫌だといっていたのだが、手紙をいっぱいもらい、二度も三度もそんな遠いところからくどきにこられて、とうとう情にほだされたということらしい。先に子供ができてしまったのだ、という話もある。こうしてお姉さんはお嫁に行ってしまった。北海道からやってきた、一陣の風と共に去っていったのである。兄は失恋したのだった。

兄の初恋は、実はそれだけでは終わらなかった。それから八年ぐらい経って、つまり兄は大学を卒業して就職して、最初の夏休み、彼は何を思ったのか、北海道の桂子さんの家へ訪ねて行ったのである。兄は東京の大学を卒業して、そのまま東京で就職したから、大阪から行くより近かったと思うが、北海道となると五十歩百歩である。

桂子さんの夫は、日高地方で牧場を経営している、という話は聞いていた。つまりそこへ遊びに行った、ということなのだろう。兄は土産にグローブを二つ買っていった。向こうには男の子が生まれていて、八歳ぐらいになっているはずである。兄のつもりでは、その子とキャッチボールをしようというのである。相手はまだ八つの子供だ。兄の考えることは、私にはよくわからない。桂子さんとは一度映画に連れてってもらっただけの関係だ。兄の方がまだ高校生とか、大学の一、二年ならわかるが、一応は社会人なのだ。相手が迷惑するだろうという、社会人としての常識がまるでない。とにかくなんの連絡もしないで、突然飛行機で飛んで行ったのである。

ところが兄は歓迎されたらしい。桂子さんの夫は熊のようなごっつい男だったが、とても桂子さんを愛していた。大阪からわざわざ義弟が訪ねてきたということで、とても喜ばれ、ご馳走ぜめに合ったそうだ。兄のために、弟の嫁の弟という……桂子さんはとっさにそんな親戚をこしらえた。弟の嫁の弟というのは義弟とはいわないと思うが、熊にとってはそんなことはどうでもよかった。広々とした牧場の芝生で、小学校二年の男の子とキャッチボールの真似ごとをして、それを麦わら帽子の桂子さんが見ているという景色は、ちょっとした絵になる。三泊四日して、兄は感激して帰ってきた。引き止められ、もっといたかったのだが、当時会社の夏季休暇はそれが限度であったということだ。

ところで、兄が心中した相手の女のことである。そのことを書くのが目的で遠いまわり道をしたのだが、まわり道の方に力が入り過ぎた。しかし私の頭の中では、しっかりと構成はできているのである。

兄は二十七歳で結婚した。相手は東京の女性である。その少し前までは兄は東京にいて、彼女はいわば大阪まで追いかけてきたのだ。大阪に私学の小学校の先生の口を見つけてである。三つ年上であり、三十歳になっていた。その翌年に男の子が生まれた。いろいろ状況証拠をつき合わせてみると、その頃から兄は別の女性と心を通わせていたことになる。

兄が浮気をしていた女性は、よりにもよって学校の裏の酒屋の遠縁の娘である。あの桂子さんの酒屋である。兄は実家の近くの市の住宅供給公社のアパートに住んでいて、桂子さんとの関係もあって、よくそこへ酒を呑みに寄った。兄はいつの間にか大変な酒呑みになっていた。それも家で呑むよりは外で呑むのが好きなタイプである。兄の給料では、地元の一杯呑み屋ぐらいが適当であったかもしれない。

兄は医学書専門の取次店に勤めていた。医学書だから不況にはめっぽう強い。オイルショックもバブルも関係のない気楽な商売である。そのかわりまるで進歩も成長もなく、てんで楽しみも面白みもない職場である。大学の医学部が最大のお得意先で、たいした営業努力もいらない。医学書の取次店としては大きい方で、早くから名刺だけは営業課長の肩書きが入っていて、重い医学書を運搬するだけが主な仕事である。だから腕の力ばかりが強くなった。柄も大きいから、喧嘩は強そうだが、それがめったやたら弱かった。

めそめそと桂子さんを想っていた中学生の頃から、大変に臆病であった、夜、強盗が入り、兄は押入れに隠れたまま一晩中出てこなくて、おまけに小便をもらしていたこととか、初めて入った食堂で、ラーメンの注文ができなくて泣きべそをかいて出てきたこととか、……不名誉なエピソードならいっぱいある。そんな話を書いているとますます話が脱線するのでやめておくが、ようするに喧嘩などというのは気合いの問題なのだ、というのは女の私でもわかっている。兄にはその気合いがさっぱりないのだから話にならない。

なんとその松虫酒店……桂子さんの酒店の屋号。今の店長が近くの松虫塚からとってつけた屋号なのだ……に現われた女性は、桂子さんの実の子供だったのである。桂子さんが十八歳の時に、妻子のある店の客と間違いを起こし、その子を死産したといわれてきたが、それは嘘で、ちゃんと生きた女の子が生まれていたのである。みどりというその子は、親戚に預けられて育てられていて、お母さんが間違いをおかした同じ年齢の十八歳になって、その店に現われたのであった。

桂子さんの母親、つまりみどりの祖母は、大学生になった孫娘をカウンターに入れ家業を手伝わせた。孫娘に婿をとって、店をつがせようとしたのかもしれない。大学から帰った後、忙しい夕方の時間だけであって、母親の血を受けついでいるのか、本人は結構楽しんでいるようであった。桂子さんの下に弟と妹はいたが、そんな店をつぐ気はなく、早くから家を出て独立していた。

みどりは孫といっても、長女の十八歳の時の子だから、普通の孫娘ほどは年が離れてはいない。

いずれにしろ死産といつわって、娘から子供を取り上げ、今また自分たちの都合で呼び戻し、母親と同じようにカウンターに立たせ、男たちの相手をさせたのである。大人たちの身勝手さを背負って、下町の酒屋にこの子は現われた。

兄がみどりを見たのは、彼女が大阪へ来て三年目である。ここで生まれ育った兄には、古い友人が何人もいてそこは溜まり場になったが、それは後のことで、東京から帰ってきた兄は、新婚で妻との晩酌の日々であり、そこには縁はなかったと思われる。

そんな兄の耳にみどりの存在を知らせるものがいてもおかしくはない。その時点では、兄はみどりを桂子さんの家の遠縁の娘だ、ということでしか知らなかったはずである。しかし彼女の中には当然桂子さんの面影はある。兄は初対面の時から心を動かされただろう。兄に、みどりと桂子さんのどちらが魅力的かと聞くと、くらべものにならない、というのである。桂子さんは月で、みどりの方はすっぽんだという……月とすっぽんなど妙な比較があったものだ。私の見る目では、桂子さんよりはみどりの方が美形である。目のあたりになんともいえない愛らしいつぶらな輝きがあるし、桂子さんよりも口も鼻も小さくてかわいかった。桂子さんは鼻筋が通っているが、近くから見るとそれがなんだかいかついのだ。男の見る目と女の見る目の違いもあるだろうが、兄は中学生の男の子の見る目と、三十代の男の見る目の違いを忘れているのだ。

そんな風なわけで、私が思っていたほどみどりの存在は兄にとっては劇的なものではなかったらしい。しかし結果的に見れば、結末は大変に劇的なものになってしまった、その発端を私が作ったということになる。いつの頃からか知らないが、兄はのっぴきならないぐらいみどりを愛してしまったのだ。それに私も一役買ったのであった。

同い年のみどりと私は、私はすでに結婚して加古川にいたから、二人が心中した肝心の時に居合わせなかったのだが、彼女が大阪へ帰って来て三年後、私が短大を出た翌年から結婚するまでの数年間、実は大変に仲の良い一時期があったのだ。

いままでの部分は母や兄本人から聞いた話をつなぎ合わせ、後は想像力を働かせて私なりの脚色を加え、一編の物語としたものだが、ここから先は実際に私の見聞した事柄である。

私は高校時代文芸部に入っていて、高三の時には部長までやった。私のいた高校は進学校で、短大にしか行かない私が部長を押しつけられた、という事情ではあったが、部長は部長である。高校卒業三年目に……「私たちの事件」がきっかけになり……文芸部のＯＢが中心になって、同人誌を作ろうという話が盛り上がった時、私はその世話係をすることになった。そのあたりの話をすると、長くなるので、みどりとの話に戻るが、私は同人誌の発行人となり、編集人になった男の子から、みどりを同人に誘って欲しいという話があったのだ。彼とみどりは同じ大学の同じ学部の三回生である。みどりなら家の近所だし、桂子さんの酒店なら兄のこともあって知らないわけではない。ただ彼女が小説を書くなどということは知らなかったし、先に書いたようなみどりの状況も私は知らなかった。

ある日曜日、私はタコ焼きを買って……チンチン電車の停留所の横のタコ焼きは、私も兄も大好物で、今でも夕方の買い物の帰りに買って帰って兄と二人、よく食べる。……みどりのいる酒店をたずねた。同人誌を結成したのは翌年の一月、自殺した文芸部の元部長の一回忌の時だったから、その一ヵ月ぐらい前、十二月の初旬だったはずだ。

私たちは酒屋の横の勝手口のある小学校の塀のところで、立ってタコ焼きを食べながら話した。日だまりになっているそのあたりは、酒ビンがいっぱい積んであり、途中からプラスチックの酒ビンのカゴに座って話すことになるほど、日が暮れるまで長々と話した。今までそんな話のできる友達がいなかったと後でいったが……みどりは先に書いたような出生の秘密や家の事情を、初対面の私に全部話してしまったのである。兄が北海道まで、彼女の母を訪ねていった話は、みどりの涙をさそった。彼女の中に、この時なんらかの形で兄が焼きつけられたのかもしれない。

こういう問題があれば、小説を書く動機にこと欠かないだろう。私も問題をかかえていたから、すっかり意気投合してしまった。それから数日後、いや一週間後、兄の住むアパートへ行って、私は興奮して喋った。近所だから翌日でも行けばよかったのだが、みどりの話は嫁さんの前ではできない。学校づとめの彼女が、日曜出勤したことを電話で確かめて、やっぱりタコ焼きを買って出かけた。樹の多いこぢんまりした団地だ。階段を上る玄関の脇で、寒椿がいっぱいの赤い花をつけ、あわただしく駆け上がる私を見上げていた。

2

列車に乗っている時はそれほどとは思わなかったが、その駅に一日何本か止まる特急に乗って、紀州の「椿」に着いた時には暴風雨になっていた。五月の初めのことで、台風シーズンでもないのに、多分風速二十五メートルはあっただろう。一行はぼくを含めて男性五人と、女性三人であり、女性の方は四十代もいて少し若いが、平均年齢は六十歳を越えているはずである。読書会のメンバーの、白浜に住んでいるHの紹介で、和歌山の市江崎の岬へ合宿に来たのである。駅前に旅館の車が迎えに来ていたが、市江崎の港から旅館のある岬までの船が、この風で今日はひょっとしたら欠航になるのではないか、というたよりない話であった。

一番柄が大きいくせに、こういうことにはわりあい臆病なOが率先した。傘なんかなんの役にも立たない。白い飛沫の立ち上る崖の下の岩だらけの、かろうじてそれとわかる小道を磯伝いに辿った。旅館に辿り着き、濡れた服を脱ぎ、旅館そなえつけの浴衣にきがえて、熱い茶を飲んで一服し、すぐに温泉に入った。暴風雨の中を突破してきた後の温泉はまた格別で、ぼくら男性も、女性も含めて、誰もかれも満悦であった。

この読書会は、文学仲間の一人の友人の死をきっかけに生まれたもので、もう五年続いている。世界の新しい文学を読む、というのが方針だが、実はそれ以外はなんの規約もないのだ。発会当時のメンバーは男女それぞれ三人ずつの六人で、以降名簿には十数人名前が上がっているが、出入りは自由である。月一回の例会は、当初も現在も平均七、八人である。ところがこのメンバーはぼくを含め定年組が多いせいか、旅行が大好きで、夏に一回と、その他の季節に一回、年に二回の合宿は欠かさない。誰かが数人、どこかの同人誌に作品を発表すると、その作品の合評をするために合宿する。

しかし今日は少し違っていて、新しい試みが考えられていた。小説は本来、語りから出発している。つまり物語である。日本の文学の歴史からいえば、文字になったのはたかだか千数百年のことである。まして活字となると、数百年のことに過ぎない。一方で語りは人類が言葉を持ちはじめた太古からあったはずだ。だから今日は活字をあてにするのではなく、語りを中心にやってみようというのである。男と女の話ならなんでもいいし、体験でもフィクションでもかまわないということであった。発表者は三人、どういうわけか男性ばかりになった。その中にぼくも入っている。日頃はお喋りなのに、こういう場面では乙女は語らないのか、と誰かがひやかした。

魚料理のたっぷりあった夕食の時には、ビールと酒であったたが、そのあと男たちの少し広い部屋で、早くも敷いてあった布団を片隅に折りたたみ、女性の部屋からもテーブルを持ち込み、かわきもののつまみを盛り上げ、持ち込んだウイスキーの水割りとワインをちびりちびりやりながら、トップバッターのYが、話しはじめた。

「十八年ぶりの再会なんや……」

「いくつの時の話?」「二十八歳の時……」「というと、……十歳に別れて?」「十歳というと、小学校の四年生やんか」「つまり、幼なじみとの再会か」

導入部から意表をついていて質問ぜめで話が前へ進まなかった。手帳にその時のメモがあるので、要約することにする。

十歳の時に別れて、十八年目の再会である。相手を訪ねて、飛行機で九州へ飛ぶ。しかし相手の家を訪問する勇気がなく、半日家のまわりをうろついて帰ってくる。相手の家は九州の飯塚の豪邸。十歳の時に別れた少女を、なぜ訪ねる気になったのか……。主人公は、ある女性。「それは今の家内や」――と結婚することになっていたが、見合い結婚であって、もう一つふんぎりがつかない。それで、幼なじみの彼女を訪ねる気になった。

「訪ねてどないしますの?」　Mがむつかしいことを質問する。「そんなん判ってるやないの、気持を聞くんやろ」「あら、そうかしら……相手はもう結婚してはるんでしょ」「それはそうや……だから九州へ行ってしもたんやろ」「じゃ、何を聞くの?」「当時、飛行機て、高かったやろうなぁ」「ちょっと、話の続き聞こや」といったような調子だから、一人の話が予定の一時間では終わらなかった。

二度目はあらかじめ手紙を出した。そしたら来てくれという返事が来た。今度は空港まで彼女は車で迎えに来ていた。十歳の時に別れた彼女が、すっかり大人の女になって……。

空港から家までの車の中、「なに喋ったらええかわかれへんのや、相手は黙ってるし……顔ばっかり、かっかかっほてってくるしやね、しまいには来んかったらよかった、と思った」

「そういう時はやっぱり女の方が喋らなあかんわなぁ、男の方がうぶなんだから」「女の人は多分、まだYさんが好きやったん違います。幼なじみやから、何もいわれへんかったんや、横にいて、きっとそうなんや……」これはSである。「水ぶっかけるようやけど、会ってがっかりしたのと違う、十八年ぶりやからねぇ、お互いにすっかり変わってると思えへん」

ところが、夫の政治家は、いろんな料理を膳に並べさせ、博多の銘酒をふるまい、大歓迎の宴を張った。「おれ、すっかり酔いつぶれて、何も憶えてへん……気がついたら翌日の昼前や……大きな屋敷でねぇ」その後、朝風呂に入り、下着を着がえさせてもらい、そして航空券を渡された。三時半の飛行機である。昼食を食べて、彼女に見送られ、呼ばれたタクシーに乗り、空港に着いたのは一時間前、すっかり政治家のスケジュール通り。「旦那が政治家ということは知っていたの?」「そんなん知らんよ」「妻が二十八歳とすると……相手はだいぶ年上やね」「二十も離れとる」「二十も! しかし妻も政治家や、やり方見てると、心にくい」

ところで、今日この話をYが披露したのは、この物語の女主人公の気持を知りたいということであった。彼女は何を考えて、彼が九州へ来ることを承諾したのかということ。「むつかしいとこや、女の腹の中はわからんわ、それでいつも苦労する」「同じよ、男だってわかれへん」「これは永遠のテーマやね、だから文学が生きのびてる」ウイスキーの水割りをつくりながら、端の方でごちゃごちゃいっている。はからずも誰かがいった「妻も政治家や」という言葉が、暗にその解答になっていたかもしれない、とぼくはメモに書いた。

少し休憩して、次はJの番である。これもメモを見ながら概略を書き記すことにする。受験をひかえた中学三年、奈良市内の尼さんの家に下宿して通学していた。尼さんは決まった寺がなく、あっちこっちの寺の応援を掛け持ちしていたが、それでは暮らしが立ち行かないので、家に三人ほど賄い付きの下宿人を置いていた。他の二人は勤め人であり、学生は彼だけであった。夕食の後急に腹が痛くなった。「陀羅尼助《だらにすけ》」を飲まされ部屋で布団に横になる。尼さんが看病のためにつきそってくれた。

夜中、彼の腹を撫でながら、手が下腹部にいき、そこをねんごろにさわられた。中学生のことだから、そんなことをされると、意志と関係なくそれはぴんぴんに立つ。たまらないようにして尼僧は彼の上に乗ってきた。これが初体験である。

「腹痛はどうなったの？」「そんなもんどこかへ飛んでいってしまうよ、びっくりして」「そうかあったかいもんがガバッと乗ってくるんやからな」「ぼくがいいたいのは、まだマスターベーションも知らない時に、そんなことをされたということや……つまり一種の強姦でしょう？」「確かに強姦やね、マスターベーションさえ知らない中学生を犯したわけやから……」Oが断定した。「こっちにその気がなかったんやからねぇ。そら、何も知らなくてもそいつは立ちますよ」「機能的にねぇ」「そう機能的に……Oさん、ええことというわ。男と女の最初の関係というのは、合意がなければいかんわけで、相手が男だといっても、一方的にやるべきじゃないと思うな」Jは三人称的にいった。

「マスターベーション知らんて、中三というのは少し遅いのと違う」「そうかなぁ……」「それがトラウマになってるんですか、それ以来女性が怖いとか……」「誰でも女性は怖いんじゃないかなぁ」「そういう意味じゃなく、性的にこわいというような」「それはないですね、男だから……だけど、女性とはそういうものだという、一種固定観念がつきまとう」「そういうものとは?」「なんというのかな……一言でいえば、表とは違う裏の顔がある、ということかな……ちょっといいにくいわ」と女性たちの方を見る。

「修羅やなぁ」とこれはぼくのつぶやき。暗い中で、中学生の男の子の上に乗って腰を動かしている尼僧の姿が、苦しげにあえいで眉間にしわを寄せている白い女の顔が、あざやかにイメージされた。

「お寺の場合は禁欲社会だから、最初の性体験というのは、そういう場合が多いんじゃないですか」Jの家がお寺だったと聞いて、気を取り直すようにHがいった。「まあそうですね。しかしぼくの場合は、初体験が男ではなく、女ですから」「そういうの、筆おろしというの?……それはそれとして、よかったというわけにはいかないのね」ときどきCは思いきったことを聞く「そんなのいいわけないよ」「そんなもんかしらね」「そんなもんですよ」Jは核心に触れられたように、すこし興奮していった。聞いたCは首をすくめる。「そこらむつかしいところやね。そういうふうにセックスを強制されたとき、受け取り方に、男と女とで違いがあるのかどうか、それが機能上の問題なのかどうか」これはO。「セックスは、人間の場合は、本能というよりは、感情やもんね」わかったようなわからないようなことを、ぼくは結論のようにいって、そのこともせっせとメモに書いた。

三番目はぼくである。Yの話にタイトルをつければ「十八年目の再会」となり、Jの場合は「尼僧との初体験」となるだろう。ぼくの場合は「最初で最後のキス」というようなタイトルになる。自分のいったことだからメモを見る必要はなく、叙述体で書いていきたい。会話では話せない細部や描写が入るので少々長くなる。

東京にいた頃の話である。ぼくは一年浪人して東京の私学の文学部に入った。卒業して、設備関係の業界紙に就職した。マスコミ関係がまだ発達していなかった当時、文学部を卒業すると国語の先生かそういう職場しかなかった。その時の記事でトピックスは「瞬間湯沸器」のスクープである。このネーミングがいい。スクープというほどのことはないが、お湯が瞬間に沸くなどということで大変話題になった。記事を書いたぼくは少しいい気分だった。そこに三年勤めた。これは東京を引きあげるきっかけになった事件である。

ぼくは東京の武蔵野に下宿していて、同じ下宿に東京歯科大学のインターンがいた。彼も浪人して大学に入っている関係もあって、同年齢であった。名前は今井といった。大学時代から同じ下宿にいて、ぼくは三年目にこの下宿に来たから、もう五年のつき合いである。文学部と医学部だから、よく呑みよく遊ぶ。彼の方は金持ちで、こちらは貧乏だから、学生時代は彼におごってもらった。とはいえ、学生時代も社会人になってからも文学仲間と呑む機会が多かったし、インターンの彼は当然忙しくて、一緒に呑みに行く機会はあまりなかったが。

彼の家は福島の須賀川である。ぼくはそこへ行ったことがない。彼も大阪のぼくの家へ来たことはない。そういうつき合いだったから五年も続いたといえるかもしれない。社会人になって三年目、一年浪人しているから二十六歳の時。……今井の妹が東京へ遊びに来た。塔子といった。九月の終わりの頃である。これが事件の発端であった。

今井が妹を呼んだのには訳がある。その春、妹のいいなずけが鉄道自殺をとげた。原因はよくわからない。妹もはっきりしたことはいわない。相手は哲学青年であったらしい。つまり文学部哲学科をその春に卒業した。彼は一歳上である。妹も同じ大学の英文科である。卒業したら二人は結婚することになっていた。

男は哲学的な自殺なのかどうか……「藤村操《みさお》でもあるまいし……今でもそういうことがあるの？」とぼくはあきれたようにいった。三年間業界紙というような世俗にまみれていると、とても信じられない世界の話に思える。

「人生不可解なりか……、田舎は狭い世界だからね」となにやら心当りのあるようないい方をする。「君も文学部だから、妹をよろしく頼む、これは文学の世界の話で医学の分野の話ではないから……」と妙な念の押し方をされた。

九月の最後の晴れた日曜日、塔子とぼくは玉川上水を、三鷹から小金井に向かって歩いた。そこらあたりは太宰治が入水心中をした場所で、桜並木が続き、武蔵野の林が続き、黒いローム層の畑が続く。狭いきれいな流れに沿う道は、ずっと木洩れ陽で彩どられ、「自殺者の散歩道」と名付けて、こよなく愛していた。晩夏の陽ざしは、まだ夏の名残の暑さがあったが、汗ばむほどではなかった。

青いつばの広い帽子をかぶり、男のような白い開襟シャツを着て、青いスラックスをはいた塔子は、木洩れ陽を身体にそめて、白いズックで軽やかに歩いた。夢中で話したが、どんな話をしたのか忘れてしまった。初対面から、彼女の事情を知っているぼくは、そしてぼくのことを兄から聞いている塔子に対し、かなり思い切った話をしたはずである。つまり生と死に関することであり、愛と死に対しての話が中心であった。

今井塔子は魅力的な女性であった。少し大柄だが名前ほど背は高くない。腰がしっかりくびれていて、ダンスでもしていたのか、歩き方がさっそうとしている。彼女もよく話した。良く聞き、上手に返した。そんな時の表情が豊かであった。こんな形で東北の女性とつき合ったのは初めての経験だが、なまりがほとんど感じられない。表情や話し方にしっとりとした情感があった。そのくせ、おやっと思うほど投げやりなところがある。つかまえようとすると、風のように軽々と逃げてゆく。かと思うと、別のところでは深々とした手ざわりがあった。そしてときどきぞくっとするような目の色を見せた。

なんだかしりめつれつなぼくの感じ方だが、この時の塔子の心理状態を、彼女の言葉のはしばしから、そのまま感じたということだと思う。こうして最初の一日で、彼女に魅了されてしまった。玉川上水の木洩れ陽の散歩道が忘れられない。まるで彼女の心そのままの、光と陰の変化の道である。めくるめく時間であった。

兄の部屋に彼女は一週間ほどいた。そんなむさくるしいところに一日中いるのは息苦しいのだろう。日中はほとんど外出していた。ぼくは勤めがあり、今井もインターン勤めで忙しいから、たいていは一人で、新宿や渋谷、時には上野や浅草に出かけていた。東京の町は彼女もよく知っていて、町を歩いたり名曲喫茶に入ってぼんやりしているらしかった。そして夕食は三人一緒に、下宿のある武蔵境か、三鷹や吉祥寺の、洋食屋か中華料理か寿司屋ですることが多かった。五年も住んでいると、やはり近くが落ち着く。塔子も中央沿線のそのあたりが気にいっているようであった。

塔子は酒がなかなか強かった。いつもビールの大ジョッキである。二杯呑む時もあった。今井もぼくも仕事がら話題は豊富である。彼は文学にも精通していて、たいていの本は読んでいた。塔子はそんな二人の男の話を受け、話題を盛り上げるのがうまかったから、いつもにぎやかな食事になった。三人とも、それぞれが会話の空隙の沈黙を恐れている、という気配もあった。

塔子が福島へ帰る前日、つまり一週間後の日曜日、かねてから約束していた映画を見にいった。「アラビアのローレンス」である。渋谷の東急会館であった。卒業した大学が渋谷にあって、よく行った映画館である。ところがその映画は、彼女にはやたら長くて退屈であったらしい。つまり塔子にとり、別の想念の入り込む余地があった様子だ。横の彼女が、映画のストーリーとは別のもの想いにふけっているのが気になった。死んだ男が、ローレンス役のピーター・オトゥールに似ていたのだろうか。その後、彼女が一度入ってみたいといっていた「くじら屋」に入り、普通では食べない上等の鯨料理を頼んだ。地酒ですこし酔っぱらったが、今日でお別れだという気持もあって、次の喫茶店では話がはずまなかった。

少し散歩するつもりで、下宿がある武蔵境の一つ手前の三鷹で降りた。渋谷ではネオンのあかりでわからなかったが、駅舎を出るとずりおちたように暗くなっている。今夜は月も星も出ていない。しかし歩きなれた玉川上水の道である。塔子を入れ三鷹で食事をして、先日も三人で歩いて帰った。木立の間の道は間違うこともない。しかしあまり暗くて二人は自然に手をつないだ。手をつなぐなど、小学生の時以来かもしれない。武蔵野の林に風が出てきて、夜霧が流れるのがわかった。木の葉に音が立ち、雨も降ってきたようだ。

玉川上水を離れ、下宿への最短の道を歩くことにした。もわっと農家が現われ、うっかりすると農家の敷地へ入りこみそうである。明りがなく、立木の茂る一面の闇の中で、雨の音が激しくなり、木の葉のおおいがなんの役にも立たなくなった。二人は大きな農家の庇の下で、すこし雨宿りをすることにした。煙草に火をつけたライターで、腕時計を見ると、針は直角になっていて、ちょうど九時である。にわか雨のようだから、一時間もすれば上がるだろう。

すぐ横にいる塔子でさえよく見えない闇の中で、ぼくより少し低い彼女の頭が動き、ついと顔を寄せてきた。塔子は男の腕に手を置き唇を重ねた。雨に濡れた髪の匂いがぼくを興奮させた。彼女の背に手をまわして抱き寄せると、彼女は腕をぼくの首に巻きつけ、身体の正面をぶっつけてきた。塔子の舌が口の中でいっぱいふくらんですごく熱い。ぼくは息ができなくなり、気が遠くなってふらついた。彼女もふらつかなければ、ぼくはそのまま気が遠くなっていたかもしれない。塔子は失神したように急に重くなり、彼女を支えるのに苦労した。

どれくらいそうしていたのかわからない。塔子の中で再び命が通いはじめ、急に軽くなったかと思うと、彼女は舌を引っ込めて身を離した。雨は依然小止みなく降っていたから、それほど長い時間ではなかったのだろう。横に立ち、お互いの身体のぬくもりと息づかいをしっかり受けとめ、無言の時間が流れた。雨が小止みになり、農家の庇の下から出て、木立の道を方向を定めて歩いてみると、下宿は思いがけなく近くであった。煙草屋の二階の六帖二間は、それぞれ今井と二人で借りていたのだが、まだ十時前であり、二階へ上る玄関には、彼の靴は脱ぎ捨てられていなかった。

キスが気が遠くなるほどのショックだったのは、後にも先にもこの時だけである。そして塔子とのキスはこれ一度きりであった。というのは翌年の一月十五日成人式の日に、塔子は須賀川駅で東北本線の特急列車に飛び込み、死んでしまったからである。

母親と二人、郡山へ服を買いに行く途中のことである。この塔子の突然の行為に、並んでプラットホームに立っていた母親は、腰をぬかしてしまったらしい。今井の勤めている病院に電話があり、彼は飛んで帰った。その後お母さんの腰が立つようになったのかどうか、ぼくは知らない。今井はそれっきり下宿へは戻ってこなかったからである。使いの人が来て、彼の荷物は送り返された。ぼくは二月で会社を辞め、下宿を引きはらい、大阪へ帰ったが、その間今井とは連絡を取らなかった。こちらの方も精神的に腰が抜けたような状態になり、とてものこと、彼と電話で話をする気力が湧かなかった、ということである。

……市江崎の岬の旅館のぼくの話はこんなに長いものではない。しかし内容は変わらない。当然この後、さまざまな疑問が、みんなから提起された。それはノートにメモがある。一、塔子は後追い心中をしたのか。とすればぼくとのキスはやけっぱちの行為か。二、塔子はぼくをも愛した。つまり死んだ男との恋の板ばさみになって自殺したのか。三、哲学青年の自殺に塔子は女として、いたくプライドを傷つけられた。ぼくとのキスはそのプライドを回復するためのものであったが、回復はできなかった。四、もしくはそんな自分が許せなかった。要点を書けばそんなところだが、現在もこの疑問を解くことはできない。塔子はとっくにこの世にいないのだから……。

翌日は、昨日の嵐がうそのように晴れ上がった。旅館から断崖にきざまれた岩の階段を降り、ぼくは一人岬の先に立った。陽はよく晴れていたが、風は強かった。波の高い沖合を眺め、少し不安になった。昨日あんな話をして、家の方が不安になったのだ。朝早く、男性二人は、日曜なのに仕事があると帰っていった。今日はHが、車で白浜のサファリへ連れていってくれるということになっていた。しかし車の定員は五人である。ちょうど一人あまる。ぼくは思い切って一人帰ることにした。

帰りの特急ではよく眠った。いつものことだが、合宿で皆が眠るのはだいたい朝の三時頃である。だから四時間ぐらいしか寝ていない。喋る相手もいないし、好きなだけ眠ることができる。気がついたら列車は大阪市内の高架の上を走っていた。気がせいていたので天王寺からタクシーに乗った。家に着いたのはちょうど一時であった。玄関の鍵がかかっていない。ぼくは靴を脱いで上がると、奥に向かって呼びかけた。

「塔子……塔子」

呼びかけながら部屋を見て歩いた。

「塔子……塔子……塔子……塔子」

家のどこからも返事がない。私の不安はふくらんだ。狭い庭でよく花の手入れをしている。居間にカバンを投げ出し、ガラス戸を開けた。一目で見渡せる狭い庭だが、彼女の姿はどこにも見えない。便所、風呂場も覗いた。小さな平屋建てである。……どこにもいない。そうか！　鍵をかけていないというのは、近所に行っているということではないか……後からそんなことに気がつく始末であった。

塔子はぼくの妹である。昨日のあの話は妹のことである。話した内容は同じが、設定が違っている。順序も違っている。一月十五日の成人の日に自殺したのは、妹の恋人の哲学青年である。

高校の時の文芸部の部長であり、一年上であった。妹は高校卒業後、短大に入り彼の方は京都の大学の哲学科であった。彼が自殺したのは妹が短大二年生の時である。妹は同じ年の三月、つまり短大を卒業した三月、母と一緒に服を買いに出て、南海線の急行通過駅のプラットホームから飛び込んだ。奇跡的にレールの間に落ち込み、車両の下で油まみれになり、失神していたが、命に別状はなかった。母は腰を抜かして同じ病院へ運ばれたのだが、妹の無事な姿を見て腰が立つようになった。こうして初夏、母のすすめもあって、妹は武蔵野のぼくの下宿へやってきた。

妹はぼくが東京へ出る前は、まだ中学生であった。成人した女になっている塔子をしみじみ見たのは七年ぶりである。木洩れ陽の妹に魅了されたのもそのままである。ついでにいえば、最初で最後のキスを塔子がしてきたのも事実である。ぼくは勝手に思っているのだが、あのキスにより、妹は哲学青年の死神と縁を切ったということだろう。

……と、長い間信じていたのだが、昨夜、というより今朝、「この疑問を解くことはできない。塔子はとっくにこの世にいないのだから……」というような話の始末になった時、ぼくはなんだか、ひやりとしたのである。なぜなら塔子は死ななかったのだから……。そうして晴れた風の強い海を岬に立って見ていて、急に不安になった。……塔子がいなくなる。塔子がまた自殺するのではないか……。

とにかく、この家での妹との二人の生活は、どことなく……なんというか、フィクションのような気がするのである。ぼくも塔子も、若い時に死にぞこなった人間である。それから後の人生は、なんとなくフィクションくさい。お互いの存在が頼りないのである。いつ消えても不思議ではない気がする。

3

兄と暮らしはじめたのは去年の六月の初めであり、ちょうど一年が経ったことになる。この家は二人の実家である。去年まで父が住んでいて、それより三年前に母が亡くなったから、四年前まで老夫婦が住んでいた。いまだにチンチン電車が走る大阪の下町である。

母が死んで、父は一人になり、兄と二人、交替で面倒を見て来た。週に二度、兄は父親を風呂屋へ連れていく役目だった。昔のままの家で風呂がないのだ。下町だから近くに風呂屋は三軒もある。三軒ともサウナがあり、一軒などは露天風呂もある。杖をつきながら歩く父を、兄はその露店風呂のある風呂屋へ連れていった。露天風呂は兄本人が好きなのだ。私も週に二回洗濯や掃除、それから料理に通った。食事は老人食を毎日配達してくれる給食センターに頼んでいた。料理はその補助であり、日持ちのするものを作った。こうして週に四回顔を見ていれば、異変に気づくはずであった。

ここで私は最初の夫のことを書かなければならない。兄を見て大きくなったせいか、ある時期から私は、兄とは反対のマッチョな男に憧れるようになった。それなのにどういうわけか高校時代、最初に好きになったのは、内向性のかたまりのような哲学青年である。このあたりの自分の心理が自分でもよく判らない。そうして彼に引きつけられ、あやうく死にそうになった。これが結果と原因を形成した。私はこりたのである。そうして兄や哲学青年とは違う、「健康なタイプ」の男を求めた。

最初の夫は、その上、中小企業とはいえ社長の跡取り、あの当時、大学生の頃から車を乗りまわしていた。私が短大の時である。その頃は彼とはそれほど親しくはなかったが。哲学青年後追い心中未遂事件の後、私はドイツ商社のシーベルヘグナーに勤め、受付をしていた。いつの頃からか、退社時間を見はからって、彼が車で迎えに来るようになった。まだ二十代前半の彼は、社長見習いで暇だったのだろう。哲学青年に死なれ、そんな隙間にまったく違うタイプの男が、するりと入りこんできた。白い車を御堂筋のビルの前に横づけする青年に、白馬の王子さまを見ていたのかもしれない。

ある時彼はヤクザと喧嘩して、腕を切られ、腕をぶらんぶらんさせて病院にかつぎこまれたことがあった。私は彼につきそい、いつしか気持が通い合った。彼のそんな事件さえ、私には恰好良くうつった。しかし、私は彼を愛したとはいえなかった。愛するというような面倒なことは、どうでもよかった。金持ちの恰好良い男と結婚して、貧しい下町から脱出することに、意味があったのだ。

最初の結婚生活は、失望と満足とが相半ばしていた。彼は夜中にどやどやと友達を連れてきて、今からマージャンをやるから、料理と酒を出せというようなことを平気でした。私が少しでも口答えすると彼は殴るのである。友達の前で恥をかかされたということなのだ。両親にも兄にも殴られたことがないので、最初はショックだった。

そのかわり、服が買いたいというと車で神戸のデパートまで送ってくれ、好きなものを買って良く、時間を決めて迎えに来た。ブルジョアの若奥さんの気分を味わった。貧乏で育ち、けちけちした買い物しかしてこなかった私は、大満足であった。こういう場合はいいのだが、大変にやきもちやきで独占欲が強く、例えば同窓会に出る時にも、車で送ってきて、パーティーが終わるまで待っていて、車で連れ帰るのであった。

夫の会社はオイルショックの翌々年に倒産した。その頃倒産する中小企業が多かったが、直接の原因はオイルショックではなく、その年に社長である彼の父親が死んだからである。彼には兄が二人ほどいて姉も何人かいて、彼はおとんぼであり、年齢からいえば孫のような存在で、だから一番可愛がられていた。私はその嫁だから当然可愛がられていた。それはいいのだが、ワンマン経営であったせいで、兄たちや義兄たちに会社を継ぐ能力も気力もなく、若い彼にすべてがかかってきた。経理のくわしいことは知らないが、創業社長を信用して金を貸していた銀行は、金を引きあげ、たちまち倒産である。

私はあてが外れてしまった。子供のために三年我慢した……それが限度であった。私は二度ほど大阪へ逃げ帰ったが、居所をつきとめられ二度とも連れ戻された。三度目は実家や友人を頼らず、小さい時可愛がってもらった叔父の家へ隠れ、完全に行方をくらませた。そして弁護士に頼んで裁判に持ち込もうとした。体面を恐れた男はしぶしぶ離婚に同意したのである。

そんなこんなで、ごたごたした離婚が成立するまで、二年近くかかってしまった。もう結婚はこりごりと思っていたのに、たいしてこりていなかったのか、それから五年目に、ひとくぎりと理由をつけて再婚した。私の四十歳の時である。子連れの出戻りで、五年間も実家で暮らすのは肩身のせまいことであった。二度目の夫との間には、年齢のこともあって、子供は作らなかった。相手も再婚であり、前の妻との間に男の子をもうけていて、私の方は女の子であったから、バランスもよく彼も同意した。

彼は個人で小さな工務店を経営していて、現場で力仕事をするものだから、こちらも腕っぷしが強かった。彼は自分でもピアノをひき、文学にも通じていて数年は結婚生活はうまくいっていたのだが、バブル崩壊で会社がおかしくなると、最初の夫の時と同じような理由でうまくいかなかった。マッチョな男を望んだむくいか、離婚の理由は前回と同じ夫の暴力である。

その話し合いの最中、彼は四年前の正月あけ、現場の事故でなくなった。彼の上に、アウトリガーが土にめりこんで、クレーン車が倒れてきたのだ。私が事故を聞いたのは、正月実家に帰ってそこにぐずぐずしていた時であって、したがって多少は心に痛みが残った。こちらも自営業だから、事務所兼自宅は借家だし、借金は残ってもたいした貯えはない。当座の金はあるが、たつきを考えなければならなくなった。店や家の家賃が払えないので、それらを返し、神戸の娘のと

ころへ身を寄せた

母が亡くなったのはその翌年の正月である。その後、兄と二人で父の介護をしている時、私の状況を知っている兄は、父を説得して、古い家を大幅に改造して、台所にステンレスの流司を入れ、風呂場を設け、便所も新しくし……私が父と同居するのはどうか、という話を持ちかけてきた。兄の現在の妻はすでに癌が進行していて、父の面倒を見られるような状態ではないことは私もわかっていた。父は事業家であった祖父の遺産を後生大事に溜め込んでいて、その程度の出費は老後の生活にさしさわりはない。

私はOKした。少し割高になるが、住みながらの改造である。あまり家が古く、結果的にはこわしながら建てていくような方式になった。老人は階段を上れないから、敷地はそんなに広くはないが、最初から平屋の計画だ。二十数坪の家になり、それで充分だった。一応バリアフリーで、ソーラーシステムまでついている。

父は結局そこに三年住んで亡くなった。父の死と同じ年に、兄の嫁さんが亡くなった。兄の嫁さんの連れ子と私の子供はとっくに結婚して独立している。兄は自分の住んでいる堺の家を娘夫婦に引渡し、その後彼女らは古い兄の家を解体して、彼女らの好みのログハウスに建て替えた。こうして去年の六月の初め、荷物を運び、住民票も移して、兄は正式にここへ引越しきたのである。

少し長い説明になったが、私が何をいいたいのかというと、二人はさまざまな体験をしてきたが、結局のところ生まれ育った家に、年取って戻ってきて、二人っきりで住みはじめたということである。二度目の夫の死後、私は旧姓に戻り、去年の六月、父の表札を降ろして、兄と同じ苗字の表札を玄関に仲良く上げた。一枚ではなく二枚別々に……。それを見て、二人は笑ってしまった。なんだかたまらなくおかしい。夫婦ではなく兄妹……尾上稜太郎、尾上塔子。二人とも立派な名前……これは何かの冗談か。心中生き残りのインポテンツの兄、と跡追い心中の生き残りの二度出戻りの妹。

しかし、この家では気分としては二人っきりではない。母と父の位牌があり、両親の写真があって、いつも二人を眺めていた。家は新しくなったが、家のまわりに広がっている下町は、私たちの家のように建て替えられたりはしているが、全体的な雰囲気はそれほど変わっていない。近所の人の大半は知っていて、そんな人々にも見つめられている気がした。子供の頃に遊んだ天神さんの森は健在であり、聖天さんの山も健在であり、チンチン電車はチンチン鳴らしながら、腰をゆすって一輛きりで走っている。

桂子さんの酒屋は、カウンターの一杯呑み屋と共に今も盛業である。みどりが兄と心中する少し前、桂子さんの弟が後をついで、現在その息子が店長である。兄は今もそこへ立ち呑みに行く立場にはなく、したがって北海道の桂子さんの消息は分からないが、死んだという話は聞かないから、牧場のグランドマザーとして、しっかりその地で根を張っているのだろう。兄より一まわり上だから、七十七歳の喜寿か。

ところで兄は最近めっきり酒が弱くなった。同人誌仲間や読書会で、結構忙しくしているし、呑む機会も多い。好きなことだけをして日々を送れる幸せをかみしめているはずなのに。

なぜかやたら酒を呑んでだらしなく酔っぱらって帰ってくる。地下鉄の阿倍野駅から帰る時は、途中に大阪南の広大な霊園があって、墓地に石のベンチが置いてあり、深夜そこで寝たりする。

彼の中の、どこかで何かがうっせきしているらしい。長年のインポテンツに関係があるのかどうか。それが本人には判らないようだ。本人さえ判らないのだから、私に判るわけがなく、そんなことはあれこれ詮索しないことにしている。原因とか動機は別にして、彼の精神を何かが蝕んでいるということなのだろう。兄は今年六十五歳、定年五年後、人生そのものに対する徒労感のようなものではないか、と私は思っている。

4

《樹の下のこの世の客の鳥わたし》
妹は最近、川柳にこっている。俳句と川柳の違いがぼくにはよくわからない。季語があるかどうかの違いだと妹はいうが、たんにそんな技術的なことだけだろうか。現代俳句は季語のないものだってあるのではないか。とくにわからないのが、ここに掲げた妹のこの句が、川柳だということだ。川柳はもっと軽い洒脱《しゃだつ》なもので、そのくせふんだんに俗気があり、人情の機微を描いたものだとぼくは思っている。しかしこの句は重いし俗気もない。ここにあるのは人情の機微ではなく、人生や人間存在そのものに触れてくる深々とした味わいである。川柳の先生にほめられたということで、それはそうだろうと思うのだが、ものを書く者にすれば、川柳の味わいとは違う気がするのである。この内容は小説的なものである。そんなことをいえば、川柳を馬鹿にしていると妹はいいそうなのでぼくは黙っている。

妹の川柳は、時々『アサヒグラフ』などにも掲載されていて、なかなかいいところまでいっているらしい。かつての高校時代の文芸部の部長が、こんなところで腕を発揮している。この句がとくにぼくを引きつけるのは「この世の客」という部分である。ここにいる「この世」の私は……「樹の下の」客なのだ。自己のあり方が、「客」だという認識に心が引かれる。

芭蕉の『奥の細道』の序章の言葉、《百代の過客》は月日に対していったものだが、発想は同じである。芭蕉は人生を旅とみなし、自分の生活そのものを芸術とした。この風狂の精神は、無常観を基盤としていて、この無常観は、諸行無常という『平家物語』や、うたかたという『方丈記』の冒頭にもあり、日本人の美意識を形成している。しかし芭蕉の場合はそれとは少し違っているように思う。時間と共にあらゆるものが変化すると考える仏教本来の思想に近い。人間のありようを、はかないと見る心は同じでも、そこに安住しようとはしない境地だと思う。

ではそこに何があるのか……ぼくはそこに《異化》があると思う。異化というのは、見なれた日常的なものを、見なれない非日常的なものと見る心である。これが芸術の心であり、芭蕉の俳句にはいたるところにこの異化がある。「古池や蛙飛びこむ水の音」の静寂の中に、《異化》がある。「閑かさや岩にしみ入る蝉の声」の中に非日常がある。少し違うが、「あかあかと日はつれなくも秋の風」の色彩や皮膚感覚にあるのは、無常観ではなく異化である。ここでなにも芭蕉論をやるつもりはないのでこれだけにしておくが、先の妹の句にもこの異化があるのだ。「この世の客」という発想は、非日常的である。この非日常感覚は日常の中にひそんでいる。

くりかえしの習慣化された日常の中で、ふとそう感じる時がある。自分はこの世の主人（住人）ではなく客人ではないのか……。そう感じるのにはなにかのきっかけが必要である。それが具体的にはなんなのか、ぼくにはわからない。しかしそのきっかけには、妹の人生そのものがかかわっているはずだ。

二十の時、死にぞこなった尾上塔子は、ぼくの下宿している武蔵野にやってきた。そして光と影の玉川上水の木かげの道を歩いた。光と影が踊る木洩れ陽の道は、彼女の心の中の光景そのままであっただろう。ぼくが大阪にいた時はまだ少女であった塔子が、成人した魅力的な女性となって今、眼の前にいる。受けこたえしながら、笑いかけてくる。彼女のかかえている苦悩をふくめて、ぼくは塔子を受けとめた。その死と愛ではなく、生と愛を受けとめた。それは彼女の、この世の仮の姿かもしれなかった。ぼくの下宿に客としてきているように、この世に客として来ているようにも見えた。そんなあやうさがあった。考えてみれば、若い時死にぞこなった二人は、その時からこの世の客人になったのではないか。相手は死に、自分だけが生き残った。その自分は仮の人生を送っているという、どうしようもない実感がつきまとっている。死の向こうの方にこそ真実があるように思えてならない。そんな妹が時々すごくはかなく見えるのである。この世から不意にいなくなるように思うのだ。

今日は午前中は晴れていたのに、午後からは太陽が顔をかくし、家を出た三時には雨の降りそうな天気になっていた。定年後ぼくは糖尿病をわずらっていて、毎月医者通いをしているが、週に二回以上、一回二時間程度散歩するようにといわれていて、今日はすでに土曜日でもあり、日曜日は塔子もぼくも用事があるので、無理をして散歩に出ることにしたのだ。あらかじめ、その時間を目処に行き先を決めてある。北限はこの辺りであり、南限は住吉大社のあたり、東は桃ヶ池から少し先、西は木津川運河を渡し船で渡る、と行き先にバラエティを持たせている。今回は口縄坂《くちなわ》が目的地であった。塔子とは毎回というわけではないが、口縄坂へは行ったことがないというので、彼女が同行することになった。

契りあれば難波の里に宿り来て
波の入日を拝みつるかな
（藤原家隆）

家隆塚に入り込んだのは偶然であった。一つ手前の辻を入ったらしい。
「へぇ、七十九歳やで、へぇ七十九歳……」

「何を感心しているの？」

狭い塚をひと廻りしてきた塔子が、由緒書きを見て声を上げているぼくの横に来て、同じように塚の文字を読んだ。

「七十九歳で、契りあれば、やで……」

「契りゆうても、男と女のことと違うのと違う？」

「じゃ、どういう意味や」

「そんなん、兄ちゃん国文科やろ……ちゃんと解釈して欲しいわ」

「まあ、契りというのは約束というだけの意味や……この場合は、前世からの因縁というようなことかな」

「それやんか、他生の縁やわ……七十九歳の家隆さん、この歌よんだ翌日に死なはったんやね、ぜんぜんぼけてへん」

妹をそこに置いて、塚のまわりを今度はぼくがひとまわりした。

「波の入日なんか見えへんで……木の向こうはビルばっかしや」

と声をかけたが、妹の返事はなかった。碑の前にはダンボールの切れ端が置いてあり、ホームレスか誰かが腰かけていた様子である。それも濡れていないから、昨夜のようだ。

「ウイスキー呑みながら、ここに座って一晩過ごすのもええやろなあ」

ぼくはまた声を上げた。

「蚊が出るで……」

妹も向こうから声をかけてきた。


口縄坂は寒々と木が枯れて、白い風が走っていた。私は石段を降りて行きながら、もうこの坂を登り降りすることも当分あるまいと思った。青春の回想の甘さは終り、新しい現実が私に向き直って来たように思われた。風は木の梢にはげしく突っ掛っていた。

（織田作之助「木の都」）


口縄坂は家隆塚からすぐであった。ぼくはその碑の前にしゃがみ、「木の都」の結末の文章を読んだ。上町台地の木々の茂みを抜け、そこから階段が下っている。ここも何年ぶりだろう。

「織田作は名文家やなぁ……」

後ろにいるはずの塔子に声をかけたが、返事がない。後ろをふりかえると誰もいない。妹は、こういうものは後で読むことにしているらしい。先に現場を見て、それから案内を読む。現場がつまらなかったら案内も見ない。時間の無駄だ、ということなのだろう。

ぼくは碑に手をかけ、「よっこらしょ」と口に出して腰を伸ばした。立ち上がるのがなかなかの一仕事である。おまけに立ちくらみだ。目をつぶり目蓋を手で押えた。しばらくして立ちくらみがおさまり、塔子を捜して階段の方に目をやった。足もとからそれほど広くない石段の坂道が長々と続いている。桜の大木を中心にうっそうとした木々のトンネルである。雨もよいの曇り空の下、初夏の若葉がざわざわと風に騒いでいる。

「青嵐……か」

ぼくは今度も声に出していった。妹と一年一緒にいて、こういう習慣が身についてしまった。彼女はその時の成り行きで、返事をしたり、しなかったりする。

見ると、黒いスラックス、グレーのTシャツ……、Tシャツの背中に、パリの凱旋門がプリントされている。数年前、娘とフランスへ行った時に買ったものか……、を着て、一つ一つ段を拾いながら、塔子が降りていく。すでに階段の半分近く降り切っている。注意ぶかく下を見て、階段を降りて行く彼女の姿が、遠ざかるにつれて若返っていき、ある時点で、ぼくには幼い少女のように見えた。小学校二、三年ぐらいの塔子である。その時こちらは中学校二、三年であったか……あまりに活発でなかったせいか、中学生の頃の記憶が二、三を除いて、どういうわけかぼくにはほとんどないのだ。……そんなぼくが見失っていた頃の塔子……。

風が強くなり、若葉がざわめく、青嵐の下である。

初夏（オムニバス）

満員列島

日本列島は深夜には海中に沈む。

夫婦がセックスをし終わった頃、多分夜中の十二時頃から、静かにしかし急速に沈み始める。ゆっくりと海が押し寄せてきて、やがて日本列島の上を波が洗いはじめる。二時三時頃は完全に海の底だ。そして明け方、再び海の上にゆっくりと浮上してくるのである。海の水をあぶくのように吐き続けて眠っていた人々は、その続きのおおきな欠伸をしながら朝起き出してくる。

深夜営業のドライブインやガソリンスタンドで働く人は、水の底で仕事をしている。派手な服は魚を真似ようとしているのだ。背中に魚の大きなマークをつけたりして。夜中なのに彼らの身動きが軽いのは水の中だからだ。時々、彼らが泳ぎながら給油している姿を見かけた人もいるはずだ。

夜ほとんど寝ない若者が増えてきた。そのかわり昼間は寝ている……二部交替制なのだ。この満員の日本列島で、昼間彼らのいる場所はない。活動が止まって人々が狭い部屋に閉じこもった頃合いを見はからって、広々としはじめた夜の街角に姿を現わす。

深夜の海の底の街が彼らのたむろする場所だ。彼らは魚族である。例外なくべらべらした魚のヒレのような服を着ている。髪の毛を染めているのは熱帯魚のつもりなのだろう。髪の長い女の子は人魚になりたがっているに違いない。あぶくのような音楽、海の底の夜の街をなよなよひらりひらりと泳ぐ。身体が流線型になってきた。

高層ビルや高層のマンションは、いくら高くても海面に顔を出すことはない。波のたゆたう海面はまだはるか上だ。最近建築された三百メートルをこえる超高層建築は、ひょっとして海面に頭ぐらいは出しているかもしれない。深夜そこから波の立ち騒ぐ黒い海面が、月明りの中で見えるかもしれない。

日本列島には今まで深夜に発着する空港がなかった。だから問題は起こらなかったのだが、二十四時間発着可能な関西空港を建設する時にこれが問題になった。海の中の空港にどのように着陸するかである。のみならず六甲山や金剛山の黒い山なみは、頭を出しているにしろ、その間の広い一面の夜の海では空港の位置の確認のしようがない。

しかしこの問題は意外な方面から解決してしまった。造ってみると、この海上空港はその名の通り一日中あかあかと光を発して浮上しているのだ。それだから二十四時間空港といえるのだ。こんな簡単なことが造ってみるまで分からなかった。

満員列島の通勤電車は今も満員電車である。十年前もそうだった。二十年前もそうだった。三十年前も……満員電車は少しも変わらない。一時は、駅員が出てきて押し込んだり、ひっぺがしたりしたが、今はそれほどではないが、痴漢ができる程度には満員である。高架になり車両も新しくなり八輛も十輛もうんざりするほどぞろぞろと連結しているのに、今もって満員……これは不思議なことの一つだ。満員電車は満員列島を象徴するために残されているみたいなのだ。

都会の空中をまるで漁礁のように高速道路が張りめぐらされている。人間の住まいや活動が立体的になってきたのは、深夜の海中での意識の反映だろう。しかし車の数が多すぎるのである。日本列島の人口は一億二千万人、三人に一台として四千万台の車があることになる。前後一メートルの幅を取って一列に並べたら、総延長は十六万キロになる。地球の円周は四万キロだから、車を一列に並べるだけで地球を約四周することになる。数珠つなぎになりながらのろのろと地球をまわっている果てしない車の列。いくら高速道路を造っても足りないわけだ。

一九六〇年から七〇年にかけて、日本中が公害だらけになった。自然破壊、大気汚染、水質汚染、地盤沈下、土壌汚染、騒音・振動、悪臭、いたるところで問題になっていて、今も続いている。これは公害ではない、企業害である。とてもこんな列島には住んでいられないのだが、かといって他に行くところがない。列島が夜沈むことによって、なんとか息をつぐことができているのである。

日本の土地の平均価格は、アメリカのそれに比べて三十倍近く高い。アメリカの面積は日本の国土に比べて二十五、六倍だから、日本の総面積かける平均単価、アメリカの総面積かける平均単価を比較すると、日本の方が高くなる。だから、アメリカの国土と日本の国土を交換するとかなりの差額を日本の方がいただかなければならない。

「等価交換というやつですね。誰が考えても荒唐無稽な話なんだけど、これが通用して日本経済がなりたっている。土地さえあれば、銀行はいくらでも金を貸すのです。土地の実勢価格の八割ぐらいは黙って融資する。しかもここ数年、実勢価格はどんどん暴騰するからもう底なしですわ。その資金は、この小さな日本列島をはるかに上回って、日本の企業を世界に君臨させている。アメリカの巨大なビルやホテルを買ったり、ハワイやオーストラリアの土地を買いあさったりして、ひんしゅくを買っています。日本の海外資産は世界一」

……半分いねむりして、土地問題が専門の経済評論家の話を聞いていた。

一九九〇年八月、バブルが崩壊した。日本列島はぶすぶすと泡を吹いて海底に沈んでいった。こうして日本の借金は一千兆円になり、日本の人口一億二千万人で割ると赤ん坊から後期高齢者まで、一人当たり八百万円の借金をしていることになる。

こんな異常な日本列島は、夜中に沈むしかないのである。海の底で静かな眠りの時間を過ごし、再生して朝浮上する。これが日本列島の沈む原因である。

一九九五年の一月十七日に、阪神大震災が襲った。次の大震災の余震が続いている。こうして東日本大震災が起こった。日本列島はきしみはじめている。何度も沈下浮上を繰り返したことのきしみなのであろう。なにしろ細長い列島だからあちらこちらに無理がくる。いたるところにひびが入ってきた。そのひびから今に真っ赤な溶岩と噴煙が噴き出してくるに違いない。

あまりにも高度に工業化されたこの人口の多い島は、最早限界に来ていて、太古の昔に帰ろうとしているのかもしれない。それはまあそれで仕方のないことだと思う。誰にも止めることはできないのだから。考えてみれば島は少しも悪くない。みんな人間が悪いのだ。持ち過ぎているいろんな物を、今更捨てる気も起こらないことだし……たとえそれが愚にもつかない車（自家用車）だとか、携帯電話だとか、コンピューター（パーソナル・コンピューター）という名の玩具だとしても……とても愛着があって捨てる気にはなれない。自家用車も携帯もパソコンも持っていない私は、今年七十八歳になるが、不便を感じたことはない。

この国の食料自給率は三十パーセントを割っている。七十パーセント以上を輸入に頼っている。つまり愚にもつかないものを輸出して、人口の多いこの国は、世界中から合法的に食料を奪っているわけだ。しかもその食料を子供も大人もよく食べ残す。

一九九五年、戦後五十年決議が都道府県であいついだ。しかしアジアへの加害について、植民地支配や侵略行為を、反省、謝罪する決議をしたのは今のところ長野県議会だけ。軍人軍属の戦没者を『祖国の安泰と家族や郷土の平和を守るため命をささげ、今日の平和と繁栄を築いた』というようなほとんど同じ表現の、英霊賛美、戦争責任（その英霊たちが中国をはじめ、アジアのたくさんの人々……信じられないことだが、一千万人以上の大部分が一般市民、を殺した責任。一番被害の大きかった中国共産党は日本人を戦犯にしなかった。……ナチスが殺したユダヤ人は六百万人、その約倍――社会科の教科書から）にほおかぶりした決議がどこでもかしこでも行われているのだ。

なんとも程度の低い国である。

　こんな自分のことしか考えていない、身勝手な国が、火山爆発を起こして海のもくずと消えても、どこの国も困らない。むしろ静かになって喜ばれるぐらいのものだ。


　考えてみれば、これは日本だけの状況ではなかったようだ。地球そのものがこわれかかっているのだ。地球の上空を温暖化ガスがおおっている。中国とアメリカがとびきり多い。このため氷河が溶けて、南太平洋の島々の一部は海水の中に没しはじめている。北極の氷が溶けても海面は上昇しないが、南極大陸とグリーンランドの氷が全部溶けると、世界の海面は十数メートル上昇するらしい。大河の三角洲に発達した日本の大都市は、四階の床まで浸水して、大半が海中都市になるだろう。

　大統領になりそこねたアル・ゴアが「不都合な真実」を書き、地球温暖化の危機を警告した。大阪文学学校では、木辺弘児が入学式の時などに地球が破滅すると話し、新入生のどぎもをぬいた。ヘーゲルの歴史的弁証法——正・反・合とアウヘーベン（止揚）を繰り返し、人類は進化すると考えたが、産業革命以来三百年、ここにきて行きづまってしまった。環境変化が生きものをおびやかしはじめている。ここ数年、大雨の被害がはなはだしい。台風も年々凄くなってきた。人類は進化しすぎて、地球をこわしはじめた。

　長期的にみると、地球上では今後、台風による災害リスクは高まるとされている。温暖化で海面水温が上昇すると、大気に含まれる水蒸気の量が増え、台風が発生しやすくなるためだ。

夜もふけてきた。いっぱいの人を乗せ、いっぱいの車を乗せ、ビルやマンションを載せ、騒がしい、たいていは馬鹿馬鹿しいおびただしい電波を乗せ、初夏の激しい雨にたたかれている満員列島。……今夜も無事に沈んでくれるだろうか。誰も気づかないうちに、音もなくぐいぐいと。

もっとも、海の底に沈んでいる時には、うつぶせになり、泳いでいる蛙のような恰好をして、夢も見ないで前後不覚に眠っていると思うが——。明日の勤めがあって、眠らない若者のようにいつまでも起きているわけにはいかないのだ。初夏、深々とした海の底のみずみずしい新緑の街路樹の下を、日本列島が浮上する明け方まで、どこまでも歩いてみたいものである。

水いらず

夫は月に一、二度酔っぱらって帰ってくる。その時はたいてい大騒ぎになった。電車に乗って、少し道のりはあるが、駅から歩き、玄関まではしっかり帰ってくるようなのだが、一歩玄関を入ると様子がおかしくなる。そこで服を脱ぎはじめるのだ。もう度々なので彼女はつき合っていられないからほうっておくと、素裸になってマンションの狭い廊下で寝てしまうのである。初夏や秋口でも寒さを感じないらしい。とにかく暑くてしかたがない、ネクタイが苦しい、シャツやパンツが邪魔だとわめく。

一度彼女に告白したことがあった。――アルコールにたっぷり漬かって、電車をがまんして帰ってきて、玄関を入った途端に気がゆるんで、白い渦の中で世界がぐるぐる廻りだすと、そんな中で意識を失うのは恐怖だ、死の恐怖だ、というのだ。だから全部身につけているものを捨てて素裸になるのだ――と、訳のわかったようなわからないようなことをいった。

だがそのままほうっておいたら風邪をひくに違いない。彼はもう若くないのだ。しかたなくずるずる引っ張って寝室へ連れていくのだが、大きな身体はとても手に負えない。裸の尻を思いきりたたいたり、転がしたり追いたてたりするのだった。子供がいたらこんな醜態はとても見せられたものではない。まるで豚であった。

夏は、酔っぱらって帰ってくると、夫はすぐに風呂に入った。浴槽に水を張って水風呂に入る。いくら止めてもきかない。心臓麻痺でも起こさなければいいが。身体の中でアルコールが燃焼しているから、水で冷やすのだ。――というような理屈をいっている。これがいつまでたっても風呂から出てこない。さすがに水風呂からは出ていて溺死の心配はなかったが、洗い場で丸くなって寝てしまっているのだ。そんな姿を見ると、夫は本当に裸と水が好きなのだと思う。

夏の休日なんかはいつも素裸で過ごす。何度も水風呂に入る。クーラーなんかは必要を感じていない。しかし昔からそんな風であったわけではない。ランニングぐらいはつけていたし、パンツははいていた。素裸で過ごすようなことはなかった。

こんなことになってしまったのは、ここ十年くらいである。腹が出て恰好悪くなってから、素裸で部屋をうろうろするようになった。夫は色は白い方だったし、毛深い方でもなかったから、それに三十年近くなじんだ身体なのだからとりたてて嫌悪感はなかったが、出っぱった腹をしてチンチンをぶらぶらさせた姿でいられるのは、うっとうしい眺めである。

彼は冬でも寝る時はパンツをはかない。「お前もそうせえ、気持がええぞ」といわれたが、彼女はパンティを脱がなかった。あまりしつこくいわれて彼女もパンティを脱いだことがある。そうするとてきめんにお腹がごろごろ鳴りだした。薄いパンティ一枚、はいているかいないかで、それを敏感に身体は感じるらしい。あのパンティ一枚が大変なしろものなのである。

逆にいって彼がパンツを脱ぎたがる気持が分かるような気がするのだ。たった一枚の薄い布をはぎとることによって得られる開放感。パンツというしろものは、人間が人間である最後の砦かもしれなかった。

初夏に入った今日、久しぶりに夫は酔って帰ってきた。玄関で着ているものを全部脱いで、素裸で居間のソファーに座り込んだ。今夜はそれほど酒が入っている様子はない。

和室で彼女はアイロンを当てていた。静かだった。子供のいない生活にすっかりなじんでしまった。このマンションは高台に建っていて、市内にしては木が多かった。昼間は光の跳ねるベランダで洗濯物を干した。子供がいないから週に一、二度の洗濯ですむ。今日は春物の整理をした。

彼女は教職の仕事をかなり前に辞めたが、まだ勉強は続けていた。大学の先生の下で、イギリスの教育関係や児童書の翻訳を手伝っている。子供の教育に対する考え方が日本とでは根本的に違うのである。特に家庭のしつけが。これは彼女にとっても課題であった。

あまり静かなので眠ってしまったのかと居間を覗くと、ソファーの夫は顔をうつむけて、ぷくっとふくらんだドッジボールのような自分の白い腹をいじっている。そして何かぶつぶついった。彼女に話しかけているのかと思って横に座って聞くと、「へそが見えへん、あっ、へその黒いゴマ、ゴマがたまってる」などとつぶやいている。二段腹になったくびれを左手で拡げ、十字を二つ重ねたような黒い線を出して、右手の小指でほじくりはじめた。

彼女はティッシュの箱を前のテーブルに置いた。そんなきたないものをソファーにこすりつけられたらたまらない。ゴマはなかなか取れないようだ。顎を胸につけて、酒が入っているためにしんどいのかうんうんいっている。爪を立ててこそげ始めた。「痛い……」「やめとき、傷つけるよ」と彼女は夫の手を押さえた。

「お前の見せてみ」と彼は酒くさい顔を上げた。「嫌や」といって彼女が立つと「お前のは中のかやくがみえてるもんな」と、とろんとした目でいう。彼女も腹が出てきて、ゴマが五つ六つついた、服のボタンのようなへそがぽっかりと腹の真中に開いていた。昔からへその奥まで見えていたが、それがいよいよ表に出てきた。おまけにそこに一本毛が生えている。夫はいつもその毛を抜きたがり、彼女は逃げ廻った。

「早よ水風呂に入って、寝たら」というと、「まだ水つめたい」とまともなことをいっている。今夜はまだ飲みたりないようなのだ。しかし家で続きを飲む気はないらしかった。

彼女は一人しか子供を作らなかった。結婚して三年目だ。十年前にその一人息子を交通事故で亡くした。

その時息子は高校受験に失敗して浪人生活を始めていた。友達が全員高校の夏の制服に替わったのを見届けた六月の初めである。単車に乗って、ドライブに行き、崖道の曲り角でダンプと正面衝突した。真昼間の事故だ。ダンプの運転手の話や現場の事故調査の結果では、ブレーキを踏んだ跡がなく、息子の方がフルスピードでダンプに突っ込んだ様子なのであった。

受験高校にこだわったのはむしろ彼女の方だ。彼女はその頃高校の非常勤講師をしていて、各高校の事情が分かっていた。息子の実力のこともあり、無理な有名高校を選んだわけではなかったが、どこでも良いとは思わなかった。公立一校と私立一校を彼女が選んで受けさせた。考えられないことに、その両方とも落ちてしまった。

「もうどこでもええやないか」と夫はいったが、彼女の方はむしろこの際、いさぎよく浪人することを勧めた。息子もそれを望んだ。

息子にはみえっぱりなところがあった。たいして勉強ができるわけでもないのに、自分はできるんだと思い込んでいるようなところがあった。試験に弱かった。試験には普段の実力が出せない、彼女にはそんな風に見えていた。なまじっかの過信はこれから生きていく上でいい結果をもたらさないだろう。真の実力と自信をつけさせるべきだと、彼女は夫にも力説した。いい加減な高校に入ってしまえばいい加減なままだ。そんなことではいい加減な人間になってしまう。一年ぐらいのブランクが何だと思ったのである。

この彼女の判断と息子の事故とは直接関係がないはずだが、息子の単車の方がダンプに突っ込んでいったらしい事故の様子に、彼女は戦慄をおぼえるのだ。鳥肌が立つのだ。早くも人生をあきらめたのか、もしくは劣等感のかたまりになって、そんな自分に嫌気がさした……あの選択はやっぱり無理だったのか。

夫は夫で、中学生の息子に単車を買い与えたことを後悔していた。高校受験浪人などという、とても肩身のせまい一年間の気ばらしに、その程度のことは聞いてやってもいい、と考えたことが不幸につながったことは確かだったから。もちろんこの時彼女は反対した……十六歳の誕生日から二ヵ月足らずの、免許取りたての彼らの子供はこうしていなくなってしまった。

　当時は郊外の小さな一戸建てに彼らは住んでいた。息子が死んだ年の夏の終わりのある真夜中、相当酔っぱらった夫は、若い警官に連れられて帰ってきた。若い警官は彼女に何もいわず、むしろ恥ずかしそうにそそくさと玄関の明りの下から夜の闇に立ち去った。

「どうしたの？」服を脱ぎパジャマに着替えて黙って寝室に入ってしまった夫に、彼女は心配で何度も聞いた。

「裸で公園のベンチで寝てたんや」彼はうるさそうにいい、ごそごそと背中を向けた。「裸で？公園で？」彼女にはなんのことかさっぱり分からなかった。夏の盛りは過ぎていて、裸にならなければならないほどもう暑くはない。むしろ夜はひやっとする風が流れたりするくらいだ。結局この夜は事態がはっきりしないままであった。

　息子が事故で死んでから、夫は時々酔っぱらって帰ってくるようになった。晩酌をしない彼はとりたてて酒好きということではなかった。それに酒に強い方でもなかった。飲もうと思えば飲み友達は会社にいっぱい居るらしい。あんなことがあった後だから、彼が飲みたい気持も理解できる。しかし終電には必ず間に合うように切り上げ、ちゃんと帰ってきた。べらぼうなタクシー代を払ったり、カプセルホテルに泊まるということもなかった。家に帰り着くのはいつも深夜の一時前というように決まっていた。

　警官に連れられて帰ってきてから十日目の金曜日、その日も夫の帰りが遅かった。夜中の一時はとっくに廻った。この時彼女は「公園……裸」という言葉を思い出した。二時になってとうとうたまらず、子供をよく遊ばせた住宅地の外れの公園まで、行ってみることにした。

　月が出ていて雲がなく、今日はいい天気であった。外灯はとっくに消え、青白い月の光の中で、木の葉のうっそうと茂った公園の中を眺め渡した。夫と息子はここでよくキャッチボールをした。木の下のベンチに腰かけ、当時高校の英語の講師であった彼女は、少しも進まない、レイチェル・カーソンの『沈黙の春』の原書などを読みながら、二人のキャッチボールを眺めたものだった。息子とのキャッチボールは夫にはまた特別のものであるらしかった。二人ともあまり上手には見えなかったが、ひどく真剣にボールのやりとりをした。

　……ベンチに白いものが横たわっている。それが夫だと判るまで、彼女は公園の入口からうかがっていた。気味が悪かったのだ。多分、夫の裸でなかったら、こんな場所で見る気が起こらなかっただろう。死体だと早合点して悲鳴を上げただろう。彼女は心持ちせきこみ、足をもつれさせて広場を横切った。

　土の上に服を全部脱ぎ捨て、彼はあおむけに素裸で寝ていた。ベンチに横たわった青白い身体は気持よさそうに伸びていて、なんだか悲しい眺めだった。「家へ帰ろ……」夫の半立ちになったチンチンをちょっとつまんではじき、彼女は話しかけた。口を開けた夫の寝顔はなんとも間が抜けたものであった。

人間が二足歩行をはじめた時、人間は大地と離れてしまった。大地の生き物ではなくなった。身体の毛が無くなった時、人間は森の動物でも草原の動物でもなくなった。あの時、人間は海へ帰るべきだったのだ。毛の無い裸の二足歩行の動物など、どう考えてもおかしな生きものである。自然と共生できる自然は海だったはずだ。

この時以来、大地から離れ、自然から離れ、したがって身を寄せるところがなく、孤独で寒々とした生きものとして、洞窟の中などで、火を熾《おこ》して暮らさなければならなくなった。今も服などを着てしのいでいるが、それはごまかしにしか過ぎない。この不自然さと、自然と共生できない身寄りのなさ、淋しさ頼りなさはとてもごまかせるものではない。

うつむいてへそのゴマを取っていた夫は、自分の腹を眺めるそんな姿勢に疲れてしまったのか、それとも寒さを感じはじめたのか、さきほどの裸のままごそごそと布団に入った。そうして夏布団をしっかりかぶった。ここにも寒々とした身寄りのない生きものがいる。

顔を洗い歯をみがいて彼女も寝ることにした。今夜は思い切って裸で寝ようと思った。またお腹が冷えて下痢をするかもしれないが、その時はその時だ。冷たいすべすべした、肌と肌の触れ合う孤独な感じが、彼女も嫌いではなかった。それは生きている感じとはまた違うものだ。人の肌のひんやりした感触は、人類が選んで進化してきた、淋しいはるかな道のりを感じさせる、悲しみに満ちたものであった。彼女は服をすべて脱ぐと、布団を持ち上げ、初夏の肌を夫の背中にすべりこませた。

初夏の朝の夢

——一九九二年、K（六十二）H（四十四）T（四十一）M（五十二）彼（五十五）——

どうやら文学学校の事務局らしい。

ボロ家である。がらんとしていて、真ん中に細長い折りたたみ式のテーブルがいくつかくっつけて置いてある。壁も床も古びた板張り。昭和三十年頃の、彼が在学していた大学の部室のような感じ。立ったり、パイプ椅子に座ったりしている五、六人の中年の男女。木の桟が外れそうなガラス窓を、滝のように雨がつたい流れる。強い風に枝が引きちぎられそうになっている木が、ひずんで見えた。

「早いことしましょ、しましょ、板を当ててぱっぱっと釘を打って、そうしかしょうがないでしょ」

とH氏。

「これはやね、板を当てて釘打ってもあかん、そんな応急処置をしてもやね、解決にはなれへん」

とK氏。

「ほんだら、どないしたらええの、あたしはこんなとこに居たいことないのよ、ほんま、逃げて帰りたいわ」とT女史。それからぶすっとしてすねたように一言も発しないM氏。その横で彼も黙って聞いている。風と雨の音が激しくなり、嵐が近づいてきた。このままでは本当につぶれてしまう。

おやじが入って来て、ライフル二丁と拳銃三丁をテーブルの上にどさっと置き、その間に実弾の箱を並べ何発かをばらまく。ライフルは長い棒の手元に、銃把のような握る部分がついただけのもの。拳銃は大型のライターの上部に、トーチランプがついたような感じのもの。彼はそれを見て即座に決めた。

「俺はライフルにするわ」

と手に取り、実弾を五、六発ポケットに入れた。ライフルの銃身は切りたての生木の枝のように濡れていた。


荒野に風が吹いている。よく見ると荒野というほどのものではなく、玉石のごろごろした殺風景な河原のようなところである。

彼は銃を構えていた。彼のまわりにヤクザが四、五人つまらない顔をして大きな石に腰掛けたり、腰に手を当てて立っていたり、中の一人などはしゃがみ込んで、膝の上に方杖を立てて顎を支えて、物珍しそうに彼を見上げている。本当に失礼なやつだ。

「撃つぞ、ほんとうに撃つぞ」

彼は一人に銃を向け、引き金を引いた。音もしないし、弾の発射された反動もない。彼は銃身を逆さにして、弾を手の平で受けた。弾を調べてみると、不発弾ではないらしい。尻の方が黒くこげている。二発目も駄目だ。弾を取り出してみると、やはり尻が黒い。

彼はあせってきた。三発目は、確かに発射した感覚があった。ところが胸をぶち抜かれたはずの男は、平然として立っているのである。

「ヤクザはもう行ったんか」

彼は妻に聞いている。

「嵐みたいなもんや、通り過ぎただけや」

「少なくとも三人は殺したはずや、俺も一人は殺した」

「そんなん関係ないの違う」

妻はつまらなそうにいった。

彼は残った弾をポケットから取り出して捨てた。ポケットの袋を引っ張り出し、ほこりをはたく。日本は銃の所持はうるさい。警官に調べられたらやっかいだ。

「被害はなかったか」

「アキが連れて行かれた」

「えっ！」

彼がショックを受けているのに、妻は平気な顔をしている。

「えらいこっちゃないか」

「だいじょうぶや、どこへ行ったか分かっているし、あの子、今、血や」

「血？……」

彼はたちまち了解した。アキに初めてのメンスが始まったのだ。そんな子に乱暴はしないだろうという意味だ。

「タクマは？」

「どこへ行ったかわからん、今夜は帰ってきぇへん、いつものこっちゃ」

娘を背負って彼は土手道を見上げた。広い土手道でヤクザがパレードをしている。御堂筋パレードのように、ハチ巻きをしめてハッピを着た人が、阿波踊りをしながら行くのもある。モーニング姿で社交ダンスをしながら行く男女もいれば、一人でダンスをしながら行く男もいる。いろいろだが、だらだらとただ歩いているだけの者も多かった。

娘は尻のあたりが血でなまあたたかく、足は両方とも血がつたい落ちていた。最初の時からこんなに血が出るものかな、と彼は思った。これなら誰だって、なんとかしようという気にはならないだろう……。子供は浴衣姿である。土手下の道を、ヤクザに見つからないように、子供を背負って、彼は背を低くしてすばやく横に歩いた。

道はしだいに山道になり、雑草の原の中に背の低い柿の木が赤い実をつけていたりする。確か今は夏のはずだが、と彼は夢の中で考えている。峠道から下を見ると土手道のヤクザのパレードはもう通り過ぎたようだ。ほこりっぽく広い土道が、山の下へ大きくカーブして消えていた。

向こうの丘で、ゴザを広げて妻が弁当を開いていた。そこは一面の若草だ。手前の丘に立って、彼はしきりに妻の名を呼んだ。二つの丘の間には深い谷があった。向こうの丘では妻のすぐ近くで、一升瓶を転がしたりして、ヤクザが酒盛りしているのだ。こちらから見ても分かるのに、妻は気づいているのか気づいていないのか、知らん顔である。何度呼んでも、聞こえているのか聞こえていないのか、やはり知らん顔である。

「何を考えているんや、あいつは！」

そこへ老婆が現われた。高橋留美子の『めぞん一刻』に出てくる、出っ歯のしわくちゃのちんちくりんのばあさんである。

「わてが呼んできまひょ」

そのばあさんは大阪弁を喋り、とことこ山の方の小屋の後ろの道を行く。なるほどそこから向こうの丘につながっているのか。彼は小屋の日陰になっているところにゴザを敷いた。これでよしっ……と。

ところが、いつまで待っても誰もやってこない。迎えに行ったばあさんも帰ってこない。彼はいらいらして煙草ばかり吸った。すぱすぱ吸うものだから、煙草は二分ともたなかった。

彼が小屋を廻って山道を辿り、向こうの丘の上にやって来ると、妻の敷いたゴザの上で、妻に日傘を差し掛けられ、一人のヤクザがあぐらを組み、あろうことか妻の持参した弁当をおいしそうにぱくついているのだ。彼は声を荒げた。

「どないしたんや」

「あんたこそ、どこへ行ってたの、もう三時やで」

「俺はやなあ……」

ふと見ると、ヤクザが妻の尻を撫でている。彼はかっとなり、そこに落ちていた軽い枝でヤクザの背中を殴った。男は「ぎゃっ」とおおげさな悲鳴を上げ、這って逃げた。ヤクザは真っ黒なマンボズボンをはいていた。

近くで宴会をしていたヤクザが総立ちになった。彼は木刀を振りかぶり、気が狂ったようにぶるぶる震える。その時木刀は本物のずしりと重いものになっていた。

「野郎！　一人二人の頭はかち割ってやる、あとはどうなってもかまわんのじゃ」

ヤクザたちは叫んでいる彼の方は見ずに、声を低め、

「気違いと喧嘩して、ケガをしたら損や、帰ろ、帰ろ」

と仲間同士でいって、

「気違いと目を合わすなよ」

とささやき合い、手早く片づけ終わると、あっという間に引きあげてしまった。

まだ血走った目で妻の方を振り返ると、彼女は弁当を谷底へ投げ捨てているのだ。

「私の作った弁当なんか、食べられへんのやろ、どうせよそで食べてきたんやろ」

とふてくされた態度で、白い目をむいていった。

「お前なあ、俺がヤクザと死にものぐるいになってやり合っているのにやで……」

彼がしいて怒りを押し殺していっているのに、それに押しかぶせるようにしていいつのるのだ。

「もう三時やで、いつも時間にうるさいくせに、自分はなんやの」

「お前なあ……」

とうとうぷつんと切れてしまった。

「もうやめや……やめた、やめた」

彼はこういいながら、木刀を谷底に投げ捨てた。からんからんと落ちていく。

「もう、ようつき合いせんよ、君とは……」

彼がいうのを、ぶすっとした顔で妻が見ている。いつまでたっても何もいわない。いよいよ腹が立ってきた。

彼は気をつけて崖道を下り、谷川を渡って向こうの山に登ろうとした。

谷の反対側の山は、岩が組み合わさったような絶壁である。岩の角に手をかけると、積木崩しのようにがらがら落ちる。足元の岩もぐらぐらしている。悪戦苦闘して、いくつもの岩をずり落としているうちに、もうもうとした土煙の向こうに、ぽっかりと洞窟が穴をあけているのが見えた。彼はかろうじて、その洞窟に這いずり込んだ。

ほこりっぽい穴の中を這い進んで行くと、ようやく向こうの方に、明りが見えてきた。近づいて行くと、それははるか遠くの海のきらめきであるのが分かった。

洞窟の反対側に出た。そこは一面の笹藪である。山あいの向こうに、明るい海が見えた。ところによって背よりも高い。ひどい笹藪をかきわけて下ると、不意にきれいな谷川に出合った。

谷川の岸に何本か木があって、青葉が茂り、その下に小さな草原があった。周囲も一面の笹藪で道らしいものがないのに、草原には舟のような掘建て小屋がある。小屋？　舟を引き込んで入れるための小屋掛けしたような型のものだ。舟は入ってなくて、杉丸太を横にして、梁の上に何本も差し込んである。屋根の一番高いところが、彼の背ぐらい。間口が一間、奥行きが三間、丸太の保管用の小屋掛けらしい。壁がないから、屋根の下はすかすかしていた。掛け渡された丸太の下は、人が這い込める程度の隙間がある。

彼には、これが自分の終《つい》の住処であることがわかった。風は駄目だが、雨はしのげるだろう。谷川の中を登ってくるしかないから、人はめったにやって来ないはずだ。暑さはまだまだ続くので、素裸で過ごせばいい。虫や蚊もいるだろうし、少しぐらいの寒さには堪えられるように肌をきたえる必要がある。動物のように皮膚を硬くするのだ。人間はもともと動物なんだから、きっとその方が風邪をひかないに違いない。

それに……妻が嫌がるシーツや寝間着を汚すというようなこともない。彼はにやりと笑った。彼は若い頃から寝間着の下にはいっさい下着をつけなかった。寒がりの妻の方は下着を二枚ぐらい着て、その上にパジャマを着るものだからころころしている。お互いにそんな相手を嫌った。もうよけいないざこざはないのだ。

ポケットには、六月の給料日の後だから財布に十万円ばかり入っていた。一日食パン一個で食いつなぐなら、半年は食べて行けるだろう。パンを買いに出かける時とか、最後にここを出て行く時には、谷川で身体を洗い、服を着る。服も下着も靴も、丸太の上に置いておけばいつまでもきれいなままだ。そうだ髭をそるために、カミソリだけは買う必要があるな。

——秋である。

京都の奥の両親の家の茶の間で、おやじとおふくろと妻が、和菓子を食べながら話し合っていた。おふくろと妻は、京都の和菓子が大好きなのだ。そんな甘ったるいもの、彼は大嫌いだ。

「先に遺産相続しといた方がええよ。土地や家の方、今のところ借金ばっかりやから、相続税はとられへん。相続しといてから、……生前贈与になるんかな、まあどっちでもかめへんやないか……あいつの退職金や企業年金で、ローンを一括して返したらええんや……生命保険も入るしな……ローン払わなんだらやっていけるやろ」

「はあ、あの人の月々のお金、家のローン払ろたら終わりやったんです。家買うの遅かったからもう借金ばっかしで。……登校拒否で二年ほど遅れましたけど、タクマは来年大学卒業ですし、就職もしっかりした会社に内定してます……わたしもアキも勤め持ってますから、なんとかやっていけますわ……それにあの人、もう窓ぎわで、先はないし」

おやじと妻の話におふくろも加わる。

「それにあの子、ゴルフやとか、同人誌やとか、結構金かかってたやろ」

「それはもう、結構かかってました」

二人はにこやかにうなずき合った。

「あの子がおらんようになったら、あっちもこっちもうまいこといくねん」

おやじもおふくろもいきいきとしていて、若返ったような歯切れのよさだ。妻も終始にこにこしている。

人が死にかかっているのに、いやまだ生きているというのに、と彼はつくづく嫌になった。少し前から蚊がいなくなって、ここも過ごしやすくなっていた。

もう何日里に降りていないのだろう。小屋から顔だけ出して、草の上に寝ころびながら空を見上げている。薄い雲を浮かべた空は高く、上空は寒そうだ。今日は何月の何日か分からないが、冬が近いのだろう。

いつの間にか彼は目を閉じていた。何も考えることがないし、思い浮かべることもないのに、すごく楽しい夢が広がってくる。小屋の近くの木々の葉っぱのゆらめきが、彼の閉じた目の上に木漏れ陽を踊らせる。光と影のたわむれが、彼の夢にいきいきとした色どりを与えるのだ。ここ数日、何度かすごく楽しい夢を見ているのに、その内容が少しも記憶に残らなかった。

評論
金子光晴「おっとせい」を読む

●金子光晴の詩から

最初に金子光晴から入っていきたい。私の心をゆさぶったのは、日本人の国民性を批判したり、諷刺したり、嫌悪したり、憤慨したり、愛惜したりした、寂しさに満ちた、孤独な彼の詩である。

次の詩は、日中戦争が始まった一ヵ月後に出版された、詩集『鮫』の中に収められたものだ。一九三七年八月であり、私はその年の四月に生まれている。印刷製本された二百部は梱包も解かないで、光晴の家と発行者の武田麟太郎の家に山積みされていたらしい。つまりそういう時局であり、時代であったのだ。この時光晴は四十一歳、彼は十二月二十五日生まれなので、一年繰り上げ、一八九六年生まれとして計算した。

おっとせい

一

そのいきの臭えこと。

くちからむんと蒸れる。
そのせなかがぬれて、はか穴のふちのようにぬらぬらしてること。
虚無《ニヒル》をおぼえるほどいやらしい、
おゝ、憂愁よ。

そのからだの土嚢のような
づづぐろいおもさ。かったるさ。

いん気な弾力。
かなしいゴム。

そのこゝろのおもひあがってること。
凡庸なこと

菊面《あばた》
おほきな陰嚢《ふぐり》。

鼻先があをくなるほどなまぐさい、やつらの群衆におされつつ、いつも、
おいらは、反対の方角をおもってゐた。

やつらがむらがる雲のやうに横行し
もみあふ街が、おいらには、
ふるぼけた映画《フィルム》でみる
アラスカのやうに淋しかった。

二

そいつら。俗衆といふやつら。

ヴォルテールを国外に追ひ、フーゴー・グロチウスを獄にたたきこんだのは、
やつらなのだ。
バタビアから、リスボンまで、地球を、芥垢《ほこり》と、饒舌《おしゃべり》で
かきまはしてゐるのもやつらなのだ。

嚔《くさめ》をするやつ。髯のあひだから歯くそをとばすやつ。かみころすあくび、きどった身振り、しきたりをやぶったものには、おそれ、ゆびさし、むほん人だ、狂人《きちがい》だとさけんで、がやがやあつまるやつ。そいつら。そいつらは互ひに夫婦《めをと》だ。権妻《ごんさい》だ。やつらの根性まで相続ぐ倅《うけつ》どもだ。うすぎたねえ血のひきだ。あるひは朋党だ。そのまたつながりだ。そして、かぎりもしれぬむすびあひの、からだとからだの障壁が、海流をせきとめるやうにみえた。おしながされた海に、霙のやうな陽がふり濺《そそ》いだ。やつらのみあげるそらの無限にそうていつも、金網があった。

…………けふはやつらの婚姻の祝ひ。
きのふはやつらの旗日だった。
ひねもす、ぬかるみのなかで、砕氷船が氷をたたくのをきいた。

のべつにおじぎをしたり、ひれとひれをすりあはせ、どうたいを樽のやうにころがしたり、そのいやしさ、空虚《むな》しさばっかりで雑閙《ざっとう》しながらやつらは、みるまに放尿の泡《あぶく》で、海水をにごしていった。

たがひの体温でぬくめあふ、零落のむれをはなれる寒さをいとうて、やつらはいたはりあふ
めつきをもとめ、かぼそい声でよびかはした。

三

おゝ。やつらは、どいつも、こいつも、まよなかの街よりくらい、やつらをのせたこの氷塊
が、たちまち、さけびもなくわれ、深潭のうへをしづかに辷りはじめるのを、すこしも気づか
ずにゐた。
みだりがはしい尾をひらいてよちよちと、
やつらは氷上を匍ひまはり、
………文学などを語りあった。
うらがなしい暮色よ。
凍傷《しもやけ》にただれた落日の掛軸よ！
だんだら縞のながい影を曳き、みわたすかぎり頭をそろえへて、拝礼してゐる奴らの群衆のな
かで、

侮蔑しきったそぶりで、
たゞひとり、
反対をむいてすましてるやつ。
おいら。
おっとせいのきらひなおっとせい。
だが、やっぱりおっとせいはおっとせいで
たゞ
「むかうむきになってる
おっとせい。」

俗衆の中で憤慨し、嫌悪している、自分はどこにいるのか、なにをしているのか、金子光晴は、「一」の終わりの方で「鼻先があをくなるほどなまぐさい、やつらの群衆におされつつ、いつも、おいらは、反対の方角をおもってゐた」と書き、「やつらがむらがる雲のように横行し、もみあふ街が、おいらにはふるぼけた映画でみるアラスカのやうに淋しゐ」と感じるのである。詩の最後の数行が決定的であった。「みわたすかぎり頭をそろえて、拝礼してゐる奴らの群衆のなかで」「侮蔑しきったそぶりで、たゞひとり、反対をむいてすましてるやつ」「おいら。おっとせいのきらひなおっとせい。だがやっぱりおっとせいはおっとせいで、たゞ、『むかうむきになってゐる、おっとせい。』」なのである。

この詩の場合、俗衆を見ている主人公（作者）の位置付けがむつかしい。俗衆（日本人）を、見おろしている視点に立てば、反感を買う。そうかといって、単に俗衆の一人としての視点で書けば、何も見えない。俗衆が見えてこない。自分だけ反対の方角を見ているのがいい。

「おいら、おっとせいのきらひなおっとせい。だが、やっぱりおっとせいはおっとせいで、たゞ『むかうむきになってゐる、おっとせい。』」これは限りなく孤独で淋しいことなのだ。そしてアラスカのように寒いのである。

岩波文庫の『金子光晴詩集』清岡卓行編の解説に、詩集『鮫』以降に書いた詩作の状況が書かれている。

〈このあと、しだいに苛烈になった戦争のいろいろな時期に書かれ、あえて雑誌に発表されたものもあるが、特高の眼がきびしいためそうできなかったものがずいぶん多く、最終期には発表の不可能を知りながらも書かずにはいられない場合がつづいた詩作品〉の中から、数編、日本人の精神構造を書いたものを中心に述べたい。

落下傘

一

落下傘がひらく。
じゅつなげに、

旋花《ひるがほ》のやうに、しをれもつれて。

青天にひとり泛《うか》びたゞよふ
なんといふこの淋しさだ。
雹《ひょう》や
雷の
かたまる雲。
月や虹の映る天体を
ながれるパラソルの

なんといふたよりなさだ。
だが、どこへゆくのだ。
どこへゆきつくのだ。

おちこんでゆくこの速さは
なにごとだ。
なんのあやまちだ。

二

　この足のしたにあるのはどこだ。
……わたしの祖国！
さいはひなるかな。わたしはあそこで生れた。
　戦捷《せんせふ》の国。
父祖のむかしから

女たちの貞淑な国。
もみ殻や、魚《うを》の骨。
ひもじいときにも微笑む
躾《しつけ》。
さむいなりふり
有情《あはれ》な風物。

あそこには、なによりわたしの言葉がすっかり通じ、
かほいろの底の意味までわかりあふ、
額《ひたひ》の狭い、つきつめた眼光、肩骨のとがった、なつかしい朋党達《ほうたうたち》がいる。

「もののふの
たのみあるなかの
酒宴かな。」
洪水《でみづ》のなかの電柱。
草ぶきの廂《ひさし》にも

ゆれる日の丸。
さくらしぐれ。
石理《きめ》あたらしい
忠魂碑。
義理人情の並ぶ家庇《やびさし》。
盆栽。
おきものの富士。

三

ゆらりゆらりとおちてゆきながら目をつぶり、
双《ふた》つの足うらをすりあはせて、わたしは祈る。
「神さま。
どうぞ。まちがひなく、ふるさとの楽土につきますやうに。
風のまにまに、海上にふきながされてゆきませんやうに。
足のしたが、刹那《せつな》にかききえる夢であったりしませんやうに。

万一、地球の引力にそっぽむかれて、落ちても、落ちても、着くところがない
やうな、悲しいことになりませんやうに。」

前掲の作品にくらべ、日本国や日本人に対する作者の思いや書き方がまるっきり違っているのだ。しかし二度三度読み返すうちに、書かれた内容と、彼の思いの間に大きなずれがあるのが分かってきた。

まず第一に「わたしの祖国」「戦捷の国」がおかしいのだ。落下傘の下に見える国は、敗色濃厚であり、やがて連日空襲を受け、一面の廃墟と化すのである。第二に「女たちの貞淑な国」がおかしい。金子の美人の妻は、彼の旅行中、アナーキストである美青年の年下の男と恋に落ち、家をあけていて、連れ戻さなければならなかったのである。金にも苦労したし、妻にも苦労したのであった。

このあたりのことを小野十三郎が『現代詩手帖』にくわしく書いている。

〈落下傘は空無の青天をひとりただようように見えても、つねに足もとは自分が住んでいる国土である。その国土とは「戦捷の国」であり、「もみ殻や魚の骨、ひもじいときにも微笑む、躾」の国であり、「額の狭い、つきつめた眼の、肩骨のとがったなつかしい朋党」がひしめき合っている国であり、「さくらしぐれ」や「忠魂碑」やおきものの「富士」の国である。作者は、言葉としてはそれらに対して否定的な修辞を一つも使っていない。全肯定である。第三章では、「神

さま、どうぞまちがひなく、ふる里の楽土につけますように」とすら歌っている。
にもかかわらずこれを読むとき、私たちはこの詩の寂寥と孤独の底をながれているリズムは、故国を支配している一切の古い勢力や古い秩序に対する、否定の精神から生れたものであることをただちに感じることができる。

（中略）

日本の中国に対する侵略戦争がはじまったのは昭和十二年だが、その当時の日本の指導者層の精神的貧しさ低さを、この詩人ほど強く身をもって感じていた詩人は少ない。彼が生活と言うとき、それはそういう一部の人間にあやつられていた一般庶民の生活を意味するが、彼の場合は、そういう屈辱的な生活の打開を、他のより実際的な方法や手段によってもとめると言うよりも、それを自分一個の問題に帰して、他からみると不当ともみえる過大な責任を自分に課したところに特徴がある。金子はおそらく彼自身の屈辱感のみなもとを、政治に見るよりも、人間の内部に見ているのだろう。そこからは人間への不信が生れてくることは当然だし、自虐性の中へ埋没してしまったり、反俗精神がそのまま羽化登仙して、文字通り現実離れしてしまうおそれもなしとはしない。

この詩を読んでも、私は金子の中にそういう抜きがたいニヒリズムを感じる。これは一種の病気である。反逆精神としてのニヒリズムは、前にも述べたようにその位置において正しく評価されなければならないが、しかし詩人が、外部的な権力によってねじ曲げられていないまっすぐな人間の心の中へ、ほんとうに帰りつくためには、まず自らの病気の治癒にかからなければならない。金子の詩に最も見事な美的反映を与えているこのニヒリズムの病気の根源を洗う力が、いまどの方向からきているか、そしてそれが私たちの抒情と詩の美学に今後どういう革命をもたらすか、この詩は私にそういうことなどをいろいろ考えさせるのである〉

今回、日本人の精神構造をあばき出そうとしている私に、金子光晴の詩は少し違った様相を見せている。小野十三郎が、〈作者は、言葉としては「それら」に対して否定的な修辞を一つも使っていない。全肯定である。第三章では、「神さま、どうぞまちがひなく、ふる里の楽土につけますように」とすら歌っている〉ということに対してである。

ここで書かれている「それら」は、第一に「ふる里」が、「楽土」であるということだろう。当時の金子にとって、日本はとても「楽土」といえるものではなかったことは明白である。小野がいうように、それらは金子の「否定の精神」から生まれたものであろう。そこはいきの臭い、ぬらぬらとしたおっとせいが、むらがり住んでいる国である。第二には最初に書いたように、「戦捷の国」「女たちの貞淑な国」という言葉が私には皮肉に聞こえるのだ。

「忠魂碑。義理人情の並ぶ家庇」そこに「ゆれる日の丸」が私には諷刺に聞こえるのである。大本営発表をうのみにして（そうでない人はそうでないわけだが）一喜一憂して、神風が吹くという戦捷を本気で信じている、日本国民の精神構造。「ひもじいときにも微笑む、躾」は小野が書いているように当時の日本の指導者の作り出した、自分たちに都合のよいモラル（精神構造）であるし、女たちの貞淑という、封建的美徳を、今もモットーにしているこれも男達の勝手なモラルだ。

とくに霊峰「富士」である。神国日本の象徴……富士の見える山中湖に、当時金子一家はかくれ住んでいた。バラックのような山小屋に、（十九歳の息子を杉の葉を燃やして煙でいぶし、医者に喘息のニセの診断書を書かせ）徴兵忌避を一人息子にさせ、親子三人、『父とチャコとボコ』という手づくり詩集を作ってひっそりと。そして、富士山に向かって「くそ、面白くもない」とつぶやきながら。彼はその富士を矮小化して、日本人好みの、盆栽、おきものの富士、と箱庭化してしまったのだ。

そこには徹底的な、日本人の精神構造に対する嫌悪があったように思う。「万一、地球の引力にそっぽむかれて、落ちても落ちても、着くところがないやうな、悲しいことになりませんやうに」とやはり金子は願わざるをえなかった。日本人の金子光晴は、そこしか帰り着くところはないのだ。「おっとせい」の、むこうむきになっている、おっとせい、と同じように、やっぱり息のくさい、彼は日本人であったのだ。「おっとせい」の場合は同じ目線で見ているが、こちらの方ははるか上空から見おろしている違いはある。

病気ではなく、そんな彼は徹頭徹尾健康だと思う。彼以外の全部は病気で、彼だけが健康なのだ。小野十三郎は、それを皮肉って書いているようなのだが。

子供の徴兵検査の日に

癩の宣告よりも
もつと絶望的なよび出し。
むりむたいに拉致されて
脅され、
誓はされ、
極印をおされた若いいのちの
整列にまじつて、
僕の子供も立たされる。

どうだい。乾ちやん。
かつての小紳士。
ヘレニズムのお前も
たうとう観念するほかはあるまい。
ながい塀のそつち側には

逃げ路はないぜ。
爪の垢ほどの自由だつて、そこでは、
へそくりのやうにかくし廻るわけにはゆかぬ。
だが柔弱で、はにかみやの子供は、
じぶんの殻にとぢこもり、
決してまぎれこむまいとしながら、
けづりたての板のやうな
まあたらしい裸で立つてゐる。

父は、遠い、みえないところから
はらはらしながら、それをみつめてゐる。
そしてうなづいてゐる。
ほゝゑんでゐる。
日本ぢゆうに氾濫している濁流のまんなかに
一本立つているほそい葦の茎のやうに、
身辺がおし流されて、いつのまにか
おもひもかけないところにじぶんがゐる

そんな瀬のはやさのなかに
ながされもせずゆれてゐる子供を、
盗まれたらかへつてこない
一人息子の子供を、
子供がゐなくなつては父親が
生きてゆく支へを失ふ、その子供を
とられまいと、うばひ返さうと
愚痴な父親が喰入るやうに眺めてゐる。
そして、子供のうしろ向の背が
子供のいつかいつた言葉をさゝやく。
——だめだよ。助かりつこないさ。
あの連中ときたらまつたく
ヘロデの嬰児殺しみたいにもれなしで
革命議会《コンベンション》の判決みたいに気まぐれだからね。

いくら発表の機会のない詩でも、はっきりと徴兵忌避とは書けなかったのだろう。私は当時は六、七歳でそれがどれだけ大変な犯罪か知らないが、それは命がけの、軍国主義の国家との闘いであるだろうとの想像はつく。このまったく健康な父親の、息子に対する思いやりは、愛情は、大変な危険思想であったのだ。二度も召集令状が来て、二度の徴兵検査を、この親子はやり過ごした。これが「むかうむきになってゐる、おっとせい」の態度であり、行動であった。日本島の、おびただしいおっとせいの中の、珍しい一匹であった。

これらは一九四三年、兵役が十九歳に引き下げられた中のことであり、山中湖畔のあばら家で、じっと息をひそめていた乾は、戦場に出ていく友人に申しわけなく、死を思ったこともあった。それは戦後も続き、この負い目は一生続くのだが、彼がかろうじて踏みとどまれたのは、尊敬する詩人である父親と一緒にやったということであった。群集とは、反対の方を向いて生きている父親の、こんな愚につかぬ戦争で、子供を死なせてたまるか、という信念の庇護があったからであろう。

みんなにそっぽを向くおっとせいは、みんなからそっぽを向かれているおっとせいである。集団に埋没して生きている日本社会で、みんなにそっぽを向かれて堪えられる日本人はそうはいない。日本人の精神構造は、そういうことには弱いのである。金子光晴は日本では稀有な詩人であった。これは土居健郎『「甘え」の構造』のパラドックスかもしれない。

夏目漱石や芥川龍之介と同じように幼年時代の体験によるものだろう。光晴の生後二年にして家業は傾き、女装させると稚児さんのように可愛かった三歳の幼児は、清水組の名古屋支店長の金子荘太郎の若い妻、須美の目にとまり、口減らしに金子家に養子に出されたのだ。両親に甘やかされる体験を持たないで彼は育ち、いつしか孤独に強い体質が身についたようなのである。

血

償はれる日はなく、創口から迸《ほとばし》る血漿は、
じぶんの赤さにまどはされておもふ。
「天にかゝって虹になろう」と、
だが、ほんたうは、捨てられたんだよ。自我の残骸、
——山とつまれた割れ罐、空き罐。残滓、泡、ひづみ
あってうつる顔。
汚物にひかれてはなれない糞蠅のやうに、
生涯を迷妄にさゝげた心ども！

きずぐちは白く裂けて
海水にそゝがれ、

とごりにすむ亡鬼。蠕虫《ぜんちゅう》と毛足類。

なりをしづめた死の寂寞。

ねぐるしい地球は、面紗をつけて
千万の父母のなげきが彷徨ふ。
残照にゆれてゐる海、浮流の友として
あひ呼ばふ纐纈《かうけち》の島と島
　　七・一〇　サイパン玉砕の報に

この詩には、静かな怒りが燃えている。〈ほんたうは、捨てられたんだよ〉軍部には救援の軍隊を送る気もない。とすれば、撤退すべきなのだ。しかし撤退も降伏も許さない。命令は、玉砕である。つまり捨石作戦なのだ。

〈きずぐちは白く裂けて、海水にそゝがれ〉

〈ねぐるしい地球は、面紗をつけて、千万の父母のなげきが彷徨ふ〉

金子の怒りは、闘っている敵のアメリカには向かっていない。つまり行き場のない怒りである。〈自我の残骸、山とつまれた割れ罐〉〈生涯を迷妄にさゝげた心ども！〉どう考えても、「自我」も「心ども」も、日本人の精神構造としか読みとれない。もちろんその背後には戦争を開始し、戦争を遂行している軍隊の指導部があるわけだけれど。「おっとせい」を書いた金子光晴の目は、それを通して、日本人の精神構造に向かっているように思える。この愚にもつかない戦争を起こしたのは、そんな日本人の精神構造であると。〈きずぐちは白く裂けて、海水にそゝがれ……〉はいかにも痛そう。軍部も群衆も、戦争を始めた一九四一年十二月八日はお祭りさわぎだったのだから。韓国を併合し、中国を侵略し、その果ての日米開戦である。そのつけがまわってきたのだ。

次の詩は長いので（一）（三）の全部と（二）の約半分をカットして掲載する。これは詩集『落下傘』に収められた一編である。

寂しさの歌

国家はすべての冷酷な怪物のうち、もっとも冷酷なものとおもはれる。それは冷たい顔で欺く。欺瞞は、その口から這ひ出る。
「我国家は民衆である」と。

ニーチェ・ツアラトウストラはかく語る。

二

寂しさに蔽はれたこの国土の、ふかい霧のなかから、
僕はうまれた。

山のいたゞき、峡間を消し、
湖のうへにとぶ霧が
五十年の僕のこしかたと
ゆく末とをとざしてゐる。

あとから、あとから湧きあがり、閉す雲煙とともに、
この国では、
さびしさ丈けがいつも新鮮だ。

この寂しさのなかから人生のほろ甘さをしがみとり、
それをよりどころにして僕らは詩を書いたものだ。
(中略)
あゝ、しかし、僕の寂しさは、
こんな国に僕がうまれあはせたことだ。

この国で育ち、友を作り、
朝は味噌汁にふきのたう、
夕食は、筍《たけのこ》のさんせうあへの
はげた塗膳に坐ることだ。

そして、やがて老、祖先からうけたこの寂寥を、
子らにゆづり、
樒《しきみ》の葉かげに、眠りゆくこと。
そして僕が死んだあと、五年、十年、百年と、
永恒の末の末までも寂しさがつゞき、
地のそこ、海のまはり、列島のはてからはてにかけて、
十重に二十重に雲霧をこめ、
たちまち、しぐれ、たちまち、はれ、
うつろひやすいときのまの雲の岐れに、
いつもみづ〳〵しい山や水の傷心をおもふとき、
僕は、茫然とする。僕の力はなえしぼむ。

（略）

四

遂にこの寂しい精神のうぶすなたちが、戦争をもつて
きたんだ。
君達のせゐぢやない。僕のせゐでは勿論ない。みんな
寂しさがなせるわざなんだ。

寂しさが銃をかつがせ、寂しさの釣出しにあつて、旗
のなびく方へ、
母や妻をふりすててまで出発したのだ。
かざり職人も、洗濯屋も、手代たちも、学生も、
風にそよぐ民くさになつて。

誰も彼も、区別はない。死ねばいゝと教へられたのだ。
ちんぴらで、小心で、好人物な人人は、「天皇」の名で、
目先まつくらになつて、腕白のやうによろこびさわ

いで出ていつた。

だが、銃後ではびくびくものだ
あすの白羽の箭《や》を怖れ、
懐疑と不安をむりにおしのけ、
どうせ助からぬ、せめて今日一日を、
ふるまひ酒で酔つてすごさうとする。
エゴイズムと、愛情の浅さ。
黙々として忍び、乞食のやうに、
つながつて配給をまつ女たち。
日に日にかなしげになつてゆく人人の表情から
国をかたむけた民族の運命の
これほどさしせまつた、ふかい寂しさを僕はまだ、
生れてからみたことはなかつたのだ。
しかし、もうどうでもいゝ。僕にとつて、そんな寂しさなんか、今は何でもない。

僕、僕がいま、ほんたうに寂しがつてゐる寂しさは、
この零落の方向とは反対に、
ひとりふみとゞまつて、寂しさの根元をがつきとつきとめようとして、世界といつしよに歩いてゐるたつた一人の意欲も僕のまはりに感じられない、そのことだ。そのことだけなのだ。

昭和二〇・五・五　端午の日

この作品について、編者の清岡卓行は、〈「寂しさの歌」は敗戦の三ヶ月前に書かれており、戦争をもたらす大きな要因となった、日本人の内部構造（精神構造）における深い寂しさに、冷徹に迫った傑作だろう〉と解説していて、他に何も書くことはない。

最後に、一九六七年、作者七十歳の時に刊行した、詩集『若葉のうた』から「おばあちゃん」を記しておきたい。

若葉は、金子光晴の孫の名前であり、おばあちゃんは彼の五歳下の妻、森三千代である。

（以下『太陽』特集「金子光晴アジア漂流」一九九七年刊より）

三〇歳の時、光晴は生涯の相棒となった森三千代の訪問を受け、二度目の出会いで、求婚する。二度目の光晴の上海旅行中に、三千代が土方定一と恋におちた。そこで生活苦と、三千代と恋人との三角関係を打開するために、三千代にパリ行きを提案する。昭和三年九月（光晴三二歳、三千代二七歳）。三千代と東京を脱出し、ヨーロッパへのあてのない波瀾に満ちた放浪の旅がはじまった。

約五ヵ年にわたる旅は、三千代との危うい関係をかかえたまま、それぞれの土地でどうにか生活費を稼ぐ破天荒なものであった。光晴は得意の絵の才能を発揮して（一一歳で、浮世絵師・小林清親に日本画を習う）、当時東南アジアに進出していた日本人や企業に絵を売りつけながら、ジャワ島やマレー半島を渡り歩いた。

この後パリを中心とするフランスの生活は、悲惨をきわめた。他国人の就労が禁止されていたために、男色以外はなんでもやったと彼は後に述懐している。どの国の男たちにも好まれる、日本の伝統芸術？　である。たくさんの春画も書かれた。絢爛《けんらん》たる上海の京劇、光あふれる爪哇《ジャワ》の自然、都会の底辺をさまようパリの女たち……

旅先の光景に男と女を重ねながら、金子光晴が描いたエロスの世界として、グラビア誌『太陽』には、詩人の秘画の特集も組まれている。洋行帰りの金子夫妻とダブってしまう春画もある。こういう貧乏な冒険旅行を、楽しんでいるような、三千代にはタフなところがあった。

おばあちゃん

『若菜』のおばあちゃんは
もう二十年近くもねている。
辷り台のやうな傾斜のベッドに
首にギブスをして上むいたまま。

はじめはふしぎさうだったが
いまでは、おばあちゃんときくと
すぐねんねとこたへる『若菜』。

なんにもできないおばあちゃんを
どうやら赤ん坊と思っていたらしく
サブレや飴玉を口にさしこみにゆく。

むかしは、蝶々のやうに翩々《へんぺん》と

香水の匂ふそらをとびまはった
おばあちゃんの追憶は涯なく、ひろがる。

そしておばあちゃんは考える。
おもひのこりのない花の人生を
『若菜』の手をとって教えてやりたいと。

ダンデイズムのおばあちゃんは
若い自身につけた宝石や毛皮を
みんな、『若菜』にのこしたいと。

できるならば、老の醜さや、
病みほけたみじめなおばあちゃんを
『若菜』のおもひでにのこすまいと。

おばあちゃんのねむってる眼頭に
じんわりと涙がわき　枕にころがる。

願ひがみなむりとわかっているからだ。

こうして波瀾に飛んだ人生を共にした光晴のパートナーは、リューマチの闘病生活を送って、彼より二年、生き延び、一九七七年に亡くなった。

今年七十八歳になる私は、孫に対するこのおばあちゃんの気持がよくわかり、ずしんと心にひびくのだ。

●ドイツと日本の小説から

金子光晴の「おっとせい」という詩は一九三七年。その時代の日本人の国民性に嫌悪したり、憤慨したり、愛惜したり、寂しさに満ちた、孤独の中にいた光晴の状況が、七十八年経った現在、解消されているのか、ということである。こちらの方が私にとっては問題である。現在のドイツと日本の小説から、日本人の国民性（日本人の精神構造）を解明したい。

ベルンハルト・シュリンク『朗読者』より

〈ときおりぼくは、ナチズムの過去との対決というのは学生運動のほんとうの理由というよりも、むしろ世代間の葛藤の表現であって、それこそが学生運動の駆動力になっていたのだと思うことがある。どの世代も親の期待からじぶんを解放しなければならないわけだが、ぼくたちの場合その親たちは、第三帝国において、あるいは遅くともその崩壊後において、誤った行動をとったということで片づけられてしまった。ナチの犯罪に手を染めた者、それを傍観していた者、目をそらしていた者、あるいは一九四五年以降においても戦争犯罪を追及しないどころか、戦犯を受け入れてしまった者——そんな人間が、子どもに何を言う権利があるのだろう。しかし親を責めることができない子どもや責めたくない子どもたちにとっても、ナチの過去というのは一つのテーマだった。彼らにとっては、ナチズムの過去との対決は世代間の葛藤のヴァリエーションではなくて、自身の問題だった。

集団罪責というものが、道徳的・法律的にどのような意味を持ったにせよ、そのころ学生だったぼくたちの世代にとっては体験を伴う現実だった。それは、第三帝国時代に起こった出来事にのみ当てはまるわけではなかった。ユダヤ人の墓石にハーケンクロイツが落書きされたこと、昔ナチ党員だった人々が戦後も裁判や行政部門や大学などで出世したこと、ドイツ連邦共和国がイスラエルを承認しなかったこと、順応した人々の生活に比べ亡命者や抵抗運動についての記録があまり伝えられていないこと――戦犯が明らかにされているとはいえ、こうした一連の状況をぼくたちは恥ずかしく思った。責任者を指すだけでは恥ずかしさは消えない。しかし、責任者を示すことで、恥じる者の苦しみを克服することはできた。責任者の糾弾は、恥じる者の苦しみをエネルギーに、行動に攻撃性に置き換えた。そして、罪深い両親との対決には、とりわけエネルギーが注がれた〉

作者のベルンハルト・シュリンクは現在法律学の教授。一九四四年生まれ。私より七歳年下である。日本でいえばまともに全共闘世代。この作品の後半の場面は、一九六三年十二月から六五年八月まで、初めてドイツ人がドイツの戦争犯罪を裁いた「アウシュヴィッツ裁判」が舞台となっている。ニュルンベルク裁判（一九四六年判決）、東京裁判（一九四八年判決）より、二十年近く後である。

ドイツの学生運動には三つの課題があった。一つは、大学の改革、二つめはベトナム反戦であり、三つめが父親たちの世代を裁くことである。実をいうとこの三つめが、第一の課題となっていた。残念ながら、日本の学生運動には、この三つめの視点がなかった。

日本人が日本人の手で、戦争犯罪者を裁かないで彼らを野放しにしておいて、ベトナム反戦等、アジアの人々との連帯などありえないではないか。この日本人の先天的な欠如のある、精神のあり方、責任者を明確にしないで、すべてを水に流して、神社に祀って神としてしまう、無責任体質は、日本では通用しても世界では通用しない。なんの罪科もない隣国の一般市民をおびただしく（一千万人以上も！）殺して、日本の歴代の（村山を除いて）首相はあやまりもしないのだ。靖国神社に総理大臣として公式参拝するのだ。こんな国を、殺された中国や朝鮮の人々が許すはずがない。戦後七十年もたつのに、実質的には、日本は東洋の孤児なのである。

ドイツにはヒットラーという独裁者がいた。日本にはそんな独裁者はいない。だから東京裁判で立証されたのは共同謀議である。東条英機等、A級戦犯者の共同謀議であった。ひとつまみの彼らがいなければ、戦争は始まらなかった。日本側の弁護の力点は、自衛のための戦争であったということだ。満州等の生命線の確保。

しかしこの点についてもたやすく論破できる。敗戦後、日本は海外の領土を取り上げられ、資源の乏しい四つの島に閉じ込められた。ところが十年も経たないうちに復興してきた。これは日本だけではなくドイツもそうだ。

その復興をになったのは我々の世代である。帝国陸軍が始めた、あの泥沼の地獄の戦争、日本国土を火の海と化し、日本の兵士民間人、三百万人を殺し、朝鮮、中国等アジアのおびただしい人々（一千万人以上……文部科学省検定の社会科の教科書他による）を殺し、辛苦をなめさせ、怨みをかった戦争……その責任者を我々はまだ裁いてはいない。

《戦犯が明らかにされているとはいえ、こうした一連の状況をぼくたちは恥ずかしく思った。責任者を指すだけでは恥ずかしさは消えない。しかし、責任者を示すことで、恥じる者の苦しみを克服することはできた。責任者の糾弾は、恥じる者の苦しみをエネルギーに、行動に攻撃性に置き換えた》

戦後七十年——私は今年七十八歳だが、死ぬまでにはまだ多少の時間が残されている。シュリンクのいう、この恥ずかしい状況をバネにして、日本人の戦争責任を、そして日本人のあり方、精神構造を、解剖し、明確にしていきたいと思っている。それができるのは、もの書きの冥利だろう。

内田康夫『棄霊島《きれいじま》』（上・下）より

〈戦後に開かれた、いわゆる「東京裁判」では、戦争犯罪人ばかりでなく、大日本帝国という国家そのものが裁かれ、断罪された。戦勝国側による、まさに「勝てば官軍」の屈辱的で一方的な裁判であったというけれど、その事実はまぎれもない事実として、世界史の上に刻み込まれてしまった。
それから六十年を経てなお、日本はことあるごとに中国や朝鮮など、隣国から指弾を受け続けている。六十年といえば、終戦の年に生まれた赤ん坊がすでに還暦を迎えたという歳月である〉
〈浅見にしたって戦争責任には無縁の年代だが、祖先の責任の一端は担わざるをえないと考える。ただし、いったいその感覚はいつまで引きずらなければならないのか――と疑問に感じることはある。戦後百年経って、孫の代になっても、まだ「戦争犯罪」を責められるとしたら、そういう日本国に生まれた彼らの不幸が気の毒だ〉
（以上までが上巻。以下は下巻）
〈中国や朝鮮の人々が靖国神社を毛嫌いするのは理解できるのだが、日本人までが、総理の靖国神社参拝を批判する理由とはどのようなものだろうか。一般の日本人ならよくて、総理大臣だから悪いというのだろうか。最近の報道によると、A級戦犯の祀られている神社に参拝するのが問題だということらしい〉
〈浅見自身に象徴されるように、日本人の多くは、宗教に対して寛大である。（中略）
しかし、それで平和なのである。何でもありながら、バランスが取れている。一宗教に偏ったり、その宗教でなければならないなどと、排斥したりするから軋轢が生じる。明治維新当時の廃仏毀釈やキリスト教弾圧などがそのいい例だ。これが日本という国の宗教文化であり、日本人の

ほとんどがそのあいまいな宗教文化の中で、ぬくぬくと育まれているのである〉
〈靖国神社に参拝することは、日本にはそういう宗教文化があるのだと認めれば、そんなにめくじらを立てるほどの問題ではないのではないか。まして靖国神社参拝が過去の戦争を美化するものだとは、日本人の九十九パーセントは考えてもいないことを信じていい。そういう分かりきったことを、日本のマスコミや評論家は、なぜ主張し、かの国の人々に教えてやれないのか、浅見は不思議でならない。ことに外交問題が難しい局面だから、この際、総理の参拝を控えたほうがいいのでは——などと、及び腰で論評するに至っては見苦しいとしか言いようがない。そんな無定見なことでは、どこの国が真の友人として信頼するだろうか〉

主人公の浅見光彦は三十三歳（作品の主人公だから、何年経っても年を取らない）作者の内田康夫は一九三四年生まれ、私より三つ上で八十一歳。この作品は『週刊文春』に連載され、二〇〇六年の四月三十日に本になった。つまり『週刊文春』読者層に向かって書かれた内容であり、日本人の平均的インテリゲンチャーの一つの意見を代表する考え方であるだろう。日本人の精神構造の主要な部分と考えられる。

前半は、前掲のシュリンクとの相違は明白である。

内田康夫が、浅見光彦にいわせている《祖先の責任の一端》ではなく、光彦の父親たちのことである。そんな父親たちの中に、この前の戦争の、卑劣な犯罪者が紛れ込んでいるというのだ。

戦争を始めたのはひとつまみ（A級戦犯）だが、戦争犯罪者（B、C級戦犯）は数えきれないほど多いだろう。無抵抗な一般市民を殺した奴だ。それらを識別しなければならない。向こう岸の火事だと日本人は考えているが、中国や韓国の人たちにとっては、自分らの中にいっぱいの被害者がいるのであり、こちら岸の火事なのだ。それを見つけ出し、ドイツ同様、戦後も行政部門や財界や大学などで出世している者の中から捜し出し、戦争中の犯罪だけでなく、現在にいたるまでの所業をあばくこと。

ナチスが殺したのは、ユダヤ人六百万人とその他ポーランド人、ソ連人、自国人を含め一千万人以上。日本の場合は、日本の兵士、民間人を含め三百万人と、中国人を一千万人、その他数百万のアジア人とすると、ドイツ人が殺した人の数と、日本人の殺した人の数はあまり変わらない。シュリンクは、父たちの犯罪をあばくことにより、ドイツの集団罪責を知り、恥じる者の苦しみを克服するのだ、と作品の中で書いている。こういう作品がヨーロッパだけでなく、アメリカで二百万人以上のインテリゲンチャーの人々に読まれているのだ。

日本の文化は「恥の文化」だと作田啓一は述べている（『恥の文化再考』）。ところが内田康夫の感性が証明しているように、上から下まで恥の感覚が日本人には見当たらない。この大きな違いはどこからくるのか。日本人の恥の心理は、内むけのものである。隣近所や一族に対してのもの、村落共同体に対するもの。日本人が日本人に対してである。長い江戸時代の閉鎖社会が、こういう日本人の精神構造を作り上げたものらしい。したがって旅の恥はかきすてであり、外むけに対しては恥を感じない。つまり「内と外」の感覚である。

こういう「内と外」の感覚は、明治維新、いったん解消されたように見えたが、そうではなかったらしい。アジアのおびただしい国を日本の版図に加え、そこらじゅうに日本の神社を建てた。さまざまな国を支配したが、日本人はそのさまざまな国の人々や文化とは出会っていない。やはり「内と外」の感覚である。他者と出会わないで、内へとりこむことしか考えていなかった。

日本文学が、日本という壁を越えて「世界文学」となりえないのも、そこに原因があるように思う。構造的に私小説（「内」）の伝統を守っているようだ。日本国家は一家であってそこからは出ない。こんなにたくさんの人々が外国へ行くのにである。近年若者たちが外国を旅行し、その国の人々と知り合い、その国の文化を知るケースが増えてきたが、それらはほんのひとにぎりである。圧倒的多数は、ぞろぞろとツアーで、海外御上りさんになり、買い物に目の色を変えるのである。その国の歴史にはまるで興味がなく、だから何の勉強もしないで行く。

文学が世界とかかわったのは、ベトナム戦争で終わりらしい。内田康夫の文学で分かるように、アジアに対する認識は的外れだし、金で解決した湾岸戦争、ユーゴスラビアの紛争も、ニューヨークの同時多発テロも、えんえんと続くイスラム教を中心とするアラブの戦争も、日本の小説の書き手たちにとっては蚊帳の外の話である。日本国内にあっても、阪神淡路大震災、東日本大震災にあっても同様であって、ゴシップは大好きだが、社会性、政治性の徹底的欠如——。

そんな作品は日本以外の人が読んでも面白くない。かつて井伏鱒二の『黒い雨』が三十か国語に翻訳されて、世界的なベストセラーになったのとは大違いである。現在世界に通用する作家は、村上春樹他数人しかいない。小説の発行部数は、日本は世界で何番目かに多いのに……。

その結果はどうか、文学の輸出入は一〇〇対一以上の入超だろう。日本国内しか流通しない。日本人の活動分野で、こんな徹底的なケースはない。日本の小説は世界には通用しないのである。もうずっと前から、朝日新聞などは、日本の小説の新刊を紹介しなくなった。日本の小説には、かつては異国趣味があった。しかし日本は今や知られすぎている。アニメやマンガは日本の自動車同様、世界を席巻している。……一方で日本文学は、世界同時存在たりえなくなってしまった。日本だけのものであり、世界には流通しなくなったのだ。

日本の首相の靖国参拝を糾弾しているのは、おびただしい被害を受けた、朝鮮や中国の人たちである。朝鮮や中国の人たちは、日本に何も悪いことをしていない。それどころか、日本という国が誕生して以来、この二つの国には文化を中心にさまざまの恩恵をこうむった。それがある日、日本陸軍は（一九三七年）、ずかずかと土足で踏み込み、踏みにじり、遠くて踏みにじれない重慶などは、無差別空爆を繰り返した。都市の無差別爆撃を敢行したのは、ドイツ空軍のロンドン爆撃と、日本空軍の重慶爆撃が最初である。その延長線上に、アメリカ空軍の空襲、広島、長崎の原爆投下があるといわれると、グウの音も出ないのだ。アメリカ空軍の空襲で内地だけで五十万人以上が殺されている。

隣の国には「恨五〇〇年」という言葉がある。狭い海峡をへだてたその隣の国は、一九一〇年に日韓併合され、国をなくしてしまったのだ。日本語を使用することを強制され、一九三九年創氏改名、つまり植民地支配のため、皇民化政策の一環として、朝鮮人は、日本式の姓名への改名を強制されたのである。こうして文化も奪われてしまった。東京裁判の時、だから韓国は日本の一部とみなされて、原告の側には立てなかった。日本人と同じ被告の側にいたのである。こんな無茶苦茶な話はないのであり、絶対日本を許せないはずだ。この「ＨＡＮ・恨」は特に日本に対しての、奥深い正当な怒りの感情である。

加害者は忘れても、被害者は絶対に忘れない。日本人自身が、日本人の戦争犯罪者を裁き、きっちりと謝罪する必要がある。それが「恥」をすすぐことであるだろう。そうしないと、恥ずかしくて、近隣の国々に顔むけができないではないか。今度の戦争で、日本人には被害者の意識はあるが、加害者の意識が少ない。これを書くのも、その反省の一環である。日本人の精神構造そのものに対する、やりきれない自己嫌悪だ。

こういう日本人の精神構造は、私はたかだか明治時代に形成されたものだと思っている。天皇に対する信仰も同様である。江戸時代からあったものではない。天皇は、屋敷も修理できない。十万石の捨てぶちで、二百六十八年間江戸幕府に飼い殺しにされていたのだ。明治になってにわかに引っ張り出してきたのである。江戸時代、ひんぱんに世直し一揆があった。それは命がけの政治批判、幕府批判、つまり国家批判であった。一揆で死んだ指導者は、ひそかに祀られて英霊になった。民衆の熱い心の中で生き続けなければ、神になれないのではないか、と私は思う。民衆に祀られてこそ英霊なのだ。

赤紙一枚で戦場へ引きずり出し、徴兵拒否も回避もできない以上、戦争で死んだ人たちは大日本帝国、もしくは帝国軍隊に殺されたのも同然である。その首謀者である「ひとつまみの人間」が、英霊などというのは、どう考えても私はおかしいと思う。日本人は仏教徒でもあるから、仏教には地獄があり、そういう人間は地獄へ蹴落とすべきだろう。あの戦争で、多くの日本人とアジアの人たちは地獄へ突き落とされたのだから。

とはいえ、日本の「政治」は三流だが、日本の「経済」は一流であり、更に「技術」にいたっては超一流である。アメリカ軍の空爆により、日本中の都市は、京都、奈良を残して、徹底的に破壊された。好き放題にやられたのだ。大阪などは八十パーセントが焼野原になったが、ドイツ同様十年ほどで立ち直った。これもまた日本人の国民性のなせるわざである。

政治の弱さは思想の弱さと連動している。現在の日本の思想家で、私が傾倒できるような人は数人しかいない。思想に必要な構造がないのだ。独創性がなくて、借り物の思想家、自分の哲学を持っていなくて、どちらへでも転ぶのである。日本人の精神構造が、思想家を生み出すことをさまたげているのだと思う。

二〇一五年七月十六日、安保法案が衆院を通過した。新聞には強行採決と書いてあるが、圧倒的多数の自民と公明が賛成したのであり、とりたてて強行採決とはいえない。時間をかけても結論は同じだと思われる。

国民の反対を押し切ってということらしいが、果してそうなのか。こうなるのが分かっていて安倍内閣を圧倒的多数で選んだのは、日本国民なのだ。こうなるのが分かっていたというのは、安倍は憲法を改訂して、九条を無くし、戦争のできる国にしたかった。しかしそこまですると、政権が持たないことが分かっていて、憲法の改訂は先送りして、憲法解釈で、場合によっては戦争ができる国にしようと、その道筋をつくったのだ。このままでいけば、参議院でも、公明の分だけ多数なのだから、かろうじて安保法案は通過するだろう。

ここで一番の問題は、日本の国民性（日本人の精神構造）に、多数決で決める、民主主義が根付いていないという点である。日本の場合多数というのは、一人一人の意見が有って、その中で多数を形成するのではなく、まず多数があって、一人一人の意見はないという構造にある。二・六・二の構造は、右翼が二、左翼が二として、真中の六は、自分の意見を持たない形……つまり、右と左が正反対の意見で対立した場合、どちらかが強くなると、意見を持たない六（大部分）はいっせいにそちらに靡くのである。これでは民主主義は成立しない。大部分の人たちは付和雷同なのだ。

民主主義の中で、デモは有効な手段である。老人から高校生、女性（主婦）の姿が目立った。今回のデモは、悲愴な感じの六十年安保のデモと比べ、大変明るいのが特徴だった。

〈著者紹介〉

高畠　寛（たかばたけ　ひろし）

1937年大阪生れ。國学院大学日本文学部卒。

著書：長編『夏の名残りの薔薇』(関西書院刊)

　　：評論『いま文学の森へ』(大阪文学学校・葦書房刊)

　　：小説集『初期作品集』(同上)

　　：小説集『蒼空との契約』(同上)

　　：小説集『春嵐』(同上)

　　：小説集『しなやかな闇』(同上)

　　：小説集『紅い蛍』(ブイツーソリューション)

　　：小説集『コンドルは飛んで行く』（大阪文学学校・葦書房）

　　：小説集『神神の黄昏』（鳥影社）

　　：評論・小説集『漱石「満韓ところどころ」を読む』（鳥影社）

現在、大阪文学学校講師、社団法人大阪文学協会理事。

渓流のヴィーナス

季刊文科コレクション

定価（本体1500円+税）

乱丁・落丁はお取り替えします。

2016年10月27日初版第1刷印刷
2016年11月 7 日初版第1刷発行

著　者　高畠　寛
発行者　百瀬精一
発行所　鳥影社 (www.choeisha.com)
〒160-0023 東京都新宿区西新宿3-5-12トーカン新宿7F
電話 03(5948)6470, FAX 03(5948)6471
〒392-0012 長野県諏訪市四賀229-1(本社・編集室)
電話 0266(53)2903, FAX 0266(58)6771
印刷・製本　モリモト印刷・高地製本

ISBN978-4-86265-591-2 C0093

高畠　寛　著

漱石『満韓ところどころ』を読む

表題作は漱石の満州旅行記への鋭い批評で、それは著者の、現今の世相に対する危惧につながっている。他に、震災で残された者の痛みを描いた「バスタブの中から」など、熟達の小説五篇。

（本体一五〇〇円＋税）

神神の黄昏

失踪した女友達の夫が残した「神神の黄昏」と書かれたノート。そこには「沈黙の島」硫黄島守備隊二万一千人から、米軍に救い出された生き残り一千名のうちの一人であることが綴られていた。この硫黄島の徹底した抵抗がもたらしたものは何であったか。表代作他三編を収録。

（本体一五〇〇円＋税）

鳥影社